あした来る人

来自明天的
恋人

[日] 井上靖　著　　林少华　译

青岛出版集团 | 青岛出版社

山东省版权局著作权合同登记号　图字：15-2023-177号

图书在版编目（CIP）数据

来自明天的恋人 / （日）井上靖著；林少华译. —青岛：青岛出版社，
2024.7

ISBN 978-7-5736-2220-4

Ⅰ.①来⋯　Ⅱ.①井⋯②林⋯　Ⅲ.①长篇小说－日本－现代

Ⅳ.①I313.45

中国国家版本馆CIP数据核字（2024）第086626号

本册书名	LAIZI MINGTIAN DE LIANREN 来自明天的恋人	
著　　者	[日]井上靖	
译　　者	林少华	
出版发行	青岛出版社	
社　　址	青岛市崂山区海尔路182号（266061）	
本社网址	http://www.qdpub.com	
邮购电话	0532-68068091	
策　　划	杨成舜	
责任编辑	霍芳芳	
特约编辑	张庆梅	
封面设计	熊咏着	
照　　排	青岛新华出版照排有限公司	
印　　刷	青岛新华印刷有限公司	
出版日期	2024年7月第1版　2024年7月第1次印刷	
开　　本	32开（889 mm×1194 mm）	
印　　张	13.625	
字　　数	280千	
印　　数	1—4500	
书　　号	ISBN 978-7-5736-2220-4	
定　　价	59.00元	

编校印装质量、盗版监督服务电话：4006532017　0532-68068050

上架建议：日本文学·小说·畅销

　　二十世纪五十年代，日本文坛一度盛行报纸连载小说。一批主要从事这类小说创作的作家应运而生。诸如石坂洋次郎、石川达三、狮子文六、舟桥圣一、丹羽文雄等人。他们分别以触及社会风俗、发掘社会道德的长篇力作将报纸连载小说的创作推向前所未有的高峰，在广大读者中引起强烈的反响。井上靖便是在这一时期跻身这一创作行列的后起之秀。一九五四年，他以《来自明天的恋人》（『あした来る人』）这部在《朝日新闻》上连载的问鼎之作，奠定了他作为连载小说作家不可动摇的地位，为其后来异彩纷呈、长驱直进的创作生涯铺平了道路。可以说，《来自明天的恋人》和两年后问世的《冰壁》是其众多连载小说中的代表作，发表后不久便受到了广泛热烈的欢迎，赢得了众多读者，不少人专门为读这部连载小说而迫不及待地盼望当日报纸的到来。

　　毫无疑问，虽然同是小说，但报纸连载小说在某些方面有其更为严格的要求。大体说来，在内容上要为世人喜闻乐见，能够唤起多数读者心理或感情上的共鸣，而不囿于个人的狭小天地孤芳自赏；在情节上要格外紧凑，要写得妙笔生花，丝丝入扣，避免任何拖沓的铺垫和冗长的议论。这也是大多数连载小说成功的原因所在。《来自明天的恋人》当然不例外。

表面看来，这部小说没有气势不凡、动人心魄的情节，不过是两对男女在几乎不为任何人知晓的情况下发生的爱情故事。而实际上却触及了人们感情生活以至社会道德一条敏感的神经。因为，这里描述的并非少男少女浪漫的一见钟情，而是一对朝夕相伴多年的夫妻各自有了外遇或者倾心之人后发展起来的微妙而细腻缠绵的爱情纠葛。亦即我们通常所说的"第三者"现象。而这一问题在任何民族、任何社会恐怕都是一根相当敏锐的感情纤维，是人们的道德观和人性的集中折光，使得读者不能不带有某种程度的参与感而紧追不舍地读下去。再加上作者高超的写作技巧——细致入微的心理刻画、娓娓道来的细节描写、栩栩如生的对话场面、环环相因的情节编排、一气呵成的整体结构，因而愈发引人入胜，不忍释卷。

此外，这部小说的魅力还在于书中充溢的清新浪漫、超凡脱俗的气息。描写这类"婚外恋"题材的作品，古今中外可谓俯拾皆是。其中或争风吃醋，钩心斗角；或伤风败俗，不堪入目；甚至大打出手，以刀相见……种种丑态，不一而足。而这部小说却写得独具一格,不落窠臼。八千代之所以提出同丈夫克平分道扬镳,并不仅仅是因为对方有外遇,而主要是由于长期以来的性情相左。两人即使最后分手时也没有相互冷言挖苦,恶语中伤。杏子和克平虽然客观上有两个晚间可能发生肉体关系,但两次都由于事态的急转直下而得以保持纯洁。而八千代所暗自钟情的曾根,在得知八千代和克平的夫妇关系破裂后,深感痛心疾首,千方百计促使两人言归于好。书中男女尽管都在追求理想的爱情,但又都不为爱情所淹没。克平迷恋于登山,曾根忘情于科研,八千代追求心灵的契合,杏子不忘良心的平衡。他们都在为更好的明天而生活,即使是"第三者",也是优雅的"第三者"。从中,不难看出作者所崇尚和理想化了的日本人的道德观、精神风貌以及人际关系。

至于梶大助更是理想的化身。这位制药公司的总经理居然为杏子这个原本素不相识的酒吧女郎慷慨解囊,帮她办起服装店,并再三要出资送其出国进修,而自己则毫无个人目的。无疑,这在金钱至上的社会近乎神话一般令人难以置信。因此,与其说这部小说是现实主义的,毋宁说是理想主义、浪漫主义之作,是高度理想化了的人性美与道德美的颂歌。

然而,这部作品获得成功的最大原因也正在这里,在于它这种不可信性以及由此产生的清新浪漫、超尘脱俗的温馨氛围。

日本战后初期,原有的价值观和道德观趋于土崩瓦解,而新的价值观和道德观尚未确立起来。文学作品也大多结合战时的痛苦经历反复发掘人性的丑恶和虚伪。整个社会在精神上陷入虚脱、迷惘、苦闷甚至绝望的状态。而井上靖这部作品像一股清新的晨风吹入文坛,吹入人们的心田,给人以耳目一新之感,在一定程度上满足了人们毕竟渴望美好事物的心理,唤起人们对人性和道德的信任感。加上经济开始复苏,人们逐渐摆脱生活的重负,增强了对精神生活的关注,因而这部作品引起了广泛的反响,成为轰动一时的热门话题。即使今天读起来,它那强烈的艺术感染力也使人大有不忍卒读之感。

作者井上靖是日本当代文坛一位素负盛名的老作家,原日本笔会会长。一九〇七年生于北海道旭川市一个医生家庭。一九三六年毕业于京都帝国大学(现京都大学的前身)哲学系,在大阪《每日新闻》报社历任记者、编辑、书籍部副部长等职。一九五一年开始从事专业创作。曾获日本国内各主要文学奖,一九六四年被推为日本艺术院会员,一九七六年获日本政府颁发的文化勋章。一九九一年因急性肺炎去世。井上靖是我国人民的老朋友,一九五七年以来曾多次访问我国,生前长期担任日中文化交流协会会长。

井上靖博学多识,文思敏捷。创作态度严肃,主题健康深刻,而又巧于构思,注重情节。主要作品有《斗牛》《猎枪》《冰壁》《暗潮》《夜声》《方舟》,以及《天平之甍》《楼兰》《敦煌》《苍狼》等。有不少作品已被译成多种外文。可以预想，井上作品今后将有更多的中文译本出现在我国读者面前。

最后说一下这本书的翻译。作为单行本，《来自明天的恋人》是继《那棵百日红》（原名『五番街夕雾楼』，水上勉著）、《意中人的胸饰》（舟桥圣一著）、《自由与爱情》（原名『自由学校』，狮子文六著）之后我的第四本长篇译作。由北岳文艺出版社于一九八八年出版，后来由北京日本学研究中心录入"日汉对译语料库"。在这个意义上，或许可以说，至少在翻译方面得到了日语同行和学术界的认可。

不过，承蒙青岛出版社再度付梓之际，我还是趁机大体校阅了一遍。校阅当中，老实说，居然感觉没有多少校正的余地。当然，技术性失误是有的，但就整个行文的节奏感和韵味而言，较之现在的我，我情愿佩服那时我的才气。借用莫言的话调侃一句："那时的我真的不简单，比现在的我优秀许多倍。"那么这意味着什么呢？意味着二三十年后我的翻译水准全然没有提高，还是意味着二三十年前我的翻译水准就已达到今天也未必达到的刻度呢？我不知道。不知道是应该为此气急败坏还是欢欣鼓舞，或是应该灰心丧气还是踌躇满志。但有一点大致可以断定：较之技术，文学翻译乃是一种艺术活动，而艺术活动在很多时候是很难重复的，哪怕重复自己。因此，我归终放弃了全面校阅的打算。何况，就年龄来说，当时三十多岁的我更和书中杜父鱼专家曾根和登山爱好者克平两个男主人公相近，因而更容易体味和再现男女之间涉及"第三者"的微妙情态和心境涟漪。

记忆中，我是一九八六年暑期从广州回东北探亲时在乡下动笔翻译的。三面环山仅有五户人家的小山村，紧挨西山坡青翠松林的老屋，老屋窗后熟透的黄杏不时落地那寂寞而惬意的响动，院子里老母鸡生完蛋急切切的嘎嘎声，篱笆上错落有致的紫色眉豆花，篱笆外歪脖子柳树下小孩儿和那条名叫"阿铁"的老黄狗追逐嬉闹的身影，尤其母亲在堂屋磕开鸡蛋炒韭菜那锅铲声和阵阵诱人的香味……我就在那样的环境中趴在窗前炕桌上翻译这本书。书中的温馨和环境的温馨，让我充满了温馨的情思。如今，环境的温馨早已消失，唯独这本书剩了下来，唯独当时写下的一行行字带着它特有的温馨再次活跃在我的眼前。抚今追昔，一时不能自已。人生如梦，往事如烟，烟梦之中，可能唯文字永恒。

林少华

二〇一四年六月二十一日于窥海斋

时青岛绿肥红瘦云淡风轻

目录

译序　优雅的"第三者"-1

一　旅行背囊-001

二　樱花-019

三　耳环-039

四　小狗-059

五　黑石-079

六　风-099

七　红色夜空-119

八　初夏-141

九　雾-159

十　落叶松-175

十一　樱桃-197

十二　梅雨-221

十三　烟花-235

十四　条件-257

十五　火锅-271

十六　海潮-291

十七　汗水-309

十八　红柳-325

十九　晚霞-341

二十　来访者-357

二十一　灯海-373

二十二　喜马拉雅鱼-389

二十三　红色领带-407

一　旅行背囊

列车驶抵滨名湖铁桥的时候，曾根二郎从靠近车尾的三等车一个角落里站起身来，准备到餐车去。他站在通道上，解开大衣纽扣，一手提起裤子，另一只手把露出的衬衣底襟掖进裤内。而后伸了个长长的懒腰。

　　曾根二郎是昨天一早从长崎县大村湾一座小渔村动身的。已经在火车上枯坐了将近三十个小时，难怪觉得上半身硬得像块木板似的。

　　滨名湖上，尽管春日阳光晃晃闪烁，但无论湖面的色调还是水的流姿，都显得冷气森森，给人以寒冬未尽之感。湖水入海口处，雪浪叠起，也是冷清清地栽下海去。曾根二郎沉吟片刻，把手伸向行李架，取下似乎重重的旅行背囊，挎在肩上。刚要迈步，忽听得有人叫他：

　　"您下车么？"

　　搭话的是通道上一个没有座位的身穿西服的中年男子。

他大概以为曾根二郎在下一站——滨松站下车。这也不无道理：曾根身后连一件物品也没留下。大衣穿在身上，背囊挎在肩头。

"不，去餐车。"说罢，似乎有所觉察，"请坐下好了，没关系。我不在的时候，您尽管坐。不容易啊，出门……"

曾根二郎露出笑容。那笑容十分讨人喜欢。虽然他才三十八虚岁，但若不笑或不开口，便显不出实际年龄。沉默的时候，那张给人以古板而朴实之感的脸看上去甚是苍老，说四十二三岁也会有人相信。曾根刚一移步，周围四五个乘客的视线便一齐朝他背后扫来。无论怎样惹人注目，他也毫不在乎——他身上多少有这么一股傻乎乎的劲头。

曾根把鼓胀胀、沉甸甸的背囊用右肩稍微一掂，甩到背上。身体合着列车的节奏左右摇晃着走过几节车厢。

餐车里差不多已经满座。曾根在车门口缓缓往里环视，从三个空席当中，选中一位年轻女乘客对面的位置。那是靠窗口的对坐席位。他很满意——可以免费欣赏美人的娇容。

他趋步上前，把背囊往椅旁一放，抄过菜谱：

"酒，两瓶！"

曾根了解自己，一瓶是解不了酒瘾的。酒拿来后，便吩咐上炸猪排。他喜欢油腻食物。曾根打算一边喝酒，一边观赏窗外久违的东海道景致和眼前端坐的佳丽。

曾根把瓶里的酒倒进送来的小玻璃杯内。"咕嘟"一声，活像要把整个酒杯吞到嘴里似的大喝起来，这是他别有风格的饮酒方式。不过，尽管一下子灌进嘴里不少，但举杯的次数却不频繁。而且每喝一口，下唇便舔一下上唇，视线投向窗外，一副悠然自得的神情。

他还不时地瞟一眼对面的女士。是个美人——这点他在餐车门口就已一眼看出。但在其对面落座之后，还一次也没敢正视过。往年轻女子身上扫瞄本来就不是曾根二郎的拿手戏。

当那搅动刀叉的纤纤玉手和胸部线条绝佳的淡蓝色连衣裙闪进眼帘的时候，曾根觉得一股愉悦之感通遍全身。这就足够了。反正是白得的，他无意捞取更多的东西。

美人自然动人，窗外风景亦颇秀丽。列车驶出滨松站，在临近海滨的田园中风驰电掣。茶花已微微吐黄，萝卜田和刚刚返青的麦田交替闪入视野。他在九州乡下度过了五年时光。其间一次也未曾赴京。这东海道景致也多年未见了。

"再过一会儿，就能望到富士山啦!"

曾根二郎不禁脱口说道。实际上他也是在落座之后心里便开始盼望见到久别的富士山的。

对面使叉的手停住了，但没有应声。那长有如同红贝壳那样光亮指甲的手指按住叉子，仿佛浑身力气一时全集中在那里。稍顷，又动了起来。

"酒，再来一瓶!"

曾根二郎回头命令服务员姑娘。

他不仅痛饮不止，饭菜也是一扫而光。快到静冈时，桌上已排出三只空瓶，接着，那涨红的手又端起咖啡送往嘴边。

曾根二郎欠起身来。虽然兴犹未尽，但出于节约，只好作罢。他抓起桌角胡椒瓶压着的账单，背囊上肩，朝收款台走去。付了三百日元。

酒精上头自是舒坦，付款之少也令人快意。他穿过三四节车厢，找自己的座位，将背囊举到货架上。他不在时坐下的人于是起身让座。曾根二郎说：

"不必了，只管坐着好了。"

说着，把刚刚放上去的背囊又取回手里，再次折身往餐车那边走去。他断定刚才拿错了账单。三瓶酒加炸猪排，三百日元太便宜了！

曾根想若是拿错账单，对象不外乎自己对面的女士。想必是她吃了三百日元的东西，而付了差不多五百日元的款。她坐的可能是二等车，找也不至于太费事。

他背负背囊，大步穿过几节车厢。餐车里当然已不复见刚才那位女士。于是他径直走进特二车厢，左顾右盼，寻找佳人倩影。

同三等车相比，这里的气氛要悠闲一些。没有一个人站着，都不约而同地背靠椅子，闭目合眼。在曾根二郎眼里，二等车的人仿佛都已酒足饭饱，昏昏欲睡。

他跨进第二节特二车厢，行至中间，不由心中叫道：有了！抓到了！

无疑是她。她坐在路边椅子上——椅子是两张相对的，微微合着眼睛。曾根隐约觉得，只有这位女士尚未陷入饭后的瞌睡之中，而流露出沉思的神情。

"对不起……"他开口道。但对方眼皮没撩。

"请问……"

"啊?!"

女士愕然睁目，坐直身体。曾根心想，原来她吃惊时也是这般妩媚。

"刚才在餐车里实在抱歉，我想可能慌忙之间拿错了账单。"

"啊。"女士模棱两可。

"我喝三瓶酒吃一个炸猪排，才花三百日元。当时以为很便宜，但后来一想，才意识到可能同您弄错了账单。"

"啊，这……"女士依然不置可否。她有三十岁光景。不仅容貌漂亮，而且整个人都显得高雅脱俗。

"您用的好像是鸡蛋，另外还有点什么……是牛排吧?"

"这……可以了。"

"可以怎么行! 您付了多少?"

"这个……"对方声音低微。表情仿佛在说：既然我如此小声，请你也别再粗声大气好了。那双大大的黑眼睛显得有些湿润。曾根二郎盯盯地看着那对眼睛，一部分货架清晰地映在她那黑漆漆的小镜头里。

曾根二郎将仅次于生命一般贵重的背囊放在通道上。对方见状，说道：

"我知道账单拿错了。不过又不是什么大不了的差错，也就照付了。"她察觉对方不会轻易放过自己，索性如实说了。

"我猜想是这样嘛，"曾根说，"付了多少？"

"好像四百二十日元。"

"难为您了。"

曾根从大衣口袋抓出一把散装的钞票和硬币，递过一百二十日元差额。

"我已说过可以了……对不起。"

"对不起的是我。是我弄错的嘛！"曾根发现女士对面的座位无人，问道："这里空着？"他懒得再扛着背囊折回原来坐的后面车厢。

"空着。"

"那我换坐这里好了。"

不管怎样，毕竟是二等车舒服。况且距东京至多三个小时，补票也用钱不多。曾根把背囊搁在行李架上。站着从衣袋里掏出香烟，叼在嘴上。

好半天他才弓身落座。

"行李不带过来行吗？"女士问道。或许见曾根过于坦然自若，不由替他担心起来。

"那边什么也没有了。我只带这一个背囊。"曾根笑着回答，对方也同时"噗嗤"一声。

"奇怪不成？"

"哪里。不过……"女士再次轻轻笑出声来，旋即自觉失礼，"因为您总是如获至宝地不离那个旅行包。"这回朗然而笑，给人以直率之感。

曾根二郎苦笑道：

"您说如获至宝，也的确是至宝，真的！"

"哟！"

女士显得有点不解。但曾根再不往她那边看了。

云层之中，已经现出富士顶峰的一角。那白雪覆盖的部分山顶在隐约可见的蓝色天幕衬托下，如现眼前。较之对面的佳丽，还是富士山好看得多。稍顷，曾根发现椅子有调节按钮，便把身体向后仰去。但他无法像别人那样进入梦乡，心里放不下行李架上的旅行背囊。

六点二十五分，列车进入东京站。曾根二郎终于从长达三十小时之久的火车中解放出来，站到了东京站的月台上。

身体到底疲惫了。背囊死死吃进肩膀。哪里都人头攒动。如此芸芸众生，每天在这里有何贵干？东来西往的电气列车永无休止地吞吐着人流。相隔不过几年，竟感到这东京城陡然增了许多人。

曾根穿过月台，走下阶梯，从出站口步入广场。这里同样水泄不通。除了人，还有川流不息的车辆。但是，曾根并未在阔别五载的这东京门户的纷纭景象面前自惭形秽。全然不存在足以使他自卑的东西。在东京这等地方，人居然形同蚂蚁。对此他不由生出几分悲哀，仅此而已。

钻过地道，走上地面。曾根二郎仰面看了看丸之大厦，走进其大门口旁边那玻璃箱一般的饮食店中。

没有一个座位没人。呆立之间，进进出出的人中有几个撞在曾根的背囊上。他想：看这情形，很难占到座位。于是他对指定在这里会面的老友山田乔不由有几分气恼。

"喂，阿根！"突然有人用过去的称呼喊他。

"怎么搞的，早来了？"曾根转过脸来。

"瞧你这身怪样！"山田乔眼光落在曾根背后的大旅行包上，劈头一句，"简直就像去淘金的人！"

"当然是去淘金。这回就是来东京淘金的！"曾根二郎粗声瓮气。

"你小点声好不？"山田责备一句，"去那边，那边空出来了。"

山田游刃有余地顺着人缝钻过去，手到擒来地占据了临窗座位。曾根对他的敏捷颇为吃惊。

曾根把背囊放在脚下。两杯咖啡端上桌来。

"马上领你到住处去。好在既清静又便宜。按你报的价，实在不易找。"

"也罢。"

"到底打算住几天？"

"这个……我可是来联系出版和募捐的。"

"募捐？"

"想弄一笔出版经费和以后的部分研究经费。"

"从哪里讨？"

"这还没数。"

"还是你阿根那副德行。"山田仍沿用老称呼，"研究？究竟研究什么玩意儿？"

"杜父，一种鱼。"曾根的语气这才沉缓起来。

七点半钟，曾根才来到山田乔找好的住处。这里离神田一所大学很近，是座出租兼旅馆的建筑。

高中时代，曾根和山田住在同一宿舍。后来曾根进了农学院学水产专业，山田考取了医学院。从那以后便中断了亲密的交往，各自的生活情形几乎互不了解。只因偶然得知这位朋友的住址，这次赴京前曾根才托其为自己在东京逗留期间找个落脚之处的。

房间里黑黢黢的。墙壁也脏得一塌糊涂，看上去同三流医院的病房相差无几。

"居然有这等地方！"曾根感叹道。

"照你提的条件，只能找到这样的。我认识的一个学生住在这楼里。"

山田乔现在一家公立医院工作。虽说不上很富裕阔绰，但也不至于捉襟见肘。穿戴十分入时——这是曾根的感觉。同曾根相比，世上任何人的穿着都够得上时髦。

"真是久别重逢啊！有多少年了？"山田问。

"多少年……今晚慢慢聊吧！一边喝酒……"

说到这里，老友断然谢绝。

"今天恕不奉陪，不巧赶上值夜班。"

"管它什么夜班!"

"那不成!"

"明天呢?"

"明天嘛,老实说明天要出差几天。反正最近我再来就是。"山田连说几个"再来",心神不定似的回去了。

山田走后,曾根转而面对女用人端来的食盘。有一碗炖鱼。但曾根是吃惯大村湾鲜鱼的人,因此感到格外难以下咽。尽管如此,还是要了一瓶酒来。

曾根看得出,往日的朋友在对自己敬而远之。这也是埋怨不得的。不管怎样,是他给自己找的这个"窝"!毕竟是有朋友的好处啊!

曾根早早上床歇息。因为累了,睡得很香。半夜醒来一次。窗子上没挂窗帘,天空像失火一样红通通的。他起身往窗外望去。大众酒吧的霓虹灯光在对面闪闪烁烁,把它那红得糜烂一般的光渗进夜幕之中。

第二天九点,曾根二郎在神田这座不知是旅馆还是寄宿间的楼里醒来了。由于睡得十分香甜,长途旅行后的疲劳已经不翼而飞。

吃罢早饭,曾根从背囊中取出衬衣、袜子、手帕、内衣内裤等物,包成一个包袱,放在房间角落的小桌上。随后又取出零零碎碎的日常用品,齐整整地在桌面摆开。由此看来,他倒是个表面上看不出的讲究卫生的人。

接着，他把剩在背囊里的东西统统取出，摊在垫席上，以便重新装好。三个茶色的四方大信封里装着原稿纸，加起来有八百页之多，可谓长篇大论。还有一包多达五六册的英文书，几包奇形怪状、大小不一的鱼的照片和图片。此外便是五个硬纸箱，里面紧紧地塞着供显微镜用的标本。

曾根将这些东西重新塞进背囊。体积比刚才小了三分之一，但提起来仍相当沉——这是他大学毕业十四年时间里人生记录的分量。

他把背囊放在肩上，傍午时分走出住处。

他要访问的，是编辑部设在虎门附近一座小楼里的东洋出版社。这家出版社以出版特殊学术性著作知名。

曾根在这里会见了生物学学者神谷高彦。此人担任出版社顾问，风度与其说是学者，倒不如说更像新闻记者。

"你的工作，从信上已大致了解了。不过要出书恐怕有困难!"神谷单刀直入地说道。面孔毫无表情，一副冷酷相。

"杜父鱼这东西，到底有多少种?"

"七十四种。"

"都研究过了?"

"基本上。"

"是生活史吧?"

"是的。"

曾根二郎刚动手解背囊带，神谷似乎见势不妙，赶紧制止。

"不，不必了，可以了。"接着说，"杜父鱼！你搞的可真是一种怪鱼，同人的生活没多大关系。"

"看过吗?"曾根直言问道。

"没有。"

曾根又开始解背囊。

"可以了。"

"不不，看还是请看一下。"曾根拿出几十张照片，在桌上摊开。

"全是杜父鱼?"

"是的。"

相片上的，无一不是大头大脑、笨手笨脚模样的鱼。大小、形状固然有别，但那笨拙样子却并无不同。

"好呆笨的鱼啊!"这位身任出版社顾问的生物学家说道。

由于专业不同，曾根并未指望神谷给予应有的理解。但对方对此项研究压根儿就没兴致这点，他还是感觉到了。

"不过，一连研究上几年，也就觉得可爱了。"

"或许。"

"人里边，更呆笨的多着哩!"

神谷抬头扫了曾根一眼。说不定以为是影射自己。

"即使是这种研究，如果有大学方面推荐的话……你可认识白根博士?"

"白根是我的老师。可那人，够伤脑筋的!"

白根博士是水产学界首屈一指的人物。大学时代曾根曾留级一年，就是因这位教授之故，自然不会不记得。

大学毕业后，曾根在北海道等地的水产研究所干了将近十年。战后转到一家私立科研单位——资源科学研究所。这期间里，哪怕一张贺年片或一封问候信都没给博士去过。这可以说是因为埋头于杜父鱼的研究。不过说实话，他一次也没想起过什么博士来。尽管在学问和人格方面他是尊敬白根博士的，而且自以为在这点上绝不亚于任何人。

"白根博士若是不成，那么是谁在你的工作单位……"神谷欲言又止。

说起来，自己更是糟糕。虽然籍在研究所，每月照拿工资，却颇有"工资贼"之感。五年时间里，他始终在大村湾安营扎寨，随心所欲地一头扎在杜父鱼研究上。就私立研究所来说，其容忍程度是有限的，而曾根似乎已经超过了这一限度。

"我更叫人伤脑筋！"曾根说，"只有我的论文能够出版，有东西给人家，才好请白根老师和研究所的老先生们推荐。否则是没法开口的。"说着，曾根笑了起来，而且笑得很坦然。

"就算有地方给你出版，怕也是自费吧？"

"那当然。"

"开销不小啊！……四五十万，"对方似乎在估算款额，"呃，怕要一百万！"

曾根没有应答。并不是为他拒绝出版而有意赌气。

"有赞助人么？"

"眼下没有。不过，只要有地方答应出版，我想钱是凑得起来的。"

实际上曾根也这样认为。要求对进化论加以修正的主张正在进入科研领域！而对方还蒙在鼓里——这种隐约的感觉，使得曾根二郎多少振作起来。此时，他那质朴的脸上，双目仍一如往常地炯炯放光。

"那我告辞了。"曾根起身。

曾根二郎已经在东京住了一个星期。这期间，从东洋出版社开始，他一连找了几家出版社，会见了颇有名气的学者。他肩负背囊，在东京城整整转了一个星期。结果得到的只是：照此下去，出版绝无希望。然而，如果真有人肯掏一百万，也许会绝处逢生。一句话，两手空空地前去交涉，纵使是价值连城的学术著作，也很难得以问世。此外他还发现一点，就是每当他取出杜父鱼研究资料时，无论任何人都对他刮目相看，异口同声地说："真不得了，这个！"

继而表示惋惜："和人倒好像没什么关系呀，这个！"

其实也并非同人们生活无缘。对北海道渔民来说，在大雪封地、既无鲑鱼又无鳟鱼的日子里，有几种杜父鱼便成了他们必不可少的食粮。只是，北海道以外的地方一般无人问津，因而人们便以为它们对人的生活毫无用处。

尽管这次来京屡遭冷落，但曾根二郎并不曾气馁。他打算先把联系出版的事放一放，而先物色肯出钱的人。东京城如此人如潮涌，其间有一两个肯赞助一百万出版经费的出众人物，又有什么奇怪的呢！此人定有无疑，问题不过是能否碰上罢了。

蓦地，曾根想起了高中同学三村明。大学里三村明学的是别的专业，现在是工学院的教授。找三村明想想办法，说不定他会给介绍一个乐善好施之士呢！

在曾根眼里，这天傍晚东京街头好似第一次洒满春日的阳光。他在大学研究室里找到了三村明。

三村明胖得同以前判若两人。

"是阿根！"他用亲切的眼神迎接曾根，"好哇！今晚喝一杯去！"三村劈头提议。自来东京，三村是头一个向曾根提议喝一杯的人。

"喝一杯当然好。还是让我先把要紧事说明白吧！"曾根于是把要办的事简要说了一遍。

"你研究的是何货色，这我不懂。不过，要是现在真有那样的施主，我还想见一见哩！"三村直言不讳。

"还是我更需要施主！"由于对三村明抱有好感，曾根进京以来第一次感到心情舒畅。

曾根二郎跟随三村走进新桥一家小吃店，上二楼吃了晚饭。

离开这里后，两人又从新桥跑到银座，左一家右一家地大喝起来。

"够了够了，喝这么多家！"跨出最后一家酒馆时，曾根客气道。

"没关系，我领你去的全是便宜地方。再来一家！"

说罢，又领去一处。这回是地地道道的酒吧。刚跨进门槛，一道清白的灯光迎面泻下，使得肩挎背囊的曾根二郎恍若置身月球一般。

"哎哟，好重的背囊！"两三个女职员伸出手，七手八脚抢过曾根肩上的旅行背囊，转身便走。

"拿哪去？"

"放心，寄存一下。"

"里边装的可是宝贝哟！"

"放心好了。"

这次要的是洋酒。一进酒吧，三村突然醉上头来。

"阿根？"

"怎么？"

"什么研究呀，出版呀，这哪里像你阿根干的勾当……"

"哟，还管他叫阿根呢！"女职员们来了兴致，围上前来。

不觉之间，曾根也感到头重脚轻。在"阿根阿根"的连珠炮中，起身说道：

"好，瞧着，阿根给你跳个舞！"

旋即，他提了提裤子，唱了两首北海道渔歌，然后又跳起杜父鱼舞来。舞很奇特。手脚慢悠悠地来回摇摆，活像几条章鱼。

跳着跳着，曾根忽然想起背囊，赶紧从女职员堆中跳出：
"我回去！"

他接过背囊，拉起酩酊大醉的三村明，晃出店门。本想自己付款，但女职员们无论如何都不肯接。看来三村是此处的常客。两人歪歪斜斜地靠在一起，在人行道上走着。此时的银座正是春夜良宵，大都会的男女们正悠然漫步。

曾根叫住一辆出租车，让三村上去，就此分手。

三村走了，曾根感到一阵孤独，肩头的行李也陡然加重了分量。曾根把背囊从肩头卸下，置于路上。这当儿，在曾根的醉眼里，只见汽车从三面急驰而来。

不好！曾根马上用身体护住背囊。

曾根感到腰部重重受了一击。但依旧抱着背囊，身不由己地跑了两米，直到撞上对面停驶的汽车侧身，才跪倒似的坐在地上。

两三个人跑上前来。

二　樱花

"哎哟，哎哟，哎哟!"

走廊尽头处的电话机旁，大贯八千代以不无夸张的语气，一连说了三个"哎哟"。这是她吃惊时的口头语。

"瞧您爸爸，什么呀!"八千代眉头微皱。于是听筒里传来徐缓的男低音：

"能来一趟吗?"

"不去不好办怎么的?"

"呃……是不好办。"

"那就去。我想法去就是。……不过，瞧您风风火火的!"

"别那么说。其实也不是我撞的，是司机刹车晚了。"

"原来是这样。"

"求你马上来。好么，放下啰?"

"反正我去还不行嘛!"

"忙吗?"

"嗯。冬天的东西要收拾，屋子里天翻地覆。"说完，八千代放下听筒。

说家里为收拾冬季用品弄得天翻地覆是谎话。天翻地覆倒不假，但为的是别的——那举足轻重的三张千元钞票不知放到哪里去了。虽是月初，三千日元却是全部存款。反正不够用她是清楚的，但若找不出来，今明两天就无法应付。

趁找钱之机，她清理了梳妆台抽屉，桌子和衣柜上的小抽屉也统统整理一番。正拾掇着，从大阪来京住在第三饭店的父亲打来了电话。

父亲告诉她，昨晚乘公司专车赴宴归途中，碰了一个人。虽说只是擦伤，但由于放心不下，还是送到医院去了。他打算让八千代替自己前去探望。

因是电话告知，八千代无法了解详情。不过既未骨折，又未出血，走路也不碍事——居然把如此完好无缺的人送去住院。这确实像父亲的所作所为。他是个事无巨细无不悉心尽力、慎之又慎的人。这还不算，把人家送进医院后，又叫自己的女儿代为探望(当然可能因为自己忙)。看来父亲原来那套做法仍然一成未变。遇到麻烦或棘手事，自己总不愿意出面。

"理嘉！"八千代招呼年轻的女佣，"这里一会儿我再收拾，就这样放着好了。父亲说他的车轧着人了，可不得了！"八千代煞有介事地说着，打开西服衣柜的拉门。

"真够呛，每年到春天总要出点是非。"

嘴上虽这么说，心里却暗暗庆幸。上个月刚讨过钱，不好意思再开口。但还是要让父亲补贴一万日元才行。而这次正是个机会。

八千代走进筑地第三饭店时，时钟正打响十二点。

在门口的事务所问得父亲的房间号码，乘电梯上到三楼，穿过长长的走廊。父亲的房间在尽头南侧。敲开门一看，父亲梶大助正和来客交谈。客人五十上下，政治家风度。是否知名不晓得，反正是政界人物，这点是不会有错的。

从读女校时开始，八千代就对家中来客的职业有一种敏锐的判断力。虽然并无什么根据，但对政界人物、企业家，抑或是新闻记者，她都能猜出个十之八九，很少有误。现在，她在房间角落的椅子上坐等了一会，从窗口可以望见樱花时节特有的阴晦天空。

这工夫，事情大概谈完了，客人离座站起。

"是令爱吧？"客人注意到八千代。

"嗯。"梶大助应道。

"这可失礼了。"客人向八千代点头致意。八千代也站起身来：

"打扰了。"低头说罢，开门送客。房间只剩下了父女两人。

"呀，辛苦啦！"梶转过身，以慈父口吻说道。

梶大助个子虽矮，但身体壮实，不像是六十岁的人。八千代最喜欢听父亲的讲话声。她认为那声音给父亲带来不少好处。

梶大助一如平日地紧绷绷地裹着一件小得可怜的西装马甲。中年时期发胖的身子，像同他作对似的一直胖到现在。但他之所以选穿窄小的马甲，并非由于体胖。不知是出于讲究还是习惯，他的西服始终在服装店定做。在旁人眼里，他似乎对宽大的西服马甲讨厌得近乎憎恶。

"怎么样，克平君？"梶大助问起八千代的丈夫。他总是这样称呼自己女婿。

"老样子。"

"噢。"便再不打听了，神情好像是说老样子也好，然后说道，"你这就去医院一趟。还是要带点什么东西吧？"

"什么好呢？"

"糕点或威士忌什么的……"

"对方到底是什么样的人呀？这要看对象才行。"

"一眼看不出来。怕是黑市商人，再不就是捎客。"

"那不合适吧？那种人送什么威士忌！要送，就送钱好了。"

"钱要事后另外送吧？"

"到底要住多少天呢？"

"这也要你去问问。其实也许用不着住院。不过毕竟是我们碰的嘛！"梶大助又问，"饭吃过了？"

"还没呢。接到电话就跑出来的嘛！"八千代回答。

"来点儿什么吧？"

"不，肚子还不饿……那人什么模样呀？"八千代问起自己将要探望的人。

"倒也不是胡搅蛮缠的人。碰了以后，自己还一步步往前走来着。要不是我不放心，把他叫住，也许就那样走掉了。若是一般人，断不会轻易罢休的。"

"既然这样，您自己去不就得了！"

"正忙着，哪里抽得出时间！"

"以为就您一个人忙！"接着，八千代换上一副略微正经的语气，"爸爸，手头可有上万日元？"

梶大助一瞬间睁大眼睛盯视女儿，样子有点惊异。

"有倒是有……前几天在大阪给你的哪里去了？"

"比往常开销大嘛。"

"可不许趁看望车撞的人之机敲竹杠哟！"

"哎哟，我可没那个意思！"

"也罢，反正代我跑一趟医院就是。"

梶大助便起身把手探进上衣袋，在里边窸窸窣窣抓弄了半天，摸出一叠两折的钞票，递给八千代：

"给，这是你的那份。"

八千代没有数，她知道肯定恰好十张。

父亲给钱时一贯如此。对母亲滋乃也不例外。母亲需要的生活费，由父亲从衣袋里掏出。按照所要款额给，一张不多也不少。不是舍不得，从来是要多少给多少。只是数量多的时候，会略略流露出不悦之色。

父亲不让母亲滋乃掌握经济实权。八千代无论如何都认为这是一种吝啬。但她又没发现父亲惜钱如命的表现。母亲每月所需之物，尽可从父亲手里讨取，并无什么限制。八千代根本不晓得父亲有多少钱，社会上恐怕也无人知晓。

作为企业家，梶大助在大阪是屈指可数的人物，尽管他担任经理的大本营——一家制药公司属于二流。此外由于他人缘好，拥有数不清的会长、顾问头衔——大多是徒有虚名的荣誉职务。

社会上对他有两种看法。一种认为他一文不名，一种认为他腰缠万贯。而在八千代眼里，父亲那种令人高深莫测的恢宏气势或许便是其过人之处。

作为买慰问品的钱，她从父亲手里另外接过一张钞票，继而又不失时机地问：

"给叫辆车好么？"

等车时间里，男职员敲门进来：

"有两位先生来，在大厅里等着呢。"

梶大助从其手里接过两张名片，问：

"一同来的？"

"嗯。"

梶略一沉吟：

"不对头，不对。是分别来的。"

"是吗？因为正好一同出现……对不起。"

"即使一同来的，也未见得同路。"

八千代颇为奇怪地听着父亲和男职员的对话。

"八千代，把皮箱里的领带拿出来！"梶脱去上衣，朝房间角落的穿衣镜走去。看样子是想换领带。

八千代从壁橱里拎出父亲的手提皮箱，放在椅子上打开。

"别乱翻，不就在上面吗？"

果然，在塞得乱七八糟的东西上边，放着领带套，里面装有三条。虽是老年人，梶却很赶时髦。

"扎哪条呀？"

"哦——"

"这条不错！"

八千代拉出一条条纹高雅的领带，往父亲脖颈上比量。她想起自己在少女时代，经常这样在家为准备外出的父亲选择领带。她觉得，在女儿为父亲做的事情当中，或许这件事最能使她体会到身为女儿的心情。也不仅仅限于女儿，在女人所做的事情里边，恐怕只有这件最能使自身感受到女性特点。

同时，八千代脑海里，条件反射似的浮现出绝不让自己挑选领带的丈夫大贯克平，于是开口道：

"大贯那人，讨厌死了！"

梶大助佯装未闻。

"怎么说他好呢，是马虎不成？"

"牢骚谁都有。"

"你想想，他又喝酒，工资这个月又只拿回七千日元……"

"两个人嘛。"

"两个人就够花了？"

"跟我发脾气也没用哟!"

"您还是说说他好。"

"他不是挺好么?"

"看上去也许不坏。"

"也不光是看上去,我可是不断实际受害。"

随后,梶大助忍俊不禁似的笑起来。

不仅对自己的女婿,梶大助对任何人都绝对不说长道短。不论别人如何套话,也从不随声附和。或许正是这一点使他获得了今天的地位。

"那么,医院那边就交给你了。"从镜前离开的梶说道。

"我也出去。"

八千代跟父亲一起走出房间,在走廊上分手离去。

"西银座有一所叫立花的外科医院,请开到那里。"说着,八千代钻进车门。

四下里陡然变得春意盎然,街上人山人海。报纸上曾报道过今年女性的流行色为藏青色。果不其然,人行道上往来穿行的年轻女郎,身上大多以藏青为基色。

"九段的樱花已开有六分啦!"司机突然开口。

"已开了那么多了?"

"天气暖和嘛。昨天就已把两对客人拉到九段去了,这以前是没有过的。时代真变得这般悠闲了不成?"停了一会,"我觉得挺纳闷,本来世间并不景气。可转念一想,因为夜里观樱是不用钱的嘛!"

"夜里观樱"这句话使得八千代不无感触,一股冷却多年的温情涌上心头。

"您拉的客人是什么样的?"八千代想,人家好心搭话,总该应对一句才好。

"一对夫妇,另一对怕是年轻恋人。"司机回答。

八千代忽然心生一念:如果自己也同丈夫克平晚间同去看看樱花,该是何等惬意啊!夫妇二人,在烂漫的樱花树下,顺着拥挤的人群空隙双双前行,确不失为一桩快事。结婚已经六年,还从未一同逛过春宵。

"医院等会再去。请先往日本桥那边拐一下。"八千代说。

汽车停在尾张街十字路口,等待绿灯信号。伤员不会从医院跑出,但对克平那个人,若不早些打招呼,说不定会窜到哪里去。

丈夫大贯克平在柳川商事股份有限公司涉外科工作。这家公司总部设在神户,战前就很有名。战争期间曾一度濒于破产,但三四年前已开始东山再起,重振雄风。

八千代在中央银行那宏伟的大厦前下车后,从侧门走上二楼。柳川商社在二楼西侧占有两个房间。

走到传达处,八千代请那里一个十八九岁的少女把克平叫出来。不一会儿,一位年轻职员走了出来。年轻人穿戴得齐齐整整。不仅是他,这里所有的职员都穿着讲究,言谈举止无不使人感到他们是从事对外贸易的工作人员。

"大贯君正在地下室理发。您是去那里呢,还是从这里打电话过去?"年轻职员说。

八千代借传达室的电话,接通地下室理发店。话筒里传来了克平的声音。

"是我。"八千代说。但克平没有应声。这是丈夫的一个坏毛病。

"是我呀!"八千代又说一遍。

"唔。"随即,"别那么没皮没脸地来商社好不好!"克平终于说话了。这并非他十分不耐烦的表示,平素他总是这样。

"什么没皮没脸?有事才来的嘛!"八千代压低嗓门,以不使传达处的少女听见。

"今天,可有空儿?"

"哪来的空儿,工作一大堆!连抽烟工夫都没有。"

"那你现在还理发?"

克平欲言又止,大概动了肝火。

"我猜猜好么,您脸上满是肥皂沫吧?仰脸躺着……"八千代仍旧低声说道。她确实像看到了带着满脸肥皂沫接电话的丈夫。

"有事说事好了!"

"这不就要说么!"

"痛快点!"

又不是来吵架的——八千代本想这样顶他,但当着传达处少女的面,毕竟不好出口。

"晚上能出去吗?"

"干吗?"

"听说樱花已经开了一大半,九段那里的……不去看看?想让您带我一块儿去。"

"有什么意思!"克平斩钉截铁,"你去算了!"

"一个人,我不干。"

"没个做伴的么?"

"冷酷!"

"不一块儿去看樱花就冷酷了?哪有这一说!"

"我请客,啤酒还是请得起的。有笔临时收入,从父亲手里要的……"

"用父亲的钱看樱花、喝啤酒,我可不干。反正,今天不成,商社约的人要来。"

这回八千代默不作声了。

"放下啰,没事了吧?"丈夫的声音。

"你不能放,得我先放!"言毕,八千代放下听筒。她自己都感到脸上有些发红,悔不该来找什么丈夫!

八千代离开大厦,钻进等在门外的汽车。

"久等了。这回径直去医院。"说完,又想起件事来,"还得麻烦停一次,随便哪个糕点铺门口……"

此时,每月总要出现一两次的那种不明不白、近乎凄凉的寂寞感又开始向她袭来。

八千代手拿糕点盒,在西银座拐角处的立花医院前下了车。同丈夫通电话后的寂寞感使得她心境黯然,对来医院这桩本来就不情愿的事情，陡然觉得成了沉重的心理负担。

在服务台前，她说出从父亲口里听来的住院者姓名：

"想找一位姓曾根的先生，他的房间……"

服务台的事务员刚要回答，一位刚巧走过的护士说：

"在这边，请——"说着，走在前边给八千代带路。

这座楼房不大，与其说是医院，不如说是诊所。狭窄的走廊，一侧是挨得紧紧的五间病房，一侧是窗口。从外面明亮光线中走来的八千代，感到整座建筑一片阴暗。阴暗中，一股福尔马林的味道微微扑鼻。

走到正中的房间前，她敲开了门。只见四张半垫席大的房间里放着一张床，住院者正仰面躺着看书。

"打扰您了！"八千代招呼道。

对方应声而起，眼睛盯着八千代，却迟迟不开口，一副愕然的神情。

八千代也觉得此人面熟。等到看见床头那半开的旅行背囊，才猛然想起，原来是火车上的那个人。

"噢——"八千代刚一出声，曾根二郎搔着头说：

"对不起。"

"原来是您呀！"

"意外，真是一场意外！"对方见八千代笑靥迎人，自己也笑了，"实在抱歉得很，惹出了这么大的麻烦！"

"抱歉的是我们。是我们……"八千代本想说是我们把你碰的，但又咽了下去，而一时又找不出合适的字眼。

"我也真是发傻，竟然撞到车上去了。"

"不要紧吗?"

"本来就不要紧，可到底还是……"说到这里，转而问八千代，"您是? ……"

"我是他女儿。"

"呃，那么，那位是您父亲啰? 一定是这样! 瞧令尊大人硬把我监禁在这么个地方。说实话，根本就一点事也没有。恨不得今早就出院来着，但又想不告而辞不好，就等了下来。等有人来再走。"曾根二郎一本正经地说。那许久没刮的胡须使得他不大像是这种房间的住客。

"请，可又没椅子啊。"曾根从床上下来，把背囊塞进床底，"不管怎样，您来得太好了!"

曾根二郎站在窗口旁边，点燃香烟。八千代也觉得不便直挺挺地站在病房中间，便仍然提着糕点盒，走到曾根站立的窗口。

"那天下车以后，每天都在东京东游西转，到头来竟转到车身上去了，实在有失体面。一踏进东京大门，就有点不知所措。"

"火车上也把账单拿错来着。"八千代不由脱口而出。

"啊，那时候嘛，那时候因为喝了酒。当然，这次也喝了酒。"

"喜欢酒?"

"算是吧。倒也喝不太多。不过撞到汽车上时，确实喝得

32

酩酊大醉了。一位在大学当教授的朋友拉我在银座挨门逐户喝个不休。"

听得这话，八千代重新看了看曾根二郎的脸。尽管不修边幅，但相貌和言谈显然说明他是知识分子。

"那位大学老师是您的大学同学？"

"高中同学。"。

"大学在哪里读的？"

"东京。农学院毕业后，一直从事渔夫一样的工作。"接着，曾根把话题转到关键问题上来，"今天可以出院了吧？"

"出院真的没事？"

"一点不说谎。是您父亲硬把我拖进来的嘛。"

"不过，我父亲能不能答应呢……"

"别再开玩笑了！从情理上说，我想住一个晚上也就够了。"

"您这院住的也真怪。"说罢，八千代自己也被这句话逗得笑了起来。隐士一般慎重的父亲，眼前这位质朴无华的男子——两人当时应酬的场面历历如在眼前。

"那么，就算您可以出院……一同吃顿饭好么？要不然我父亲会放心不下的。"八千代说道。说完一想，吃饭虽没问题，但那胡子和背囊还是要让他处理一下才行。

"吃饭？这可是……"

"不方便？"

"那倒不至于。只是不大习惯。"他露出一副很是为难的样子，但毕竟还是答应了。

八千代到医院办公室找院长办了出院手续，把一千七百日元处置费和住院费付给服务台护士。然后把收据折成四折，塞进皮钱包，事后要找父亲报销的。

"五点钟在前面那家饮食店里恭候。那以前，您是不是把胡须刮一刮？"八千代返回病房说道。

"胡须？不碍事。"曾根边说边摸了摸下巴。

八千代告别曾根后，逛了一圈商店。整五点，她走进立花医院正对面的饮食店中。

曾根坐在最里边的位置上。胡子虽依然如故，背囊却是没带。

"背囊怎么办了？"八千代落座后问道。

"按您说的，寄存在医院里了。"话语中使人感到他的诚实——像个听大人话的孩子似的，"这可是头一次脱手！"

"里面装着相当贵重的物品吧？"

"全是杜父研究资料。"

"研究资料？什么杜父，莫非那种叫得很好听的青蛙？"

"不，不，是鱼。"

"哎哟，有那种鱼？听都没听过。"

"都那么说。"

这当儿，八千代要的汽水送上桌来。

"这么远跑来，为的是找个地方把它出版。不成啊，哪里都不成。"

"哪里都不成？"

"与学术有关的主要出版社大都拜访过了，大学里的出版社也去了，本以为大学方面会有什么好办法……"

但那张脸却不像是吃闭门羹的样子。并不消沉气馁，甚至给人以乐观之感。

喝罢汽水，八千代起身说：

"我来奉陪。"然后付了账，走出门，"就在那儿，走着去好么？"

"多远都能走。要是人们都能走几步的话，车就不会这么多了。说起来，东京人过于贪恋坐车。"

"啊。"八千代觉得曾根的话好似针对自己说的。手头有一点余钱，就禁不住要以车代步。

八千代把曾根领到西银座一家法国风味饭店。虽是地下室，但有着地下室特有的安然气氛。桌子的排列很宽松，沙发也属高档。她曾两次跟父亲来过这里。

落座之后，八千代把男职员送来的菜谱递给曾根。曾根看了一眼：

"这么多名堂，我看不懂。您看着挑好了，不要太多。"

"不必客气。"

"不是客气。我觉得好像遇上了财神。"曾根笑道。八千代也大有富翁之感——反正事后找父亲算账就是。

"先来个汤。再来个烧牡蛎，奶汁烤雏鸡，最后来个箸鳎鱼拌饭。"八千代吩咐男职员。

"先少来点酒好么？"曾根腼腆地说。

"对不起，稀里糊涂地忘了……"从曾根脸上那与年龄不相符的腼腆中，八千代感到一种十分朴实而温暖的情感。

饭吃了两个来小时。曾根喝光了两瓶酒，脸颊微微发红了。

走出饭店，曾根以特有的爽快道谢说：

"我这就告辞了。给您家添这么多麻烦，又是送去住院，又是款待吃饭……"

"送您一段吧!"八千代说。

"不不，可以了。我想现在去上野看看樱花。报纸上说今天樱花开齐了。上野夜晚的樱花好久没看到了，这就去观赏一下。"

"哎哟，去赏樱花? 我陪您去好吗?"八千代不由说道，随即补了一句，"不过，会妨碍您吧?"

"哪里谈得上妨碍……"嘴虽这么说，但脸上多少流露出并非完全没有妨碍的神情。

尽管如此，他还是答应了："您若方便，那么请!"

见对方同意，八千代便定下主意去一趟。现在要是不去，恐怕今年便看不成樱花了。

"那我叫辆车。"说完，八千代想起曾根说过的东京人过于贪恋坐车的那句话，便又问，"可以么，坐小车?"

小车开到池边。不忍池周围的樱花早已过了盛期，开始凋零了。拐上广小路，两人下了车。曾根付了车费。

越往坡上人越多，远远望去，真是万头攒动。花团锦簇的树枝给夜空构成了一幅绚丽的框架。在街灯的辉映下，浅红色的樱花如同初醒的明眸一般闪闪烁烁。

两人顺着人缝爬上慢坡。到坡顶往茶馆旁边一站，不忍池尽收眼底。隔着隐隐约约的黑色水面，小型旅馆和饭店的霓虹灯在夜空里一片灿然。

"漂亮呀！如此看来，东京也……从乡下出来，相比之下，还是夜景比夜樱更好看。"

"在东京待到什么时候？"

"再过两三天就准备回去。肯为杜父鱼掏钱的人不是那么容易找的啊！下次进京，得先有个目标才行。"

"您说的钱是……"

"自费出版嘛！"

"那么，您见见我父亲好么？说不定能有点帮助。父亲本身虽没钱，但他挂了好多学术赞助会会长、理事一类的头衔。"八千代不无积极地怂恿道。

"唔——"曾根不大起劲地应了一声，"跟医院讲好寄存两三个小时，差不多该回去了。"他似乎放心不下寄存的背囊。

三 耳环

第三饭店一个房间里。七点钟时，梶大助被电话铃声叫起床来。不止今天早上，每个早上都几乎是被大阪总公司打来的电话叫醒的。

　　他仔仔细细地刮好胡须，七点三十分走进饭厅。在饭店来说，他属于最先用早餐的人之列，今天他又是头一个。

　　梶喜欢清晨空荡荡的饭厅。今天，他像以往那样慢悠悠地吃了一点面包，一点水果和青菜，又吃了一个鸡蛋喝了一杯牛奶。这就是他一天的工作能源了。

　　离开饭厅走进房间，东京分公司的年轻秘书正在等他。

　　"晚间十点半的卧铺车票给您拿来了。"

　　"辛苦了。"梶大助接过车票，"明天早上我回大阪总公司上班，通知了吧?"

　　"已经通知了。"

　　"好了。"

梶大助打发年轻职员走开。他总是叫人把火车票在当天一早送到。把票前一天拿在手里，他担心丢失；若傍晚才送来，他又在票到手之前心神不定。所以总是在当天早上拿票。这也是他的一种任性之处。

梶大助透过窗口，久久注视着下面院子里的柿树嫩叶。七天前来京的时候那嫩叶还不过是紧贴树枝的无数个绿点，而现在却已成了一片片鲜亮的绿荫。一周时间里居然长到几乎面目全非的程度，那浅绿的色调也一天浓似一天。

自两三年前开始，梶大助就喜欢观赏绿叶。以往他觉得花好看，如今则认为绿叶动人。也许是年龄的关系。那一枚枚日渐膨胀的毛茸茸的小叶是那样赏心悦目。

梶大助把视线从柿树新叶上移开，眯起眼睛翻开了手册。上午有三位来访者，都是事业方面的，也都是打算来"掏"自己腰包的。当然只能拒绝了事。尽管这种应酬纯属浪费时间，但还是要见一见。下午也有一位求见者——曾根二郎。此人也是谈钱，但只是求自己从中周旋。这是八千代之托，二来又有被自己车撞过的因缘，要想点办法才是。

在这些来访者杀到之前，梶大助有件事必须办妥。他拿起听筒，向接线员讲出对方电话号码。

电话马上接通了。

"我是梶啊……"往下便含糊其词了。

"是我，我是杏子。"听筒中传来女子清脆脆水灵灵的话声。虽然稍纵即逝，却像泉水叮咚声似的在梶大助耳中回响不已。

　　"来了有四五天了。有个东西想送给你。"梶大助耳贴听筒说道。于是年轻女子的声音即刻弹回：

　　"让我猜猜。耳环！对吧？"

　　"嗯。"没等对方应声，"下午有时间。坐车去看两处樱花，好么？"

　　"新鲜，那么有时间……"

　　"每年总有一两次无所事事的时候……今天大概就赶上这时候了。怎么样，能去吗？"

　　"能去呀！"

　　"那好，两点钟来，一起吃晚饭。"

　　放下电话，梶大助的脸上闪现出极为柔和的表情。

　　五分钟后，第一个访问者来到了。这是位红脸膛的中年实业家，手持一位议员的介绍信。谈的是扩建关西私营铁路之事。

　　"事情固然很好，但无法满足尊意。"由于刚刚打完电话，柔情未尽，梶大助温和地说道。但温和中含有坚决，使得对方难以再次启齿。

　　此人走后，一位三十上下的年轻男子进来。这小伙子在地方上经营一家百货商店。人虽精明强干，可惜资金不足，因此希望梶大助助一臂之力——借梶的面子从别处挖笔钱来。想得倒是很美。

　　"开商店？活计怕是不错。不过我是适应不了啰，该是你们年轻人的事。"

年轻人央求了一个小时，悻悻地走了。

第三人是从鱼内脏中提取药物的，怂恿梶的公司往里投资。讲得头头是道，但无甚魅力。对他本人油水不少，自己这方面却没大便宜。

"同样的事情提得太多了。您要是早来一步倒还可以考虑。……反正，请到别处看看吧。"

梶站起身来。对方灰溜溜地走了。

剩下的最后一个来访者——曾根二郎下午一点钟到。还有点时间。梶翻开报纸，八千代的丈夫大贯克平来电话了。

"是我。"他从来没叫过梶一声"爸爸"，"今天下午两点可以拜访么？半个小时。"

"两点？"梶想了一下，克平是不好不见的，"可以，来吧。"

放下电话，梶马上对接线员说出早上打过的电话号码。刚一接通，年轻女子的声音便传了过来：

"是原定时间有变化吧？"

"嗯。"

"一猜就是那么回事儿。"

"三点来好了，嗯？"梶大助放下听筒。

一点整，曾根二郎准时来了。见得曾根开门闪进，梶大助像对老朋友似的大声招呼道："你来了！"并主动起身相迎。

"前几天实在抱歉。"

"是我给您添了许多麻烦。"

梶注视着曾根，露出释然的神情。当时他就觉得曾根不错，现在在白天的光线下看去，更觉得曾根是个好汉子。听说他还是个学者。从脸上透露出的坚毅神情来看，这是一张不为金钱所动的脸，一张与权术绝缘的脸。梶想，人诚然不坏，却属于自己奈何不得的类型——在价值观上与自己截然不同。

"八千代给我讲了。需要一大笔钱？"梶开门见山。

"啊，要是有人慨然解囊，自然不想客气。"

"找找看，"梶略一沉吟，"打电话试试。"随即拿起电话，道出两三家曾根也有耳闻的大公司名字。

稍顷，一家接通了。

"山泽君在吗？不在的话，就请中岛君。我是梶。"梶大助说道，接电话的好像不是经理就是专务。

梶说话时，曾根觉得听人打电话不礼貌，便欠身离开椅子，眼望窗外。"一百万啊""能出吗""想个办法嘛"——这些只言片语扑进耳来。在曾根听来，让人出一百万日元居然像玩似的。

放下听筒，梶对曾根说：

"要是有人问起的话，得请你来说明一下。有家公司已经表态，愿意为正经研究出钱赞助。"

接着，他又打了几个同样的电话。

"研究内容相当不错。我是不懂，反正请见他一面。"

对梶在电话中的说法，曾根感到格外叫人信赖。他觉得自己似乎接触到了做梦也没想到的世界。

"可能还有几家。"

曾根见梶在努力从记忆中搜索其他赞助公司，便说：

"可以了。找那么多家，钱太多了。"

梶大助有些愕然，神情严肃地说道：

"钱这东西，有时看上去有人出其实却没人出。还是多找几家好。"他转而又说，"不过，有时又会从天而降。"

"是么!"

"只要是干正经事，早晚总会有地方出钱的。"

梶那语尾清晰的男低音，是曾根来京后听到的最为叫人心里踏实的话语。

"我想大致介绍一下我的工作……"曾根刚一开口，梶制止道：

"不必了，专业上的东西，我这老头子听了也莫名其妙。总之是科研对吧？知道这一点足矣……"梶大助豪放地笑起来。这种直截了当的说法也使曾根心里舒坦了许多。

"听女儿说，最近要回九州?"

"明天的火车。"

"还能出来么？要想弄钱，两三次还是值得的。"

"只要能弄到，跑几次都无所谓。不过，能那么痛快弄到手么，钱那东西?"

"这不好说。除非已实际攥到手里……"

"可我觉得好像已经到手似的。到手时自然高兴；怎么说呢，眼看到手的时候也叫人愉快。"曾根如此向对方表达了自己真诚的谢意。

梶目不转睛地看着曾根的脸，似乎想说什么，但转而又像改变了念头。

"愉快？倒也是啊！"他高兴地笑笑，"那么……"站起身来。

"实在太感谢您了！"

"请再联系。"

梶把曾根送到门口。

过了一会儿，又来了一位不速之客。

"我是田代伸二郎的代理人。"胖墩墩的男子开口道，"以前一直没同您打过招呼……现在突然提出，恐怕有些冒昧……"冗长的开场白过后，来人才说出要请梶参加结婚仪式。仪式是在今天举行。

"噢，有那么大的小姐了？……田代家的喜事就是再忙也要抽时间去啊！"

待退休政治家的来使走出门，他又拿起听筒，接通后，眼望窗外，用与其年龄不相称的洪亮的男低音说：

"再三改时间，对不起。饭吃不成了。三点到五点，只看看樱花吧。三点来好么？……三点半更保险些。还有一人要来，这人缺乏时间观念。"

电话中讲好两点，但大贯克平出现的时候已经两点半了。

"好久没见，还是那么忙吗？"克平大踏步走到梶大助跟前。

此时，梶正在西服马夹和上衣袋里掏来掏去，寻找早上送来的车票。他一边摸索一边像对待老朋友似的"噢"一声抬起脸来：

"还是老样子？"

"倒让您抢先问了。老样子倒是老样子。"

见梶还在摸摸索索，便问："丢什么了？"

"车票。"

"胸前小袋里没有？"

"没有。"

"怪事！"说着，克平从刚坐下的椅子上站起身来，高高的个子像要从旁边将梶抱起来似的，把手伸进梶的胸前小袋。

"这个不是？硬邦邦的！"

"刚刚摸过呀！"再次摸了一下，"有了！有了！"

梶道："好个怪人！上次好像也让你找过东西。"

"不光上次，好几次……"

"别开玩笑了！"

梶笑道，克平也笑了。两人相对落座。

以六十年处世经验，同一般人只消对坐十几分钟，梶便可大致品出对方的好坏。然而唯独对女婿克平，交往六年之久仍无从判断。在这个三十四岁年轻人的端庄的脸上，仿佛有一种高深莫测之处。

因此，梶像对待无所不谈的知心朋友一样，以爽快的态度面对克平。克平毕竟是克平，他仿佛已看出那无非是梶有意做出的姿态，便同样报以爽快的态度。

"两三天前车撞了个人。"

"听说了，八千代告诉的。"

"那人刚刚来过。"

"噢。"

"是个学究，从事一种像是相当有价值的研究。说需要一百万日元做科研费或出版费什么的。"

"勒索的可真不算少！"

"不，不是我掏腰包。"

"想必是这样。"

"碰了两三处。"

"顺利?"

"或许……汽车事故给我造成的直接损失，是零用钱给八千代索去了。"

听梶说罢，克平好像觉得十分滑稽，笑出声来。梶注视着克平，心里想此人倒是不坏，只是有些不近人情。这也是他平日的看法。

"今天来，是有事相商……"克平看着梶大助，换上了郑重的语气。

"唔。"梶答应着，身体往旁边靠了靠，做出一副认真倾听的样子，随手打开烟盒。

"想去登山。"

"唔。哪里组织的，报社?"

"上次是报社。这次准备和两三个合得来的朋友自己去。"

"能行倒也好。什么时候?"

"还不清楚。眼下只是梦一样的设想,不过纸上谈兵,具体还没有眉目。不过,真想去啊!"最后这句话,大贯克平说得异常热切。

"嗯,可以理解!"

"我想,要是三四个人慢慢溜达着去,一定很有意思。"

"是有意思。"

"与其做登山家,不如当旅行家——还是旅行更好玩。"

"不过,对旅行家可是没人出钱吧?"

"问题就在这里。"

"如果不是抱有一个目的,至少要在日本登山史——即便不是世界的——翻开新的一页,社会是不会予以资助的。"

"是这么回事。"

"说到底,你是想用别人的钱干自己的事吧?而且是异想天开的事!"

"不错。"

"公司能答应你?"对梶来说,似乎这才是他至为关心的。

"公司方面不用担心。钱虽不能指望它出,但假期是会给的。对商社来说多少算是一种宣传。再说经理喜欢搞哗众取宠的名堂。"

"唔。"

"问题是资金……"

"我先说明白：从我手里是拿不到的！"梶不容分说地封住了口。

"不要紧。只是想请您在名片上写句话介绍一下。"

"往哪里用？"

"到处用。"

"到处？要多少张？"

"五张至十张。"

"每处讨多少？"

"一处一百万，需要五处。一处五十万，就得找十处。"

"开玩笑，你这人！"梶惊诧起来。

"不是向个人讨，是团体。"

"那还用说，个人谁会出那玩意儿！"

"不过，其中几处，即使靠我自己的力量估计也可讨来。"

"到底去哪里？"

"喀喇昆仑山脉，喜马拉雅的腹地。日本还没人踏入一步。当然，有个摄影家到过那座山的脚下。在这个意义上，多少还是值得一去的。"克平说着，此时——唯有此时现出向往远方的眼神。梶心中暗想，八千代是不适合这个男子的，自己也未曾那样教育过她。

"那座叫作什么喀喇昆仑的山，很高？"梶问。

"就高而言，此外还有不少。除去珠穆朗玛峰，喜马拉雅山脉中海拔七千米以上的山有一百多座。喀喇昆仑山脉的最高峰也超过了八千米。那里面有沙漠，世界上最长的冰河就在那里。"克平说。

"唔。"不知何时，梶已闭上眼睛。

"目标定了，决心定了，三个志同道合的朋友也定了。"

"就是说，只差钱没定啰?"

"嗯，可以这么说。"

"怕没这么容易。等我好好弄明白以后再做考虑吧!"梶看看表，三点已过，"今天马上有人来。"

"那我告辞好了。"克平立即起身，"什么时间回去?"

"今晚夜班车。"

"请代我向母亲问好。"

"她说想春天来京一次。"

"这次同来有多好!"

"我吃不消，要陪伴她!"

"偶尔陪陪也好吧?"

"可不好!"梶笑道，也站起身来。

"再会。"克平轻轻低下头，梶送至门口。

梶大助重新在椅子上坐下，身体紧紧靠着椅背，头向后仰去。见罢克平觉得有点疲劳。见自家女婿竟感到疲劳，说来有些好笑。也许克平比自己高出一筹。

有人敲门，"咚咚咚"，敲得很轻。

"进。"门应声静静打开，山名杏子闪出脸来。

"一个人也没有?"

"没有。"

旋即，杏子像个被允许进入教导处的女学生一样，蹑手蹑脚走进屋来。

"刚才还有客人吧?"

"嗯。"

"来过一次。听里边有客人说话，就又跑出去，在附近转了一圈。"

杏子虽然年已二十五，却根本看不出来。也许是因为长得小巧玲珑，总给人一种童稚未泯之感。

苗条的肢体裹着一件类似男西服般质地粗糙的条纹套裙，开得很小的领口处，探出鲜红的围巾。乍一看去，宛似围了个毛线脖套。

"蛮不错嘛，这裙子。"梶大助说。

"绘描也说好看来着。"

"是吗?"

梶大助注视着自己喜欢的这个"布娃娃"，眼神较往日要严厉了许多。

"法语还去学吗?"梶问。

"嗯。难死人了!"山名杏子规规矩矩地坐在椅子上。梶每一开口，她便往上翻一下光闪闪的眸子。

"既然开了头，就得坚持下去。"

"没旷过课，一天也没有。"

听得两人的谈话，别人也许会以为是一对父女:一个是热心管教孩子的父亲，一个是对父亲言听计从的最小的乖女儿。

然而不用说，梶同杏子并非父女。没有任何血缘关系。但要说梶对杏子的心情最像什么，不妨可以说仍是父亲对待女儿的心情。不同的只在于，其中并不存在世间一般父亲对没有血缘关系的女儿必须一生负责到底的那种感情负荷。

在与己毫无关系的这个年轻姑娘身上，梶是舍得花钱的。既给钱，又给买西服和服；既送去学法语，又让她去欣赏最好的音乐会或戏剧演出。

梶喜欢杏子那无暇白璧般的美貌、羚羊一般敏捷的苗条肢体以及绝不会使自己失误的机灵。

这小姑娘是他在银座一家酒吧偶然发现的。而后把她从酒吧解脱出来，让其开了一家西服缝纫店。梶是想为杏子那渴望当上一流服装设计的青云之志助以一臂之力。年已花甲的梶大助还从未浪费过一分一文，而这无疑是他人生最后阶段的一笔彻头彻尾的无偿投资。也正因为他以前从不知浪费为何物，所以现在才想在不让任何人知晓的情况下尝试一番陡然做出的事业。

而山名杏子，也毫无顾虑地欣然从这位与自己相差三十几岁的老绅士手里乖乖接受他的赐予。

起始，杏子对梶不要任何代价的好意感到迷惑不解，而现在则似乎认为那是自己的权利——以自己的年轻和美貌，理应占有这些东西。这也是梶的功劳。是梶经常向她灌输这种想法的。

"本想一起吃饭，吃不成了。叫我去参加婚宴。只看看樱花吧，这还是要看的。"

"总有人突然袭击。"

对梶大助，杏子既不直呼其名，又不称为伯父。找不出恰当字眼。

"不是我心急，太忙啊！"

"您说是看樱花，可昨晚一场雨，怕都掉净了。"

"总该剩一点吧？"

"一点儿倒可能。"

"坐车兜一圈可好？"

"好的。"

杏子想，梶大助一口一个樱花，其实怕是看不成的，尽管特意出来一趟。只消一到那里，他也就死心塌地了。杏子看看表：

"不好不好，只有一小时多一点点了！"说着，起身绕到梶背后，用手推他起来。

"大衣就不带了。"

"不行，回来就是晚上了。一定得带去！"杏子用柔和的语气然而命令般地说道。

两人坐进汽车。

"五点整要到日本大酒店门口。请掌握好时间！"杏子告诉司机。

又问梶："怎么兜呀？"

"这……随便吧!"

"那就请先去青山墓地,再从九段拐往上野,然后开进银座,到日本大酒店停住。"杏子自行决定路线,吩咐司机。梶喜欢她这种雷厉风行的劲头。

"开进银座?"梶插话。

"路过我那个店时,有件东西想请您过目。"

"店同以前没大变化吧?"

"二楼阳台上摆了几盆郁金香。"

"看那个?"

"那次您不是说过郁金香好看么?"

"说过吗?"

"当然,所以我才买的。"

这种周到的用心使梶感到很愉快。

"要是再有时间,有个橱窗也想请您看一眼。"

"有什么东西?"

"鞋。"

"你的?"

"不,哪里是我的……"

"我可不要哟!"

"稍带点花样,也许时髦点。不过,可以的,真的。"

"带花样的,怕不大好。"

"颜色可是黑的,典雅着呢!我想那种样式,您穿上也无伤大雅。"

梶没有回答。但心里想，看一眼那橱窗也未尝不可。

青山墓地的樱花已经落了九成。满地零乱的落花，多少有些污秽，给人以"老残"之感。

汽车沿着墓地一侧的道路，飞快地跑了过去。

"上次见面是什么时候来着?"

"正月十二。"杏子一清二楚。

"啊，就是听你谈起有人求婚那次？……对了，进展如何?"

"当然拒绝了。"杏子说，"此外还有。"

"真够兴旺的！比西服店还……"梶笑道，"有点挑花眼了吧?"

"哪里。可您不是说过，结婚没多大意思么?"

"说是说过，不强求。不过结婚什么时候都没问题。在此以前，最好把自己的天分和才能发挥得淋漓尽致才好。然后找一个中意的。"

梶总是依照自己六十年的人生经验来看待女性。对于女儿八千代，他确实有过不使其推迟婚期的念头，而山名杏子不同。他是在将那种未曾得以教给自己女儿使其不致受损的人生真谛传授给这位年轻的被监护者。

车从九段拐到上野。两处的樱花都已彻底落尽。四月里带有腥味的海风把散在地面的花瓣吹上空中。但路边仍有众多男女熙熙攘攘。

将近五点时，车驶上数寄屋桥。

"时间不够了，郁金香和皮鞋只好放在下次了。"对梶说完，杏子交代司机，"请直接去日本大酒店。"

"钱呢?"梶问。

"去年秋天您给的，还一点没动。缝纫店也基本上一帆风顺。"

"那么，不要啰?"

"不要了。"

"另外……好像忘了件事……"梶想了一下，但没想起来。杏子"嗤嗤"笑道：

"忘了件大事!"

"什么来着?"

"耳环吧?"

"啊，对对!"梶从衣袋里掏出一个装有耳环的小纸盒，递到杏子手里，"不知你满意不。是托去香港的人买的，最近送了过来。"

梶只是对年轻女子耳垂上悬挂的这件小东西感到新奇，其他的则概无兴致。说来也很简单：一次他发现杏子戴的是翡翠仿造品，于是想买个真货给她戴上。

"打开看看!"

不料杏子一把放进手提包里：

"今晚十点半打开。"

"为什么?"

"十点半不是您上火车的时间么? 那时候才打开看。"

杏子像对年轻情人似的说道。对此，梶虽然或多或少有一点难为情，但在这世上，能够以这种方式对待自己的人恐怕唯有这少女了。他想。

"一打开盒子，可就得马上盖上哟！"梶边笑边说。

"那又为什么？"

"一上卧铺，马上就睡着的嘛！"

"到睡着总需要两三分钟吧？"这回杏子笑了。

到了日本大酒店门前，梶弓身下车。

"再见！"旋即"啪"的一声，车门在身后合上了。梶的秘密花费和消遣的时间到此结束了。

梶大助带着把年轻女郎从自己身边解放后的释然和不无怅惘的心情踏进充斥世俗气息的酒店大厅，以便为一名素不相识的女性婚事致以贺词。

四　小狗

丈夫克平说要陪商社客人吃饭，八千代想他反正很晚才能回来，自己便先进了浴室。

　　洗完出来，想马上让女佣理嘉进去：

　　"理嘉，进去洗吧。大贯有宴会，反正洗不成的。"

　　"昨晚他也没洗。"理嘉道。

　　理嘉今年十八岁，是八千代因不明原因发烧的时候从大阪娘家借来的女佣。一开始预定只借一两周时间，后来八千代以身体疲劳为由，一直借到现在。

　　一来八千代由于有理嘉而轻松了许多，二来理嘉本人也觉得这里比大阪住得舒服。白天只同八千代在一起，可以无拘无束，况且没有客人这点也叫人舒心。

　　"昨晚他也没洗？"

　　"说事情忙……"

　　"呃……这个那个总有理由，总之没洗是吧？不过今晚回来晚，等不及。你只管洗好了。"八千代把理嘉劝进浴室。

十一点半，房门铃响了。八千代出去开门。刚一打开，便见克平板着面孔——喝酒时总是这样——跨进门旁的水泥地房间，鞋带也没解地站着脱鞋。

"不行，不解带子会把鞋后帮弄倒的。"

"脱时倒不了，穿的时候才倒。"接着，把捧在怀里的帽子递到八千代胸前，"瞧，要来了这个！"

丈夫一进门，八千代就觉得他帽子的形状奇怪，便晓得其中必有什么。

"什么呀，这个？"八千代往帽子里看。

"狗。"克平道。

"哎呀，狗？真是的，还装在帽子里拿回来！"

"没别的东西装嘛。小是小，毕竟是活物，不能公开带进电车内。"接着又说，"附有血统证书。什么品种写得很清楚。"

见八千代不接帽子，克平便把它放在走廊上。

"干吗放走廊里，一个狗崽子！还活着？"

"那还用说！"

八千代往脚下帽子里看了看：

"可是不动啊。"

"刚才还汪汪叫来着。"

克平重新拿起装有小狗的帽子，捧在胸前。八千代探着身子看着丈夫：不过是条小狗，丈夫何苦如此爱不释手？

"听说今天是出生后的第五十天。"克平眼盯小狗说。

"真是多事，要这么个东西来……"八千代不想要它。从小除小鸟以外，她一概不喜欢猫狗等活物。

"日本种，纯粹的……"正说着，小狗汪汪叫了起来。狗小，声音也小，却异常刺耳。

"拿着呀!"

"看着怪不舒服的。"

"连帽子拿着。哪有人怕狗的!"

"怕倒不怕，只是心里不舒服。"她的确有些反感。

"我不愿意养它……"

"不麻烦你。我来养。只是先抱一下还不行吗?"克平把狗递给八千代，走进起居室。

帽子又凉，又湿。

"不得了! 瞧，撒尿了吧?"八千代一副理直气壮的神气，走进起居室。

"活的嘛!"克平正在脱上衣。

"我可不拿。"八千代把帽子放在床垫上。小狗起劲地叫起来。

"今晚放在哪儿?"

"在厨房铺个坐垫，放到上边!"

"铺坐垫?"

"那还用问? 刚出生，怕冷嘛!"

八千代按他说的做了。

克平在盥洗室洗脸的时间里，八千代打开克平桌子上的血统证书，上面写着这小狗父母、祖父母、曾祖父母的名字。毛为花白色，特征是略带神经质。八千代想，狗还神经质，讨厌！

这天夜里，八千代醒了好几次，每次都听到厨房里传出"汪汪"的狗叫声。那声音很凄凉，似乎是想回到母亲身边去。说起来它也是个可怜的东西，但干扰睡眠却叫人生气。而把狗拿回家中的克平居然无动于衷，在旁边睡得正香。好个麻木不仁的家伙！八千代想。

黎明时分又醒了一次。这回丈夫起床了，走廊里传来唤狗的声音。八千代从枕头上抬起头，侧耳听去：

"罗恩、罗恩、罗恩！"

不一会儿，克平回来了。狗依然不停地叫。

"狗怎么样了？"

"挺正常。过一个星期就会习惯的吧？一星期内是要叫的。"

"讨厌。"

"别一口一个讨厌好不！"

"不是明写着有点神经质特征吗？神经质的，一个人已足够了！"八千代道。

克平不知想起了什么，又翻身坐起：

"用锁链锁的，该不会缠在脖子上吧。"倾听了一阵，"叫声不大对头啊！"说着又爬了起来。

"以前我胃疼的时候，你都没起来过。"

这是实情。大约半年前，有一天夜里，八千代胃疼得厉害，克平虽然知道，却未动身。

"别说怪话！"克平在门口站住。

"真事嘛！"

"没有药，起来又顶什么用！"

"没药是没药，在情理上也该起来看看嘛。"

克平再次走进厨房。不大工夫，把狗抱了进来。

"不安分的家伙！"说着，便要抱它进被窝。

"抱着它睡？"

"当然。"

"要撒尿的！"

"或许。"

"哎呀，我可不要它！"

"别说这种狠心话！"

八千代尽管讨厌狗，刚才也并非没动恻隐之心。然而看着丈夫那般疼爱狗的神情，仍不由有些气愤——虽说不是对狗怀有嫉妒。

小狗被放进被窝后，当即老实下来，安安稳稳，一声不响了。不一会儿又传来克平入睡的呼吸声。

六点半，八千代像往常一样醒了。理嘉好像已经起身，厨房里响起炊具相碰的声响。突然间，八千代发现小狗就趴在自己枕旁，吓得一跃而起。

"哎呀呀，吓死人了！喂喂，您倒起来呀！"

她想把克平推醒，不料脚刚往床垫上一落，便觉得脚心冰凉，而且凉得非同一般。

"起来呀，可不得了！"八千代叫道。

"什么呀？"克平大大地伸了个懒腰。

"讨厌死了，瞧我踩着个什么怪玩意儿！"

"撒的尿吧？"

"尿倒还好……"

克平不以为意地缓缓翻身趴下，"罗恩罗恩"地悠然叫起狗来。

"昨晚您不是说什么都不麻烦我吗？"

"给狗收拾一下排泄物是不包括在麻烦里边的。用纸夹走，再用热水刷刷就行了嘛。快点呀，我还得起床呢！"

怎么说都是自己有理！她想。

"我还得起床呢！"——八千代模仿丈夫的口气拉长声重复一遍。

吃罢早饭，克平和八千代在饭厅里吵起嘴来。直接起因是小狗——狗不知跑到哪里去了，但话题很快便转到性质更为严重的问题上了。

"这个月只拿回七千日元，您以为那就可以过下去不成？滑稽！"八千代说。

"我就是把工资全部拿回来，你不也是不给我吗？不也是不想给我吗？你要是肯给我，我就连喝咖啡钱都省下来，连工资袋交给你。反正你早知道光靠工资不够用，那就只管从娘家讨来不就行了！"

实际上克平也这样认为。八千代这人，即使把整个工资袋——两万三千日元通通交给她，也还是不够花的。无论什么，她都一样少不得。时至今日，克平不由有几分后悔，真不该讨在富裕家庭里长大的女子为妻。这种女人固然有其好处，但自己却受不了。工资如数拿回也好，拿回一半也好，反正她都要从娘家拿钱补贴。既然如此，那就尽可能把自己的零花钱留够为好。

但八千代有八千代的理由。相比之下，喜欢挥霍的莫如说更是丈夫。

"我也不愿意从父亲手里讨零花钱。可是，我穿新西服你就高兴，而一副邋遢样子你就不快，是吧?"

"那倒是。"

"吃饭的时候，一没有好吃的，你就沉下脸来。"

"当然还是喜欢好吃的，人之本能嘛。"

"这不就是了!"

"可也并不是非要做好吃的不可呀。"

"什么话都给您说尽了。"八千代说，"又要吃好，又要酒喝，又要我穿好衣服——光是这些倒也罢了……"

"还怎么?"

"不还想登山么? 登山那笔开销多大呀。从星期六到星期天，每星期都去。说起来，登山就是一种奢侈的爱好!"

"不是爱好，是工作。"

"乱花钱的工作。"

"不错。不过，我可是为了登山才生到这世上来的。"

"讨厌您这么说话。"

"讨厌也没用。"

"那我问您，山和我哪个重要？"

"这个……"克平一时语塞，俄而冲口而出，"是山吧！"

"这是第六次，你这话！"

"记得倒清楚。"

"当然清楚。丈夫居然有比自己更重要的东西，女人能受得了吗？"

八千代的确满腹不快。每当丈夫提起山来，她就觉得气愤，甚至对山有点嫉妒。克平提起登山时的面孔里带有一种不容分说的冷酷神情。

克平和八千代吵了十来分钟。终于由克平不再开口方偃旗息鼓了。提起山来，那个还没有向八千代谈及的远征喀喇昆仑的计划已沉甸甸地压上克平的心头。倘若如愿以偿，就得抛开家几个月时间。

"反正我是不养那个狗。"八千代拉回了话题。

"那就随便好了。怎么都不乐意的话，不养也可以。"

"把它还回原来要的地方好么？"

"那不成。托人要来的，现在怎么好说不要！"克平起身，走进放有西服立柜的隔壁房间，准备上班。

送丈夫出门时，八千代恢复了兴致。

"哎哟，又叫了！"说着，八千代侧耳细听。果然，从厨房那边传来小狗的叫声。

"拜托了。"说罢，克平扬长而去。

这天，克平一下班就早早地赶回家来。这在他是很少见的。但并不是因为早上同八千代吵过架而心怀歉意。而是想把一家杂志社所约的登山随笔写完，因为马上就到交稿期限了。

一进家门，八千代马上迎出，神情有些异样。

"可不许生气哟!"八千代眼角浮起笑意。

"什么气?"

"你猜!"

"不说我哪知道。"

"说了就怕您生气——狗打发出去了，送人了。"

"送人了?"

"嗯。"

克平瞪着八千代的脸，而后一言不发地来到二楼自己那间六张垫席大的书房。

八千代从后边追了上来。

"今早，您不是说山比我还重要么?"

"说了。"克平边说边把上衣甩到桌子上，接着又把领带甩上去。

"对山我就忍了，没办法……"稍停，"可要是再说出狗也重要来，我可受不住。"

"我没那么说吧?"

"那我跟您说，您知道，我从小就最讨厌狗。"语气不无郑重。

"所以就送人了，嗯？"

"嗯。"

"亏你做得出！跟丈夫连个招呼都不打。"

"早上您不是说送人也行么？"

克平坐在床垫上，狠狠地把袜子拉下脚来。

八千代走出书房，到楼下拿起丈夫的和服，重新上来。

克平换完衣服，问：

"狗到底送哪儿去了？"

"可以告诉您。可您脸色别那么吓人……"八千代感到这次争吵的性质要比今早那次严重些。

"川边先生家。"

"川边？"

"往火车站拐弯的地方，不是有一家很大的住宅么，就是那家保险公司经理的……"

"呃，好个有闲太太之家！"

"那太太是我在街上遇见的。我一提狗，她说非常想要，夫妇俩都喜欢狗。对狗来说，也还是去那里享福。"

"天晓得！"克平说道，"打电话要回来好么？"他慢悠悠地把烟叼在嘴里点着。此时丈夫的脸上，现出毅然决然的神态。

"我不干，已经送人了……"

"那是你送的。可我呢，特意要来的，就那么送人了，怎么对得起人！"

"我可是不愿意养它的哟！"

"知道你不愿意，也不叫你养。反正你再从什么川边某人家里要回来就是。"

"要回来又怎么着？"

"送还给我的人。"

"啊……啊，居然成了严重事件！"

"严重也是你惹起的。"

"好，我打就是。真不好意思……"

"好意思不好意思，与我何干！"

八千代离开书房，走下楼梯。脚步"嗵嗵"作响，听起来声音很重。克平想，近来怕是长了不少多余的脂肪。稍顷，八千代再次上来。

"说是现在不在，狗不在川边先生家。"

"为什么？"克平抬起脸。

"说那日本狗若是长大了还好，可长大前非常难养。"

"那还用说。"

"所以像是寄养出去了，让别人……"

"唔。"克平感到自己的火气已经一触即发，"你献给川边，川边又转手送人！"

"不是送人，是寄养。不至于送人的，哪怕看在我面上……"

"送给我的那人怕也是这么想的吧!"克平强压火气,"再给川边家打电话,问狗现在哪里。"

"想怎么着?"

"取回来。"

"我已经那么说了。结果对方让等两三天,说由川边先生家去取,然后送过来。"八千代说。

"也够川边折腾的了!"

"不过一条小狗,刚刚要来就……"

"都怪你胡来!"

"那种东西,压根儿就不该拿回来。刚刚要回来,自家也好,川边先生家也好,还有川边先生寄养的那家也好,都闹得鸡犬不宁!"

确实如此。

"是我不对了不成?"克平悻悻地说道。不觉之间,事态的发展趋势似乎一切归咎于自己了。

"狗也够受的。这里那里,转来转去,还要转回来!"

"混账!"克平一声大喝。

每次和八千代吵架都是这样:一来二去就弄得自己一身不是。八千代这女人有一种不可思议的本事。

"不劳川边大驾,我自己去取。"

"川边川边,别那么光指名道姓!"

"你是让我叫他川边先生?"

"川边先生没任何罪过。"

"那，叫川边先生也罢。反正你再打个电话，问清把狗送到哪里了，今晚我就去取。"

"还打？"

"打。"

"够呛！"八千代夸张地长叹一声，又跑下楼去。

克平侧起耳朵，听得楼下传来八千代打电话的声音："给了人的东西现在又要回去，实在不像话。闹得府上不得安生！"

从八千代话里听来，似乎是说给克平狗的那户人家翻脸不认账了。

一会儿，八千代上来。

"好像顶糟糕的是给我狗的那家人啰！"克平的语气带有挖苦意味。

"要是不那么说的话……我说，已经送给川边先生的狗，现在又要讨回去。"八千代发出笑声。

"别那么怪笑！"

"听起来怪？"随即，"我都要哭了，瞧，眼泪出来了！"八千代对着丈夫。克平一看，果然眼里充满了泪水，马上就要滴落下来。

在他们为狗吵架的第二天，克平一下班就直接从日本桥往银座走去。春天已不知不觉接近尾声。人行道上挤满了从公司下班的男男女女。

克平喜欢在这种时候从日本桥步行去银座。任何行人的走路姿势都带有这一时刻的特征。那迈动着的步履使人感到一种从一天劳累中解放之后的悠然，而又没有漫步式的懈怠。

银座那边，夕晖中浮现出刚刚闪亮的霓虹灯。霓虹灯在这一时刻最为好看。其任何颜色都没有夹杂黑暗中的那种糜烂之感，而显得玉洁冰清。其闪烁之态也饶有兴味，甚至带有一点滑稽。

虽然此时的行人都带有一定的特征，唯独克平却是例外。他比别人都走得快。并且一旦起步，便不会改变自己的行速，也不会中途驻足。他对按自己的行速在人行道上行走有着一种快感。这也许是他在学生时代养成的习惯，这点还没人注意到。因此，即使同样走路，克平也总是不断超越别人。从日本桥到银座，只一会儿工夫他便超过了几十人。

他穿过四丁目十字路口，走上银座前街，继而在早有名气的花式糕点样式的大酒吧前向右拐弯。这是他平时下班后消磨时间时走的路线。但往日他是拐下银座前街，再从一丁目十字路口往右拐；而今天却径直向前走到三丁目，然后向左拐去。

当克平沿着银座后街快要走到新桥时，他放眼向两侧鳞次栉比的店铺看去。中国风味饭店、洋货店、酒吧、糕点铺、西服店、鞋店……交替出现，目不暇接。不久，克平在一家店前站住。这是一家夹在中国风味饭店那红色建筑与井井有条的西式糕点店之间的小店。

门面宽不足五尺，却很有纵深感。店内一侧是陈列窗，另一侧是西服布料架。陈列窗里立着三个身穿漂亮西服的模特儿。克平一步跨入店内，又马上退回人行道，抬头看了眼招牌，上书：雅玛娜西服店。

他看清的确是自己要访问的店后，再次跨进店门，朝里面招呼说：

"请问……"

这当儿，他似乎听得哪里传来小狗的叫声。侧耳细听，又听不见了。也许是神经过敏。一个二十来岁店员模样的姑娘正和一位四十光景的女顾客交谈，见到克平，寒暄道：

"欢迎光临！"

"冒昧打听一件事，这里可是大森川边先生寄养小狗的地方？"克平问。

"啊。"年轻姑娘不置可否，并像等待下文似的眼睛盯着克平，仿佛在说"那么……"

"到这里来，是就此有句话要说。"

"请稍等一会。"

店员向女顾客点点头，走近旁边门帘，向里边打声招呼，把门帘稍稍掀开。门帘被撩起时，闪出很大的三棱镜，映出一个似乎正在裁衣服的女子身影。

门帘里边响起说话声，但未能清楚地传到克平这里。

姑娘走出，对克平说：

"请再等等。"然后便把脸转向女顾客。

克平站在稍微离开些的地方，眼望外面的街道。

不知从哪里又传来小狗的叫声。他打量一下四周，仍弄不清是从哪里传来的。这里虽地处银座的后面，但细听起来城市的噪音仍包围着这家小店。门前车辆川流不息，行人络绎不绝。那狗的叫声就像从噪音屏的缝中硬挤过来似的，时而传进耳来，却又不明其响自何处。克平觉得就像躺在草丛当中，静听不时传来的秋虫鸣声一样。

"让您久等了!"

克平随声回头一看，见一位年轻女郎亭亭玉立。

"我姓山名。"

既然自报姓名，克平估计是此店的主人。但因对方过于年轻，又不禁有几分疑惑。

"这是您的店?"克平问起与狗不相关的话来。对方的神情似乎使他不得不这样问。

"是的。去年夏天开的。"

克平觉得如此说话的年轻女郎的眼神很美。那是一对会说话的眼睛。不论多么细微的感情涟漪都会从这对小镜头中一泻而出。

"是您吧，领了条小狗?"

"不是领，是寄养两个月。"

"呃。为这小狗，有件事需得到您的谅解。"

"反正，请这边来，挺脏乱的……"

这时，一名顾客从帘内出来，山名杏子笑容可掬地将其送出。然后高高掀起门帘，把克平让进里边。刚一迈进，一股脂粉气息隐约扑鼻。

"都是妇女吧，进这里的?"

"也有狗。"

一看，果然窗口边小桌上的空果篓里，蹲着那条拴着红线绳的小狗。房间仅有三张垫席大小。正面开一个大大的窗口，窗户敞开着。窗外虽然不大宽敞，但仍像有一点空地。暮色之中，几枝似乎是莲花之类的长柄把嫩叶一直举到窗边。

山名杏子让克平坐在窗口处待客用的椅子上，招呼一个与刚才不同的年轻姑娘端进红茶，尔后打开房间拐角处的开关。于是三棱镜上的荧光灯把青白的光辉泻满狭小的房间。

"是在这里裁衣服样子?"

"嗯。"

"不错的店嘛!"

"啊。"

克平知道，在银座一带，即使规模小，但拥有这样一个店也不是轻易可以办到的。看来，开这种店只能说是相当富有之家小姐的一种特殊消遣。

克平不无放肆地打量着山名杏子照在三棱镜里的姿容。

给人以羚羊之感。羚羊少女! 或许是羚羊夫人。身材小巧玲珑，整个身段还保留着少女的紧张感。下俯的脸庞尽管端庄动人，身上却带有理性的严峻，使得这张脸难以同"媚态"发生联系。克平想，不妨将其视为羚羊少女。

正想着，羚羊少女抬起脸来。明澈的眸子机灵地转动不已。三棱镜中几对同样的眼睛，一齐朝克平看来。

"关于小狗，有何见教？"杏子问。

"坦率地说，我是来领狗的。说取回是不大好听，总之其原所有者的想法有所改变。"

"这狗，是我受川边太太之托，寄养在这里的……"

"我知道。说起来有点啰唆，不过还是从头讲好么？要不然你怕是很难明白其中来龙去脉的。"

"您是说，这狗很棘手啰？"杏子笑道，随即解开项圈一般系在狗脖子上的红线绳。

狗很快被抱到杏子膝盖上。脖颈上还带有一个给猫系的那种小铃。

"昨晚叫了么？"

"一开始把它放到水泥地上来着。由于叫得太凶，天快亮时就塞进被窝里了。"

原来和自己的做法一样，克平想。

"它还小，怕孤单。只要旁边有人就乖乖的了。"

"噢。"

"所以我把它装进筐里拎着走。在店里时，筐就放在桌上。"

"可爱么？"克平问。

杏子惊讶似的扬起脸来：

"即使日本狗当中，模样这般可爱的也很少见。"口气中带有挑战的意味。

此时克平心想：这狗的养主，势必要是这位年轻女士了。

五　黑石

五月里的第一个周日。

　　山名杏子从住所青山公寓一进银座的西服店，便拿起桌子上的信件，独自登上二楼的工作间。

　　一看钟，已经十点。若是往日，两个年轻姑娘早已经踏响嘈杂的缝纫机了。而今天是休息日，工作间里悄无声息。街道上行人渐渐多了起来。汽车的流量星期天也比平日少些，只有走路的皮鞋声听得格外真切。

　　杏子倚窗坐定，从五六封信中只抽出两封。其他都是可看可不看的，不是行业报纸、西服料广告，就是同一条街上的酒吧开业通知。抽出的两封信中，一封是女校时代同学坂上时子写来的。告诉说有个同学最近结婚，还有个同学已经当了母亲，并说她自己也准备在秋天前完婚。字里行间不无欣喜之情。

　　读罢，杏子依然手拿信绷脸呆坐片刻。

不仅对这位同学，对所有女校同学的来信，杏子都怀有一种敬而远之的心情。每次看完信，总是有股恨不得把同学一把推开的冰冷情绪袭扰着她。对此连她本人都有些生厌。她觉得自己处于与往日的亲朋故友截然有别的境地。

结婚、怀孕、育婴——每个同学都毫不迟疑地准备踏上这条世俗妇女的生活道路。

唯独自己不同！

杏子对自己如此说道。

这未必是由于被梶大助说动了心。她本身也不想结婚，不想沉浸在家庭之中，而打算在结婚之前把身上的潜力痛快淋漓地发挥出来。人生只有一次，一去不复返。尽管如此，杏子还是想独辟蹊径。她也无意永远独身，但既然有梶大助这位靠山，便无须急于结婚。她准备充分利用目前得天独厚的处境，尝试走一段作为女人来说较为独特的道路。

然而看了同学的信后，仍不免生出一缕寂寞之感——当然还不至于使自己因而改弦易辙。对于在烧菜做饭、生儿育女、人情往来的忙碌当中陡然衰老的母亲，杏子并不抱否定态度，只是不想步其后尘。

就拿嫁到较为富裕的商人之家的姐姐来说，经济困难固然没有，但眼下同样陷入与母亲毫无二致的境地。据说她有绘画天赋，其本人也声称要画一辈子画。然而自出嫁以后，却一次都没有拿起过画笔。

或许母亲也好，姐姐也好，都有着杏子所不知晓的作为女人的欢乐，但杏子还是要选择有自己特色的生活方式。

杏子又拿起一封信来。这是大贯克平来的。印有柳川商事股份有限公司大号的白信封上，用钢笔写着大贯克平。

杏子没有当即打开，而是把信放在缝纫机上。克平原来是取狗的，结果却把狗留给了自己。想起当时克平的面容，杏子感到其中含有一种潇洒而倜傥的气质。至于它来自其把狗送与自己的行为，还是源于他那给人以分外枯燥之感的特有的应酬方式，杏子却不太清楚。

杏子对打开信有些犹豫。她奇异地意识到这封信来自异性，而这种意识是未曾有过的。

对杏子来说，在以往接触过的男性中最有魅力的是梶大助。当然，那魅力有别于年轻男性，尽管每次见面都因为他忙而匆匆告别，然而对方却像巨幅墙壁一般给人以托身屏障之感。杏子喜欢的就是这一点。以往接触的任何男性，甚至父亲也不具备这点。不仅他那种虽然有些落后于时代却又不失风流的穿戴令人惬意，其慷慨大方的气度恐也无人企及。

当杏子提出想当服装设计师时，梶大助说：

"设计师？什么名堂我是不懂。想干你就干好了！不过，既然干，可就得一干到底哟！"

杏子再没有比这时候更觉得梶大助可钦佩了。对自己慨然解囊诚然令人感激，但杏子所以敬佩大助，并非由于他的好意帮助，而是由于他那丝毫不以杏子是女人这点为意而毫不踌躇地鼓励自己善始善终的态度。

杏子似乎觉得任何男性都未曾像此时的梶大助那样吸引过自己。同这位六十岁老绅士相比，自己周围的所有男性都显得不够分量。然而只有大贯克平给人的印象在今天的杏子眼里是个例外。

杏子坐在缝纫机前的椅子上，打开大贯克平的信。

小狗有血统证书，准备一并奉送。但邮寄须折成几折，因此最好面交。明天傍晚，一家叫山小屋的啤酒馆里有个小型聚会，届时我去那里，请派人来取，好么？

这就是全部内容。既没写收信人杏子的姓名，又没有其本身的落款。只是潦潦草草地就事写事。

杏子的目光在这封信上扫了两三遍。她打算亲自去取血统证书。大贯克平确实是个值得再见一次的男子。

昼尽夜来，灰尘飞扬的周日过去了。傍晚时分，杏子走出店门口。

杏子知道那家叫山小屋的啤酒馆。同在西银座的一角，距自家店不过五分钟的路。或许因为它占据的是颜色发黑的大楼，而且是一楼中的一部分，因此从外表看去，总给人一种与啤酒馆不相协调的压抑感，恐怕只有真正喜欢啤酒的人才会到这里来。

推开沉重的门扇，幽暗的室内摆着几张十分结实的木桌。大概因是周日，只有两三个顾客。他们默默地抓起盘里的豆粒，并不时将带柄的啤酒杯端到嘴边。

"一位姓大贯的先生，还没有到吧？"杏子问里边一个穿白衣的男职员。

"大贯先生？在那边，请——"

杏子跟着男职员，穿过这个房间往里走去。走过化妆室旁狭窄的走廊，里边仍是摆有同样桌子的房间。

只有一伙顾客。三个男子围着正中间的桌子，一边喝啤酒，一边高谈阔论。杏子一眼就发现了克平。只有他脱去上衣，袖口挽在臂肘上。

男职员耳语之后，克平当即回头看了杏子一眼：

"马上就完，请稍等一下。"说罢，又谈自己的事情去了。

杏子靠在隔有两张桌子的桌旁，等待克平谈话的结束。克平对面那个长有鹰钩鼻子的男子只管一人喋喋不休：

"总之从日本出发是九月上旬，开始登山行动是十月，可以吧，那就这样定了。……问题是签证，需要巴基斯坦政府的签证。这恐怕不大容易。"他嗓门很大，一副旁若无人的神气。

与其相反，克平的声音低沉平静：

"这必须请外务省斡旋。反正，总会有办法的。"

紧接着，大嗓门又响了起来：

"另外一个困难，就是物色医生入伙。光我们知道的就有十人之多，但在人品方面却不大好挑选。"

"问题不在人品，而在于有没有敢于用 X 射线赚钱的家伙。不过这个嘛，也是车到山前必有路。"克平说道，声音依然温和平静。这时，一直默不作声的瘦小的光头汉子开口了：

"那就下周再碰头好了。我还要到别处去。"说着，欠身离座。

"真够忙的！保险公司的小职员……星期天也不得安宁？"

"算是吧。"鹰钩鼻子和光头一边说着一边同时离去。

"久等了！"克平以与刚才判若两人的活生生的表情朝杏子这边走来。

"让他们回去，这好么？"杏子有所顾虑。

"他们正要回去，完全没有关系。都是登山的伙伴。"说罢，克平吩咐男职员给杏子来一份冰激凌。

"去登山？"

"没商量正经事。"克平开朗地笑道。

"什么山？"

"叫喀喇昆仑山脉，与喜马拉雅山相连。我们想瞒着报社，自己随便去。"

"喀喇……"说到半截，杏子卡住了。

"喀喇昆仑。"

"喀喇昆仑……好别嘴的名字啊。"

"翻译过来，就是黑石，黑色的石头。"

黑石！杏子听来，这音节十分清脆悦耳。山的模样自然无从想象，但黑石这一名称却很有魅力。

这时，杏子的目光落在克平放在桌面上那从挽起的袖口中露出的胳膊上，蓦然觉得黑石这一字眼同克平的胳膊之间似乎有着某种关联。想不到克平的胳膊是那样的壮实，给太阳晒得黑黑的，活像一块坚硬的物体。

"秋天去?"杏子想起刚才鹰钩鼻说的九月份，问道。

"一般来说，登喜马拉雅山不是眼下，就是秋天。六、七、八三个月里刮季风，有暴风雪，那是不成的，而必须在季风来临前或过去后登山。"

接着，克平列举了季风来临前的种种优点，如日照时间长、气候暖和、雪深足以覆盖冰河裂缝等等，说想要登喜马拉雅山的人基本都选择这一时间。

"那么，为什么不赶在季风之前去呢?"杏子问。

"钱不凑手，要好多钱呐!当然，等到来年问题就可以解决。但这种事情，必须在伙伴们情投意合的时候进行，否则就有可能半途而废。总之，是有些勉强。再说季风过后，白天又短，气候又冷，冬天眼看着到，有很多不便之处。不过，也有一点不小的好处，那就是季风毕竟已经过去。"

克平干净利落的言谈，使杏子感到愉快。

"在哪里呀，那山?"

"巴基斯坦境内，同苏联和中国新疆接壤，那里一片荒凉，又有沙漠，又有世界上最长的冰河。马可·波罗所经之路就离那儿不远，是每一个登山家都渴望去的地方。"

克平一面说着，一面打开提包，窸窸窣窣翻了一会儿，默默取出一张很大的纸片。

"地图么?"

"狗的血统证书。"克平道。

"谢谢!"

杏子接过血统证,事务性地打开。由于刚才听的是有关登山的话,现在不由得感到有些驴唇不对马嘴。

"怎样,还叫吗?"克平问。

"嗯。"

"系上铃了?"

"怕一时马虎跑丢它。"杏子嘴上这样回答,但心里很想继续听克平谈山。

"以前有人登过那座叫黑石的山吗?"

"日本人中,只有一位摄影师去过那里。有个叫黑德的人,登过那儿的一座叫慕士塔格塔峰的山,但爬到半山腰就退下来了。"

"危险?"

"怕是路太长了。"克平说道。

杏子不由抬起脸来,她觉得克平的说法有些奇怪。

"这次还登那座山?"

"不,我们要登的那座叫喜士帕尔峰,海拔七千六百多米,没有一个人登过。"

"登没人登过的山,真棒!"

"真棒?"克平反问。

"或许真棒。"克平略一沉吟,"登山有两种。一种是登前人未曾涉足的山，也就是处女峰，以征服它为目的。不过我们这次略有不同，玩玩罢了。因为那是座充满传说、历史和神秘的山。而且那里三四个人也能爬得上。而要是再高一些，就得动用大部队才行。"

"可还是有危险吧？"

"这是难免的。雪崩就够吓人的。但更可怕的可能还是疾病，因为它远离文明国度。能办到的话，我们想带一位医生同行。"

"就是说要物色身为医生的登山家啰？"

"是的。但这需要很多条件。只有当过大学登山队队长的人才可以胜任。日本没有冰河，因此只能在雪山上训练，也就是所谓极地法。如果不是受过这种训练的人……"克平似乎觉得说来话长，便为自己要来了啤酒。

"日本的山全都晓得？"

"哪里。……有时候也曾发誓要踏遍日本所有山峰的三角点，但眼下……"

杏子发现自己不知何时开始竟直视着克平。

"多大年龄时开始登山的？"杏子问。

"这……从多大开始的呢？"克平把送来的啤酒杯端起，"真正开始登山，估计是在高中二年级的时候。从那以后可让母亲没少操心。"

"没遇到过危险？"

"有一次三天没回来，被报纸报道了，可把母亲吓坏了，现在还动不动就提起这事哩。登山是一种不孝顺的运动。"克平的声调几乎没有起伏,而带有一种特别的沉静,好像是谈论别人的事情。

杏子想起克平上次为小狗的事来店时,也完全是这副声调。对此并不能一概以冷漠而论,她更愿意认为这是平静而温和的说话方式中含有一种难以言喻的冷静基调。

"不过,在不孝之中,因登山而让母亲担心这种不孝,怕是最为高尚的吧。"

"高尚?"克平露出略为惊愕的神情,"这个……高尚还是不高尚呢?……"

"同样是担心,还是为此担心更好。在母亲为子女担心的事情当中,居然还有为同大山搏斗的孩子而牵肠挂肚的事!"

"呃,原来你指的是这种意义上的高尚。可也有的母亲就是因为这种高尚的担心而发疯的哟!"

"哦?"

杏子心里一惊。但并非由于克平所说的事实,而为的是他那毫不客气的说法。这种不容分说的独断多少使杏子有些气恼。这当儿,男职员进来:

"大贯先生,这位要见您。"

克平从男职员手中接过名片,扫了一眼:

"不晓得呀,谁呢?"旋即似有所悟,改口说,"啊,是他,晓得晓得。请到这里来。"

男职员走后,杏子站起身来。

"不觉说了这么长时间,我这就告辞了,谢谢!"

"这就走?"克平也立起身。

"请再给我谈谈山!"杏子说道,坦率得连她自己都感到吃惊。她确实想再多听克平谈一会儿登山之事。

"山的事,那么有趣?"

"嗯,非常。"

"往后一段时间里,每个周日晚上我们都在这儿聚会。方便的话,随便来好了。不过也没多大意思,全是登山计划的话。"

"可以的,我就是想在旁边听听这种话。"

当来找克平的那位登山家模样的质朴汉子出现时,杏子已转身离去了。

送杏子走后,克平站在桌旁盯了一眼桌上的名片,把曾根二郎的名字存入脑海。

"是曾根君吗?"克平探直上身接待来访者。

"是的,我是曾根。"曾根二郎猛地收住脚步,还未进入话题,眼睛里便浮现出如遇知己般的亲切神情。

"请!"克平让座道。

"不错嘛,这个店!是啤酒店吧?蛮清静的!"曾根环视四周,落座了。

"今天是礼拜天,所以静些。平时也不是这样。"

"嗯。不过,东京能有这等地方,真叫人羡慕啊!"

克平想,这男子难怪叫车撞上,原来全无一点防线,将自己和盘托出。曾根二郎又从一度落座的椅子上站起身来，客气地说道：

"忘记先告诉您了，我给您太太和岳父添了很多麻烦……"

"知道了，请坐。"克平再次劝其坐下。

曾根重新落座。

"完全是因意外之事添的麻烦。"

"难为您啦！"

"难为的不光我自己。"

"什么时候来京的?"

"四五天前。"

克平为新来的客人要来啤酒。

"顺利吗，我岳父那方面?"

"您是说求梶先生办的事?"

"怕不易吧!"克平抢先自答。

"是不易啊，实在是……"

"伤脑筋呐，筹款这勾当! 我也向岳父开口相求来着。"

"哦，您也?"曾根惊讶了。

"我跟您不同，是得寸进尺! 我是想，不管怎样，至少开口还是要开口的，反正试试看吧。"

"那可真够梶先生受的。"

"没什么。对于他，不过是张口之劳罢了。"

"那也有难处啊。"曾根接着道，"梶先生说过，钱那玩意儿在攥到手心之前，是不能说已经到手的。我想也是这样。梶先生介绍的几个地方，我逐个跑了一遍。由于有梶先生的面子，对我都很客气，可一谈到关键的钱字……"

"您就是为这个来京的?"

"是的。"

"也真是，您这人!"克平不禁叹道，似乎批评对方的草率，"我倒不是讲岳父的坏话，他的话是不能完全信以为真的。"

"是吗? 看不出是那样的人。"曾根二郎一口喝掉杯中酒的三分之一。

"这并不是说他信口开河。他太忙了，一忙起来就丢在脑后去了。"

"呃，是这样。"

"而且，他从来不说一个不字。无论求他什么，都肯定接受无疑。随后也真心实意地开口托人。不过，也仅是如此而已。"

"唔。"

"依我看，即使天大的难题端到他面前，他也不至于拒绝。所以才获得了今天的地位。"

"蛮有意思的性格嘛。"

"说来倒也挺有意思……"

"但我喜欢，喜欢梶先生。……原来如此，也好也好!"曾根愉快地说着，仰脖把啤酒喝干，"我再来一杯，您如何?

今天我请客。上次是您太太请的，今天我来请您。"

说完，曾根吩咐男职员再为自己和克平各来一杯。曾根本来想把结果向梶大助大致报告一下，但对方没在东京。便用八千代给的名片找到她丈夫克平的单位，从值班员口中听得大概在这个地方，于是一路找来——他把这一经过告诉了克平。

"有趣有趣，梶先生这人！"梶大助并非完全值得信赖这点，似乎反而使曾根二郎大为满意。

"为梶先生，来，干一杯！"

"岳父想必会高兴的，想不到得到您这一位知音……"克平也笑着应酬，未必出于挖苦。

"有求必应，而且满怀诚意。但转身忘个精光。这很有人情味儿，我喜欢他这点。他是很忙吧?"

"不可开交。"

"忙起来谁都必然这样。责任不在梶先生，而在对方。"

"对方也确实令人头疼，突如其来地求上门来。身为梶大助，又不好太冷眼相待，因此就只好含糊其词地答对一番。"

"可我却对这含糊其词实实地指望上了。乖乖，是我的不是！"曾根眯缝眼睛笑道。克平盯着这位为人不知要好到何种地步的杜父鱼专家，命令男职员:

"啤酒！"

他觉得现在唯有喝酒。

"为我岳父干杯倒是不错，可眼下你还是有难处吧?"克平问。

"我？我没关系。"无论话里还是脸上，都没有一丝忧虑，"就当没有遇到梶先生罢了。这次来京，说起来是空折腾一场，不过权当来这里喝啤酒，也就平心静气了。"

"从九州特意跑到这里喝啤酒？"克平心想，人再好也该有个限度。而曾根却全然不以为意。

"喝酒这玩意儿，就那么回事。无所谓。"

"可也够呛啊，从九州！"

"说够呛倒也不是不够呛。腰都累痛了。要不是这样……"

俩人同时笑起来。看样子，曾根是打心眼里感到好笑；而克平却是在曾根的感染下也不由得觉得滑稽起来。

"走吧，到哪里找一家酒吧去。"克平道。他想：就这么把曾根打发回九州未免说不过去，至少该领他去一下银座的酒吧。

"稍等等！"克平起身付款。曾根也想付，但等他起身时，克平已经把零钱找回来了。

"这可不好。"

"哪里，这有什么。"

"都怪我，稀里糊涂地……"曾根确实一副歉然的神色。

两人走出山小屋时，已经夜幕降临。克平把曾根领到自己常去的一家小酒吧，喝起了威士忌。曾根说：

"可以给您太太打个电话吗？上次的事，我想谢谢她。"

克平于是用酒吧的电话将八千代叫出，把听筒递给曾根。克平一面品尝威士忌，一面隔些距离往打电话的曾根二郎那边看着。

"……不，谢谢！这工夫，您丈夫请我喝酒呢，今晚实在叫人高兴。……出版经费么？……那个嘛，没有关系，承蒙开口托人已经足够意思了。太谢谢了！"

曾根把听筒贴在耳朵上，忽而搔头，忽而点头致谢，这情形映入克平的眼帘。稍顷，曾根返回座位，说：

"太太说她两三天内回大阪娘家。"

这事克平还没从八千代嘴里听说，笑道：

"是吗？一般每隔一个月回去一次。"

"叫我顺便到梶先生家去一趟。"

"去去无妨。虽说指望不得，也还是再当面求求好。"克平说。

走出第二家酒吧时，克平和曾根都已脚步蹒跚了。

"漂亮啊，您太太！实在是个温柔的好太太！"曾根边走边说，"有福气呀，大贯君！"

"谈不上，"克平苦笑而已，"谈不上是个好老婆。"

"怎么会，漂亮、贤惠，又有教养。"

"可您的太太如何？"

"我的？我的也是个不错的家伙。去世五六年啦……"

"去世了？"

"嗯。"

"那么，现在……"

"单身。也不错啊。我那个家伙……当然同您那位相比，长相足差十万八千里，可还是有她体贴人的地方，真想领给您看看！"曾根说，但并未给人以夸耀自己爱人之感。

"还找吗？"

"想找啊！"曾根语气沉静下来，"想找是想找，但又嫌啰唆，就一天天拖了下来。"

"啰唆？可一个人总不方便吧！"

"倒是不方便。想起这不方便来，就想讨一个。虽想讨，可讨到手之前的啰唆又吃不消。"

如此说来，成婚前的手续和交往对男人或许是够啰唆的。酒后在银座街头边走边谈老婆，这对克平来说还是头一遭。

汽车驶来。

"危险哟！"克平提醒曾根。曾根连忙闪过。

"不要紧，这回没带那个背囊。再说，每次进京挨车撞，那还得了！"没等说完，又一辆车飞驰而来。

"危险！"克平拉住曾根的胳膊。

"还真够险的！"曾根缓缓地大声说道。

在有乐街站前，两人都站住了。

"我这就失陪了。"克平说。

"实在谢谢您了！我来京一次不容易，就再待两三天，找找旧书什么的。此外按您说的，回去时在大阪下车，拜访一下梶先生。"

"那就同我内人一块走如何？"

"不啦，谢谢。……怎么好同太太那样的美人同行！在大阪见面吧。请代我问好。"

分手以后，曾根不知往何处去是好，又摇摇摆摆地返回了银座。而克平，尽管平时同任何人交谈都不知疲倦，这次却奇怪地感到有些倦意。他舒了口气。终于从曾根那善良的天性中解脱出来了。

六　风

在大阪站，曾根二郎从"飞燕"号特快列车走下。十五分钟后，手提皮包的曾根出现在阪神电车的候车站。

从大阪火车站到阪神电车站本来近在咫尺，然而他竟花了十五分钟，连他自己都觉得有点不可思议。而最为不可思议的是曾根二郎本身。每次到陌生之地，从没有一次顺利过。这次也是如此。走出出站口，一个学生告诉他"就是那座建筑"，他便按对方说的走了过去。不料钻出地道一看，总觉得有些不对头。于是重新钻回地道，结果这回被带到了阪神电车站。在对此类琐事的判断上，他从小就只有劣等生的水平。

他买了一张去香栌园的车票。

在香栌园下了电车，先到酒吧打了个电话。他按八千代说的往海滨方向走去。快到海边时，他大致估计了一下，走下了左侧洼地。在头一座住宅前，他向人打听梶大助的住处。

"找梶先生家?"一位年轻的妻子模样的妇女职员问。

"嗯。"

"对面。"

往对面一看，那住宅虽不很大，但是座半洋式建筑，四周围着石墙，显得很有气魄。

曾根又觉得不可思议，竟能如此顺利地找到梶家。本来他已想好，准备花三四十分钟摸到梶家房门，结果却全然不费工夫。莫名其妙。这可是从来没有过的。

梶家大门紧闭。曾根发现安有门铃，便按了一下。不一会儿，女佣出来。

"我姓曾根。梶先生在府上吗？"

"在。什么事啊？"女佣问。听口气，似乎不想马上让进去。

曾根递出名片：

"我想梶先生看一下这个就会知道的。"接着又说，"如果东京大贯君的太太已经回来，请太太看也可以，她也会晓得的。"

女佣转身进去，马上又返回说：

"请进。"

"梶先生忙着吧？"曾根边说边钻过便门。

"啊，正在烧洗澡水。"女佣回答。

曾根心想梶大助不可能烧洗澡水，便说：

"我要拜访的是您家主人。"

"噢，他总是亲自动手烧洗澡水的。"

真是个行事独特的人物，曾根想。

他被让进客厅。这是间方方正正的西式房间，有八张垫席大小。博古架上摆着各种各样貌似昂贵的陈列品。钟、偶人、画集、瓷碗，有欠协调地零乱摆在一起。不过，恐怕这也正是梶家客厅的特色。不大工夫，只听一声转动门拉手的声响，"您来了！上次……"身穿和服的八千代随同声音一起闪进厅来。但在感觉上，似乎声音比人先飞进来。曾根站起身。

"欢迎！"

"啊，打扰了。"

曾根觉得八千代同在东京相见时比简直像变了一个人。此时看上去，居然显得如此光彩夺目甚至言谈都有所不同。

"承您美意，就拜访来了。"随即，"我马上告辞，请别客气。只要见一眼梶先生就可以了。"曾根道。他担心对方为自己准备晚饭。

"哟，别那么说，慢慢坐着好了。……爸爸马上就来。"八千代把女佣端来的茶放到曾根面前，"我是前天回来的，火车挤得不得了。您今天怎么样？"

"座位倒找到了，可也挤得厉害。不过，我坐的是三等。"

"哎呀，我也是三等。说来好笑，来家时因为没钱，总是三等，回去时是二等。"

"唔？"

"回来借钱的嘛！来借钱当然就坐不上二等啰。"八千代笑道。

"不错啊，能有地方借钱……"

听得曾根如此说，八千代仿佛此时才察觉似的说：

"我爸爸介绍的地方都不成？真对不起，反而给您添了麻烦。"

"哪里话。钱这玩意儿，本来就不像是唾手可得的。"

"也罢，这回让爸爸给介绍一个可靠的地方。"

正说着，门声响了，传来梶特有的男低音：

"曾根君来了?"

八千代慌忙站起。

"不行，爸爸，瞧您这身!"她没让梶进客厅，硬将他推回走廊。只听被推到门外的梶说：

"曾根君有什么关系？这就进去好了。"说着步入客厅。他下身穿一条工作服样的裤子，上身裹一件旧衬衫。

"瞧你呀爸爸!"

"正烧洗澡水，没烧完换什么衣服!"继而，"啊，上次真是抱歉。"

他略微叉腿，深深弯下腰。

"听说都白费了，这可真是!"梶大助用他那一向抑扬有致的从容声调俨然道歉地说道。

曾根起身寒暄：

"承蒙诸多关照……"

"请，请请!"梶先自落座，劝曾根也坐下。这一切都做得老练圆滑，滴水不漏。

"你看你爸爸，光是当时提那么一句，事后就撒手不管了——克平这么说来着。"

"哪有那事。"梶笑道。一副既不肯定又不否定的样子。

接着问曾根："什么来着，你的研究？"

"杜父鱼。"

"啊，对，对对，是鱼，是研究鱼，像是一种奇妙的鱼。是你说的吧？"梶把脸转向八千代。

"我可没那么说。"八千代生气似的否定道。

"那么是克平？"

"克平也没说！"

"那是谁呢？"

梶大助从桌上抓起一支香烟。果不其然，曾根想，看这情形是不大可以信赖。不过他毫无不快之感。

"曾根君是为了见父亲给介绍的人特意跑到东京来的。"八千代从旁解释道。

"这可是……反倒连累你了！"

"不不，无所谓，这有什么！"

曾根说罢，八千代从旁插嘴：

"大阪就没有一处？"

"有吧？"梶想了一下，"找两三处问问。"

然后像突然想起似的："今晚就住下好了，如何？住在这里。"

"那怎么行!"

"住下好了! 我也好有时间找地方问问。"接着又像想起什么似的,"不洗个澡? 洗个澡! 坐火车来的,最好还是洗个澡,舒展一下。水该开了,这就请进,我来烧。"梶立身起来。

曾根于是按主人的吩咐,决定洗个澡。八千代把他领到房子尽头的一间浴室。更衣室有三张垫席大。进去后可以看见隔壁用玻璃隔开的浴室。这里也很宽敞,就一般家庭来说,简直宽敞得有些过分。

"好舒服的浴室啊!"曾根感叹。

"就是光线太亮了。"

"像温泉一样!"

八千代转而说道:

"要是改用煤气就方便了。可是父亲要烧洗澡水,改不了。"

"呃,喜欢烧洗澡水?"

"说喜欢也好,反正是一种消遣吧,肯定……没有别的消遣嘛。"八千代笑道。然后把卷在一起的浴衣放下。

"您慢洗!"说完走了出去。

曾根脱掉西服,放进衣篓,拿起八千代留下的毛巾,走进木造浴室,把身子泡进同是木造的浴槽。一会儿,传来梶的声音:

"怎样,水温?"

"正好!"曾根边回答边环视四周。但弄不清梶的声音是从哪边来的。

"灶口到底在哪边呐?"曾根问。

"这边呀!"墙壁响起了柴棍之类东西叩击的声音,曾根听出声音来自自己对面的墙壁。

"南边吧?"

"是的。"

"烧的是木柴吧?到底还是木柴烧的水洗着舒服。"这并非客套,他确实感到惬意,"不管怎么说,真不好意思啊,竟然让您给烧水洗澡……"

"总是我烧。从老婆到女佣,统统由我烧。"

曾根走出浴槽,往身上擦香皂。不一会儿,又传来梶的声音:

"热的话只管兑水,别客气。火正猛着哩!"

冲完身子,再进浴槽时,果然水烫得厉害。曾根拧开水龙头,掺进冷水。

"如何?"梶问。

"相当热了。"

"多往里兑水!"

"不行啊,爸爸,差不多撤火吧……"这回传来的是八千代责怪爸爸的声音。

曾根从浴室出来,一时不知是穿西服,还是穿已经放好的和服。转念一想,反正今晚要在这里吃晚饭,索性借穿和服算了。

刚刚穿罢，女佣进来，拿起西服要走。

"啊，不麻烦了。"

"给您挂好。"

"只是挂？那倒无妨。"

曾根容光焕发地返回刚才的客厅。片刻，梶夫人进来。是位五十五六岁的妇女，脸型同八千代一样，一看就是位开朗的人。不同的是，八千代讲究打扮，而这位夫人则显然不修边幅。

"啊，欢迎欢迎！"夫人热情寒暄，"刚出去了一会儿。东京的大贯经常承您关照……"

曾根起身，连忙致谢：

"不不，承蒙关照的是我。"接着，"今天冒昧登门拜访……竟让您丈夫来烧水洗澡……"

"那是他心甘情愿，不必介意，其实被他烧水的人才吃尽苦头。可怜女佣她们每天都得提心吊胆地进到滚热的浴槽去。"

"噢——"

"最近，有家报纸登了一篇关于烧洗澡水的文章，还表扬他来着，他本人就更加得意忘形……"说着，夫人笑起来。

"少见啊，梶先生这人！"

"报纸倒是表扬来着，可家里人都笑破肚皮。他烧水，不过是因为喜欢往里扔柴火。那样好倒是很好……"

这位夫人尽管嘴上说得有些尖刻，但并无挖苦的意味，可是也不至于使人感受到多深的恩爱。说起来，她甚至有些放肆，实际上怕也是对梶大助持批评态度的。曾根暗想，在这位夫人面前，梶大助作为企业家的不同凡响之处并无什么特别意义。其老成稳重势必被解释为"不爱吭声"，其深思熟虑也难免被她当成"死不开窍"。

不过梶夫人确实是位好人，这点曾根一眼就已看出。她丝毫没有拉出梶大助夫人的造作架势。眼下她唯一的苦恼，恐怕就是看上去有些肥胖。这也是无可奈何的。

"肚子饿了吧？正在那边准备呢。"说着，夫人把桌上的东西收拾走。一会儿，八千代进来。

"我妈来过了吧？"

"嗯，刚刚见过。"

"一对般配夫妻。可享福着呢，我妈！"八千代如此评论母亲。

晚饭是在八张垫席大的饭厅里开始的。曾根、梶、夫人和八千代四人围坐在一张垫席大小的桌旁。曾根背靠壁龛，对面是梶。曾根的横头是八千代，梶的旁边坐着夫人。

"请随便好了。我们家对哪一位都不当客人特别款待，这样好像反而会使客人轻松些。"梶夫人对曾根说。

"瞧你，怎么这么说话！"说着，梶大助拿起面前的啤酒瓶，为曾根斟上，并说，"第一杯我给你斟满，往下自己随便来，啤酒有的是。"

"那我就不客气了！"曾根心想，反正这饭吃定了，便不客气地盘腿大坐，把酒杯端到嘴边，"好味道！洗完澡喝啤酒……"

本来想接着说"别有风味"，但改口道，"真想成为可以每晚如此喝啤酒的人啊！"

八千代噗嗤一笑，曾根听得，把啤酒瓶往八千代那边一举：

"怎么样，太太？"

"妈不高兴我喝，因她本人讨厌。"八千代说。

"说什么呢？胡说，我哪里不高兴你来着？"梶夫人边笑边说。

"哎哟，就是不高兴嘛，你近来就有这个毛病，动不动就放下脸来。前两天一进大门我就看出来了。"

"什么时候？"

"从东京回来的时候。"

"是那样了吗？"夫人显得若无其事，像小孩一般笨拙地动着筷子。

"不高兴也是可能的吧，谁叫你两个月就回来要一次钱呢！"梶大助一边抽取鱼刺，一边说道。脸上并不全是开玩笑的神情。

"爸爸不高兴我是知道的。我说的是妈妈不高兴。"

"太太，怎么样？"曾根又一次向八千代劝酒。

"那就喝一点。"八千代自己站起取来杯子，向着曾根的啤酒瓶伸过去。

"不错啊，这么吃饭很有家庭气氛。"曾根抒发感想。

"有时候也不好，大事无法谈。当然捐款什么的倒可以。"

"哪里有什么大不了的事！"夫人抬起脸来。

"未必没有。"梶又开始剔鱼刺。电话铃响了。八千代起身去接，马上回来对梶说：

"藤川先生来的。"

梶腰带里照样掖着餐巾，起身朝电话机走去。

谈了好长时间。其间有一次探过头来，朝曾根这么问：

"多少来着，一百万吧？"似乎指出版经费。

"嗯，一百万。"曾根回答。

"几个一百万来着？"

"一个。"

"三个四个的，大概是克平说的。"梶又转回电话机那边。不一会儿，仍旧腰掖餐巾回来，对曾根说：

"正好有个好人在关键时候来了个电话，已经说好了，明天你去详细谈谈。"

"不行啊，爸爸！"八千代从旁插嘴，"一定得落在实处，让钱能拿到才行。……藤川先生，就是天王寺的藤川先生？"

"是他。"

"那人我知道，常来这里……"

"不错。"

"那我明天一块儿去，当面拜托，要是那位的话……"

"唔。"梶脸上虽非完全赞同，但还是说，"去也好，那人也许有希望。"

继而道："一会儿大概还会有电话打来。"

话音刚落，电话铃果真又响起来，八千代再次起身去接，梶也随后去了。

"恰恰相反，是找我讨钱的!"梶笑着走回座位。

八千代突然想起似的：

"爸爸，克平托您弄钱了?"

"唔。啊不。"梶含糊其词。

"刚才您说了句什么，挺怪的。"

"是吗?"

"不是您亲口说的嘛!"

"唔。"

"唔什么? 又在捉弄我! 是的吧?"

"好像。"

"我还没听说。"

"那不好。"

"他说去哪儿?"

"像是什么喜马拉雅。"

"真是的!"八千代说，"可气! 他那人总把自己的事瞒着我。莫名其妙。去登山就是登山，有什么了不起啊!"

曾根以超然于父女谈话之外的神情，将第二瓶啤酒倒进自己杯里。

翌日，曾根在梶家二楼客厅正中间的被窝里睁开睡眼。这一晚睡得甚是舒坦。对曾根来说，近来头一次睡得如此香甜。

一看表，已经九点。昨晚饭后同梶大助闲谈了一阵子，差不多有一个小时。尔后不久便爬上二楼，钻进了被窝。那么入睡时该是十点左右。算起来睡了十一个小时。

门口响起了汽车发动声。曾根刚要打开木板套窗，见只有一扇，旋即作罢。外面，正要钻入汽车的梶大助、送其出门的夫人以及八千代闪入眼帘。本来并非有多深的交情，而自己却托人家斡旋出版经费。住了一个晚上不说，居然睡了十一个小时，直至主人上班后才起身——即使曾根这样的人也觉得过意不去。

曾根洗罢脸，以充分睡眠后的神态走进饭厅。夫人早已坐在餐桌旁。

"这回可睡足了，谢谢。梶先生已经上班走了，怪我疏忽。"

"没什么。我总是早早地把他撵走，要不然总是啰啰唆唆的……"梶夫人表情认真地说。或许是实话。

在夫人的服侍下，曾根慢慢地吃起了午餐。

"这是什么？"曾根夹起盘子上一个状如弹簧的菜。

"一种叫草苏铁的山菜，乡下送来的。"

"噢。这个呢？"曾根眼睛看着盘子上横放着的东西。

"这是山独活。也是乡下送来的。"

"净稀罕物啊!"

"梶大助早上只吃这种东西。都是从北陆乡下送来的。除他以外没一个人伸筷子。"

"不过,好吃着哩!"曾根确实觉得可口,不客气地连连夹起。

正吃着。外出准备就绪的八千代进来,说已经给天王寺的藤川家挂好了电话,

"对不起。"曾根说道。

"上午怕是来不及了。藤川先生说他下午到公司去,就到公司去找好了。"八千代说。这也是实情,一看表,已经十点半了。

曾根觉得坐在外面廊子里的八千代的脸色有些发青。不知是她穿的衣服所致,还是院子里花木绿叶映衬的关系。一阵风从院中吹过。曾根一面小心地嚼着山独活,一面从丽人肩端眺望着随风摇曳的树丛。

曾根在八千代的陪伴下,在难波的藤川证券公司的经理室里见到藤川雄三时,已是下午一点了。

藤川雄三是个其貌不扬的秃脑袋老人,六十光景,身体瘦小。但说起话来声音却蛮大。

"钱我想办法就是。小姐领来的,不容不出啊!"还没等曾根正经开口,藤川便笑着如此说道。

"小姐,到底芳龄几何了?"

"瞧您,问人这个……"

"好些年没见啦。大概还是你上女校一年级时见到的吧?"

"好像是。"

"光阴似箭啊!可你结婚的时候,我怎么没出席呀?"

"这……不过收到的贺礼却是相当可观的。"

"噢。是么?"

藤川只字不提曾根所要出版的书的内容,只顾像逗小孩似的对八千代说个不停。八千代则面带笑容地应付着他。

"您真肯出钱?"八千代打断话头,为曾根确认道。

"这个嘛,不能不出吧?"说着,藤川转向曾根,"有个条件。"

这回,他换上略为矜持的语气:"就是说,我一贯主张人们为奖励学术研究解囊,现在正好有梶先生提起了这事。既然要出钱,我便想以藤川学术奖励资金一类的名义出。这就希望你的研究内容能够与之相符。"

"那自然。"

"你的工作必须具有真正的学术价值才行。"

"嗯。"

"如果你有这种把握……"藤川雄三细小的眼睛发出光来。

"有的。"曾根断然说道。

"好!那我设法满足你的希望。只是我无法做出判断,而要请几位专家,听听他们的意见。请把所研究的内容简介给我寄一份来。"

说罢，似乎这一问题已告一段落，把身子缓缓转向八千代：

"啊，对了对了，接到你丈夫的一封信。我想是你丈夫。"

"姓大贯吧？"

"可能是。"

"什么信哪？"

"呃，只是说想见见我，叫我赴京时告诉他一声。"

"肯定也是钱。"

"哦。"

"他那边无所谓。是要去爬山。"八千代笑着说。

因有别的客人来访，曾根和八千代借此机会离开了经理室。

"我想这回有希望。"从藤川证券大厦走上人行道时，八千代说。

"是吗？"曾根摸不准藤川是否真有意捐赠出版经费。不过，同以前相比，这回毕竟算进了一步。

"不管怎样，您还是把研究内容写一份给藤川先生寄去……"

"那就寄吧。"

"以后我回来时，再去藤川先生那里看看。小时候，他很喜欢我，所以我想，要是我开口相求，他很有可能答应。"八千代说。但曾根的心思却已转向另一件事上。

"莫非真有人能正确评价我的研究内容而又肯出钱不

成？……"

"啊，"八千代似乎马上觉察出了曾根的心情，"我说的不是那个意思。"

"什么？"曾根一惊。

"我刚才说的话，您生气了吧？"

"开玩笑，有什么好生气的！"

"那样就好。"

"您很敏感哪，太太！……不过，又给您添麻烦啦！"

"哪里。"八千代刚要接着说"不能撒手不管啊"，赶忙咽了回去，而改口道，"曾根君，您才真是谨小慎微呢！"

"哪的话！"

"我丈夫一向刚愎自用，所以看起来您十分谨小慎微，像菩萨似的。"

"……"

"真的，您总是替别人着想。"

"我可是只想我自己的工作哟！"

"说到工作或许是的。但在以外的事情上就不同。"

两人来到通往心斋桥的十字路口时，八千代问："怎么办，往下的时间？火车是晚上的吧？"

"是的。那么，我告辞好了，逛一会儿就到晚上了。"

"可时间还长着呢。"

"看画好吗？"

"画？"

"美术馆里有泰西名画展，还有洛特雷克①的作品。想去看看。"接着，"您可知道长田那个画廊?"

"弄不清。哪条街?"

"不知道。不过一找就会知道的。听说那里有郁特里罗②的作品。"

八千代想，曾根可能是从报纸的新闻栏上知道的。他竟知道此等事情! 不由产生出几分钦佩之情。这位老实厚道之人的头脑里装的是什么东西呢?

①洛特雷克(1864—1901),法国画家。
②郁特里罗(1883—1955),法国风景画家。

七　红色夜空

一个阴晦的星期日。

五点钟时，山名杏子放下手中的活计，急匆匆地梳洗一番，换上衣服走出银座的店门。

这以前她为了领取小狗血统证书，去过山小屋啤酒馆一次，在那里听克平谈起了山。从那以后正好过了一个星期。克平告诉说，每周日的晚上他都同伙伴们在山小屋集中。因此杏子今天想去那里，旁听他们的谈话。

周日的啤酒馆，仍像上次一样空荡荡的，只有三四伙顾客。杏子穿过外间，朝里间觑了一眼，见里面只摆着桌椅，一个客人也没有。

杏子本想问男职员克平他们来了没有，但一想时间尚早，便折身转回外间，靠一张屋角的桌子坐下。

她要了一杯咖啡。过了三十分钟，克平和他的伙伴还是没有露面。于是杏子叫住男职员询问：

"你可知道今天大贯君他们还来这里吗？"

这男职员与上次那个不同，一副稚气未退的少年模样，答道：

"大贯君他们？我想今天不会光临吧。"

"哎呀，上次听说还来这里聚会呀……"

"今天四点左右露过一下面，但马上又转往别处去了。"

"是这样。"杏子很是失望。

"哪儿去了呢？"

"请等等。"男职员进到里边。旋即一位四十岁左右的又高又胖的男子走出道：

"欢迎光临。"同其身体相比，声音温柔得多，"大贯君他们本来计划每周日都在这儿碰头，但今天到日本桥一家叫'嘉雅宜'的烤鸡店去了。有事的话，从这里打个电话如何？"这男子已经完全谢顶了，大脸盘上汗水涔涔。他像是这里的店主人。

"不，没什么事儿。"

"如果愿意的话，去看看怎么样？"店主人详细讲了一遍那家烤鸡店的位置。

"谢谢您了！"杏子刚要起身，店主又问：

"您也登山？"

"不不。"杏子反问，"这儿是登山家聚会的地方？"

"那倒不是。只是以前我也登过山，由于这种关系，大贯君他们才来的。"店主从裤袋里掏出手帕，擦擦硕大的鼻头，他的脸上依然一层汗水。

"那我告辞了，以后也许还来打扰。"杏子对店主说罢，付了款，走出山小屋。虽说嘴上说也许来打扰，但实际上她已没心思再来这里了。她不愿意让别人这样看待自己——又没什么事，三番五次来这里干什么！

走上人行道，杏子突然产生了一种沦落街头之感。返回店里，自然有的是活计要做。然而她无意回去，同时也不想回青山公寓。她原则上以公寓为生活基地，但由于生意关系，每周总有一两天住在银座店里。而现在她则是哪里都不愿意去。

天还很亮，看不出是否已进入黄昏。街道已传递出夏天的信息。妇女身上显然出现了白服装，而男子只穿一件衬衣的身影也触目可见。夏日即将来临。

杏子感到心里空落落的。去年和前年，夏天到来前的同一时间里也是这番滋味。大概自己现在正徘徊在春夏之交的深谷里。

走到岔路口，杏子忽然扬手叫住一辆出租车：

"请开去日本桥。"说着钻进车门。

嘉雅宜烤鸡店很快就看到了。杏子在其稍前一点的地方弃车步行。

经过店门时，见小店里满屋子是人。烤肉的味道一直飘到街上，令人觉得店里似乎到处溅满了微小的肉粒子。杏子从店前走过，当然不想进去。从上车时开始，她就根本没有去烤鸡店寻找克平的念头。之所以乘车到此，不过是因为一时觉得无处可去而已。

归途中，杏子在八重洲口前又叫了一辆车。当坐进这回家的车里时，杏子意识到今晚的自己多少有点异样。她不能不承认，一股想见克平的愿望从上次相见时就一直无法抗拒地控制着自己。

"好像失火了！"

听得司机的话一看，只见右边车窗外的天空被火映得通红。火光很快转到车后去了。杏子想，这确实是容易发生火灾的夜晚。俄顷，拉响警笛的消防车从对面惊心动魄地飞驰而来。

"近来常闹火灾。"

"可不是。"

杏子随口应付一句。往下的时间该怎么办呢？宛如张开巨口的空虚感愈发强烈地向她袭来。

杏子在日本剧院前下车，随着杂沓的人群朝日比谷方向走去。她只是想走一走，去哪里都无所谓。穿过立交桥的时候，杏子发现前面一个中年妇女很眼熟。原来是她！是鲇川夫人。"太太"——她很想打声招呼，但终未出声，依然保持一定间隔，尾随其后。

鲇川夫人身穿杏子做的薄毛料浅茶色连衣裙。那看上去足有六十公斤的肥胖身段并不显得臃肿不堪，反而给人一种矜持威严之感。

这也是选用浅茶色布料所产生的良好效果。夫人本想选择黄色系列的。为了劝她改变主意而选用浅茶色的，花了将近一个小时。看来，到底还是这种颜色好。倘若用黄色的，势必惨不忍睹。

在设计上也大胆地使其单纯化。这也是杏子半强制性地使其同意的。夫人从美国一家流行杂志的六月号中挑选了一个自己中意的样式。但那无论怎么看都于她不合适。杏子为了在不直接否定以避免损伤其自负、自尊之心的情况下使其想法转过弯来，又花了半个小时。由于下摆微微张开，整条裙子看上去舒展而典雅。

总之，鲇川夫人现在身上穿的，无论颜色还是样式，都基本具备今年流行服装的条件。而同时又悄然体现出设计者别具一格的匠心，使得它在这位日本中年妇女肥胖的身上显得甚为得体。此时，那六十公斤肢体的每一部位都在杏子缝制的绝妙口袋中恰到好处地摇来摆去。对杏子来说，再没有比做这件衣服更煞费苦心的。现在看她穿在身上，又觉得再没有比它更使自己踌躇满志的了。

杏子尾随夫人走了半条街。遇到鲇川夫人前充塞她心中的寂寥空虚之感不觉之间已荡然无存。走到日活大厦门前时，鲇川夫人停住脚步，和一个小伙子面对面地交谈起来。杏子只知道那小伙子不是其丈夫鲇川幸一，但却想象不出对夫人来说对方是何等人。即使是其情夫亦未尝不可。假如自己做的衣服能对这位中年夫人的风流韵事有所帮助，倒也不失为一桩乐事。

杏子猛地转过身子，退回原路。工作！工作！一股强烈的工作欲望忽然占据了她的心。她要马上返回银座店里，一直干到深夜方休。

但杏子燃起的工作热情，只从日活大厦前持续到西银座的自家店门。用时间计算，也就是十到十五分钟。

到得店前，她又旧念复萌，想再去山小屋觑上一眼。去还是不去呢，杏子不由心神不定地止住脚步。结果还是没有进店，径自走了过去。因为一旦跨入店内，便有做不完的活计等着她。杏子边走边想，今晚的自己毕竟有些异常。

走到山小屋前，正当她犹豫着该不该推门时，门突然被从里面拉开，走出两三个男子。

"啊！"克平失声叫道，几乎撞个满怀，"对了对了，听说您刚才来过一次，真对不起。"

"哪里。"杏子狼狈地回答。

"今天在这里露了下头，然后吃饭去了。"

"不不，没事儿，没什么事儿。"

杏子话音刚落，只听一个男子声音传来：

"啊，就是这位小姐吗，为咱们捧场的？"

杏子一看，是上次见过的那个鹰钩鼻子。此人身材瘦长，浑身疙疙瘩瘩，似乎碰一下都会发痛。

"怎么样，一块去酒吧好么？"声调极为轻松，带有几分醉意。

"算了吧!"从旁劝阻的,仍是上次同克平一起的那个小个子。当时他是光头,现在略为偏后地戴一顶雨帽。

"不行,不行,你这家伙一醉就胡说。"

从言谈看来,此人虽有点神经质,而为人却极为厚道。

"怎么样,一块去好么?"鹰钩鼻又说。

"不行!"小个子再次阻拦。

杏子不知如何回答,笑着仰视克平。克平直挺挺地站着,一副对两个同伴的对话漠不关心的样子。稍顷开口道:

"怎样,真的去一趟好么?都是商量登山计划的伙伴,没关系的。"

"算了吧,乙醇这小子,醉了!"小个子提醒克平。

"你也真是多虑!"被称为乙醇的汉子说道,"一登起山来,脸皮就莫名其妙地厚起来——是变啦!"

这种同伴间无所顾忌的交谈,杏子听起来很是开心。终归,杏子决定陪克平他们三十分钟。

"怎样,你看!"被称为乙醇的长条个子对小个子道。

转而对杏子说:"我姓饭仓。因很少有人叫我饭仓,请您务必一开始就牢牢记住才好。"

"那叫您什么呢?"杏子问。

"叫乙醇君。一提乙醇,谁都晓得。就是酒精的意思。"克平从旁解释。

"喂,去哪里?"小个子问。

"哪里都行!"克平回答。

"不是哪里都行吧？领着女士嘛！"

"这位是三泽君。"克平介绍说。三泽走在前头，乙醇随后，杏子夹在乙醇和克平中间。

去的地方是新桥站前热闹地带的一家小酒吧，小得似乎十个人就能坐满。

"欢迎！"一位看上去三十五六岁的女店主一把抓起克平的手腕，"跳个舞吧！"

"真是多事！"

嘴虽如此说，克平还是一个人离开座位，同女店主在狭窄的房间里翩然起舞。

乙醇、三泽和杏子依序并排坐在沙发上。两名女职员在三人对面坐下。男子面前摆上威士忌，给杏子端来是掺有威士忌的冰镇汽水。

"大贯，过来这里坐呀！"三泽招呼正在跳舞的克平。

"让他跳好了，别惹老板娘不高兴！"乙醇说着，端起酒杯。杏子半年前曾在酒吧打过工，对眼前的气氛自然习以为常。不过，一旦远离之后又重新身临其境，竟无端地心神不安起来。绰号为乙醇的饭仓眨眼间便把一杯威士忌喝光，要来了第二杯。

"饭仓君能喝酒吧？"杏子说。

"能喝谈不上，只是喜欢。"邻座的三泽代为回答。

"那么，乙醇君这称呼……"

杏子说到这里，三泽接过：

"啊，这跟酒量无关。去年在喜马拉雅山，他喝过用来装昆虫的瓶子里的酒精。这是个很有名的故事，登山的同行没有一个不知道。因此奉送给他一个乙醇的雅号。"

乙醇两臂拄在桌面上，舔着威士忌酒杯。神情尽管怡然自得，但仍隐约透露出剽悍之气。说他从采集昆虫标本的瓶子里喝酒精，看来是完全可能的。

不久，克平和女店主跳罢舞，来到杏子身边坐下。

"也没给您谈山，却跑到这么个怪地方来。"克平对杏子说。

"不，挺有意思的。"

"喝呀！"坐在三泽那边的乙醇朝杏子这边招呼道，"这种地方，偶尔来一次也不坏吧？"

"啊。"杏子其实完全不想隐瞒自己曾在酒吧做工的过去，但怕别人不会相信，便随便搪塞一声。

女店主进入里边不大工夫，再次闪身出来。她的双臂裸露无余，也许是想以此炫耀丰满的肢体。那身类似旗袍的裙子样式虽有些俗，却十分合身。

"克平君！"声音娇滴滴的。这女店主一开始就拉出一副对杏子不屑一顾的神气，这使得杏子有些怏怏不快。

"可以把克平君借给我五分钟么，三泽君？"这时，又来了两个顾客，女店主往那边去了。

"您到底想听我们讲什么样的山？"三泽问。

"什么样的？那倒也……"杏子笑道。

"可别随便接近，没便宜！会让您帮很多忙的哟，三泽也好克平也好都够厚脸皮的！"乙醇递过话来。

"帮忙可以，什么都可以。因我觉得你们再不快点登山的话，说不定给别人捷足先登了。"

"这您放心！"三泽说。

"登山史是从阿尔卑斯开始的。阿尔卑斯时代已经持续了一百年。在第一百年的时候，喜马拉雅好歹会迎来黄金时代，来日方长哩！"

"不过，珠穆朗玛峰不是已经给人登过了吗？"

"往后将从各个侧面开始登山竞争。下一个首要问题，是谁先从北面爬上去。"

乙醇又马上接着说：

"不必担心，不必。地球上没人登的山多着哩。美国一家报纸上也说，长江上游有比珠穆朗玛峰还高的未经测量的山。即使这种说法有些夸张，但七八千米高的山也还是可能有的。"

因女店主刚才来叫过，克平又起身离开了。杏子转脸看了下克平。

随后，杏子端起冰镇威士忌汽水。

"呀，汽水喝干了！"乙醇隔着三泽说道。果然，杏子发现自己已经不知不觉地把汽水喝光了。

"再来一杯！"乙醇吩咐。

"不，不，喝不进去了。"杏子说。

"没关系，这东西，和水一样。"乙醇坚持道。

"最好还是喝不含酒精的。"三泽毕竟是三泽，有点担心起来。

杏子面前还是摆上了一杯新的冰镇威士忌汽水。

"不想喝的话，就不要硬喝。"这种说法很能体现三泽的性格。

往下继续谈山。主要是三泽谈，乙醇不时地插入其特有的感想，或补充一句。杏子饶有兴味地听着两人的谈话，只是克平不在使她觉得心里像缺点什么。

克平哪里去了呢？和女店主离开酒吧快二十分钟了，还是没有回来。当杏子把第二杯冰镇威士忌汽水喝掉三分之一的时候，"我不干嘛，那哪儿成！无情无义的！"门随着这娇声浪语同时打开，女店主打头，随后克平进来。

"到哪里干什么去了？"乙醇问道，其实脸上并没什么关心的表示。

"你怎么好问这个！"女店主乐不可支地说。

"你不是想叫我问么？问问也是礼节嘛！"

"不礼貌！"

随即，女店主同半憋半吐的笑声一起消失到里边去了。但那微微左右扭动的丰满腰肢却伴随着一种不快感久久印在杏子的眼底。

"我该告辞了！"杏子见克平已经回来，趁机说道。

"那，我们也起身如何？"三泽说。

"好，回去。"说罢，克平命女职员算账。

"你们请慢坐，我一个人失陪好了。"杏子站起身来。

"可以了，我们也该回去了。"

克平和三泽一同立起。只有乙醇意犹未尽似的把剩下的威士忌一口喝干，这才欠身离座。

杏子从离开些的地方看着克平从裤袋里掏出钞票。这当儿，忽听女店主那娇滴滴的声音从里边传出："哎哟，这就要走了？"杏子于是先自往外推开店门走出。

"怎么办？"三泽问。

"我想走一段。"对俩人说罢，克平转向杏子，"山名小姐，我送你回店。"此时的克平态度倒很明朗。

"那么三泽，你就陪我一会儿好了！"看样子，乙醇还想再转一家。

"如果可能，我不想再奉陪了。"

"别那么不近人情，只消半个小时就解放你。"

"真没办法。只是再喝一家哟！"

说着，三泽对杏子点点头，同乙醇并肩离去。高个子乙醇同小个子三泽并排走起来，从后面看去实在是明显的对比。

"人都不错呀！"

"别的我不晓得，要论爬山，两人都属一流。"

只剩自己和克平俩人后，杏子不由有些不安。脚步也有点踉踉跄跄。那冰镇威士忌汽水似乎现在才攻上头来，摸摸两颊，热得像发烧一般。

"头一次喝这么多酒……"

"偶尔喝点可以吧！"

"平时我是绝对滴酒不沾的，今天终于……"杏子自己都觉得奇怪，居然不知不觉地喝掉两杯。

"经常住在店里？"

"不，住处在青山公寓。不过，今晚在店里留宿。"

"打扰您啦！"

"哪里，我才是。"

走到半路，杏子停了下来。

"怎么了？"

"有点晕。"

"这可不妙！"

杏子走近路边，手扶电线杆撑住身体。

"难受么？"

"不。真漂亮啊！"

银座后街将近九点时的夜景在杏子眼里显得与平日全然不同。到处是红蓝汇成的灯的海洋，而且这灯海全无一点声息。尽管呈现着一片繁华景象，但留给人的却是寂寥之感。其间行人如织，东奔西窜；成群结队的出租车无不亮起一对对眼睛，缓缓穿行着。

车灯在黑暗的空间或路面上时而移动，时而固定，时而转弯。

"坚持得住么？"克平的声音近在耳畔。

"可以。"

话出口后，山名杏子自己都觉得奇怪。一种向异性撒娇的快感有生以来第一次涌上心头，使她陶醉。

摇晃、摇晃，一切都在摇晃！杏子发现自己周围的一切都在左右摇晃。所谓酩酊大醉便是这种感觉不成？

"怎么样，坚持得住么？"又传来克平的声音。

"不要紧。"杏子回答。

"给乙醇君劝的吧？"

"不，不，我自己要喝的。"

杏子抬头看着克平的脸。纳闷的是，自己心中所想的话居然脱口而出。

"反正，稍微走走吧。"

"嗯。"

杏子顺从地走起来。

"到底喝了多少？"

"两杯掺威士忌的冰镇汽水。"

"那是要醉的。平时不喝吧？"

"嗯，头一遭。"

"那怎么行！"

"可那很好喝嘛！"

杏子意识到自己是在撒娇。事后也许后悔的，不过现在心里却很痛快。摇晃、摇晃！杏子真希望自己要走的这条令人惬意的酩酊之路能长长地延续下去。

实际上这条路并未持续多远。

"好了，我这就告辞了。"

听得克平的声音，杏子猛地一惊。原来已到自家店前，她清醒过来了。

"实在谢谢，让您送这么远……"

"马上休息吧。"

"好的。"杏子老老实实地回答。

克平回去了。而且回去得近乎冷漠。

四下一片寂然。灯海已经消失，家家开始关门闭户。这司空见惯的街道以一种分外令人烦躁的姿势在她面前伸展开去。在这条行人骤减的路上，克平步伐坚定地渐渐离去了。那毫不留恋地步步远逝的身影多少使杏子有些气恼。

这时，一辆汽车在杏子面前戛然而止。

"喂，你这人！"

车门刚刚打开，梶大助便随声探出脸来。

"总觉得像你！在这种地方干什么呢？"

"店就在这里呀！"

"啊，是吗，原来就在这里！我以为还要过一条街呢。"

到底是梶大助，总是这副样子。杏子发觉梶的脸有些晃动，知道自己依然醉意未消。

"下来一会儿可好？"杏子说。

"那就让我看看你的店。"接着，"这店蛮不错嘛！"

梶大助像第一次见到似的说着钻出车门。

"一直顺利？"

"托您的福。"杏子答道，"请上去坐一下好么？"随即要把梶让入店内。

"不啦，赶不及，忙着呢。"

"总是那么忙!"

"很难碰上空闲时间。……什么来着? 本来有话要见到你时说来着。"梶略一沉吟，似乎仍未想起，"啊，也罢，早晚会想起来的。那，我走了。"

梶真是个忙人。刚刚下车，马上又要钻回。杏子像要挡住梶似的站在车门前:

"我今晚，没什么不一样?"她迎面盯视梶的眼睛，"我，喝酒来着!"

"呃——"梶略显讶然，但并未担心，"偶一为之，并无不可，少喝一点……"

"不是一点，都有些醉了。"

"看不出你能多喝。"

"真的喝了好多! 头一次醉，挺有意思的。"

"偶尔喝醉也是可以的。醉的滋味，知道总比不知道好。有好多女人一辈子都不知道醉是怎么回事。"说罢，突然想起刚才提过的事:

"对了对了，想起来了。前几天，跟一个年轻人去赛马来着。那玩意儿也还是领教一下好。就跟酒一样，过分了是有害，但知道一下也还是要得的。酒也罢，赛马也罢，凡是使人娱乐的东西，都含有微量毒素。"

"能带我去吗?"

"我?"

"嗯。"

梶多少面露难色，但还是答应说。

"好，让我想想办法。"就像找他商量捐款时似的，"那么，我回去了。"

"回哪里?"

"回旅馆。路上要到医生那里看鼻子。"

梶每天治疗一次鼻子。说治疗未免有些夸张，其实就是用注射器一样的东西往鼻孔里喷一点药雾，半分钟即可。不仅治疗简单，不痛不痒，而且还给人一种爽快感。梶大助对此大为满意。

"不要紧吗? 往鼻子里呼地一吹。每天这样会不会中毒?"杏子道。

一次杏子跟梶去饭店吃饭时，曾看到梶把医生找到饭店里接受治疗。无论去哪里，他都好像每天必看一次鼻子。即使说是出现中毒反应也是不无可能的。

"中毒? 中毒也无所谓。一天才一次，一次不过三十秒，早上刷牙也比这个时间长。"

"那倒是。……可要是像吃安眠药那样上瘾可就麻烦了。"对梶鼻子的治疗，杏子真的担心起来，并不仅是口头说说而已。

"安眠药? 这要看你怎么看。那药我虽然没吃过，但也没什么可大惊小怪的吧。或许多少有点中毒。药嘛，就算中毒也没什么大不了。就像吃饭似的，权当它是每天必吃的食物。人不吃饭活不成，天天都吃。安眠药也是同一道理，就当它是天天临睡前吃的一种食品就是。"稍停，梶又说，"那我走了。"

"纽扣快要掉了！"杏子道。

"纽扣？那可不成。"

"瞧！"

杏子抓住梶衣服上一个摇摇晃晃的纽扣，给梶看了看，然后一把拉断。杏子知道，讲究穿戴的梶大助，一旦掉了扣子，便寸步难行。而作为杏子，还从来没有像今晚这样希望梶待在自己身边。

"给您钉上。"

杏子走进店内，上楼取针线。

梶大助无可奈何似的跨入店门。一名留宿的年轻店员从裁衣室为梶搬来椅子。

"不，可以，可以了。……这可谢谢了！"梶客气地道谢，坐下身来。

店前的路面已经完全笼罩在黑暗之中了。

"有狗吧？"梶把视线从窗外移回屋内。小狗戴着条锁链，绕着梶的脚转来转去。

"它叫什么名？"梶问店员。

"罗恩。"

"罗恩？唔——"

正说着，杏子从楼上下来。

"冰激凌，快!"杏子吩咐女店员。女店员马上走出，大概到附近的饮食店去了。

梶依然坐在椅子上，上身稍微向后仰了仰，说:

"这样可以吧?"

梶为钉扣拉出的架势简直和他在治疗椅上请牙医看牙时一模一样。

"请脱掉上衣。"

"这么费劲!"梶有些不大情愿。

"脱衣服有什么费劲的，不过一脱之劳罢了。"

"还有一穿之劳哟!"

杏子不禁噗嗤一笑。在杏子眼里，这位如同自己父亲般年纪的老绅士活像个孩子。

杏子从梶身上扒下外衣，开始钉扣。

女店员拿冰激凌进来。

"对不起。"梶惶然致歉。

在杏子看来，梶此时那惶然神情具有其他男子所没有的动人之处。梶拿起小勺把冰激凌送进嘴里。

"好味道!"对别人招待的食物，不管什么东西，梶总是要说一句"好味道"。他绝对不会忘记对别人的好意表示谢意。这是梶大助一向遵守的礼节。杏子喜欢他这一点。

"不喜欢吃可别勉强啊。"

"没勉强啊。"

"您在外头总是这样。"

"没关系。"

吃罢冰激凌，梶站起身，样子像是在说，这回该放行了吧。

"好咧。"接着，"把钱放下吧。"

"现在不用，还有。"

梶没加理会，想一下说：

"还是放下吧。要是用不了，存起来就是。"说着，掏出一叠钞票。

"好贵的钉扣钱啊！"杏子道。实际上这钉扣的工钱确实是相当昂贵的。

梶大助乘车离去。杏子久久站在路上，目送其远去。

远处的天空一片通红，说不定又有火灾发生了。

八　初夏

八千代发觉丈夫克平近来回家很晚。以往晚归大多带有
酒气。因为那种时候，不是赴宴，就是和同事们一起去酒吧
或啤酒馆。

　　而近来虽然有时晚到十一点甚至十二点，却不像以往那
样醉意醺醺。于是八千代想，大概他已经着手做登山准备了。
肯定在某处设置了登山总部，从公司一下班就一头扎到那里。
关于登山，克平连只言片语也没向八千代透露过。想必他觉
得说出来会遭到反对，因而打定主意，等到临出发时再宣布，
继而一意孤行。

　　其实，如果丈夫横竖要去登山，八千代也不至于非反对
不可。只是她不喜欢丈夫瞒着自己。当然，丈夫俨然为山而
生存于世，一味迷恋登山，作为八千代不可能心里高兴。不
过她也开明，心想只要克平态度好些，自己未尝不可放弃反
对意见。

可是，若要她答应这次喜马拉雅之行，她是准备提出一个条件的。就是说，平时克平每有时间就去登山，而以后则必须携自己同行，让自己在山下的温泉旅馆里等待——一定要使丈夫有这一点体贴之情。她打算让克平明确应允下来，在此基础才同意其远征喜马拉雅。

五月中旬的一个晚上。十点多钟，克平回到家来。这天，八千代一反常态，克平刚一进门，她就迎面一句：

"我做了个怪梦。梦见您要去登喜马拉雅，跟我商量来着。"

"哦——"克平停住脱鞋的手，"那么……"他似乎很关心下文。

"我当然同意了。丈夫很想登山嘛！"

霎时间，克平现出如释重负的神情。

"你这不是很通情达理的么！"克平笑嘻嘻地说道。

"该通情达理的时候自然通情达理，可要是瞒着我偷偷摸摸准备的话，我可绝对不答应！"

克平抬起脸，一丝为难的云翳从脸上掠过。八千代佯装未见地盯视克平，自己也觉得有些滑稽。

克平默默地踏上走廊，走进茶室，随即问道：

"你……知道了？"

"什么？"

"什么'什么'？"继而，"和你不过相伴十载，可和山已经相伴二十年了！"

八千代刚要替丈夫换掉外衣，听到这话不禁停下手来。

"说得好不中听啊！"八千代独自坐下。

"事实就是这样嘛！不是吗？跟你结婚才将近十年吧？可和山，你知道，我十五岁就登了谷川山。那以来从没断了交往。"

丈夫说得何等气人！八千代想。"有话跟您说。"

"我也有话！"克平针锋相对。平时耿耿于怀的隐秘被八千代一语道破，克平十分狼狈，他要重振旗鼓。

"说好了！"

"当然说！"

"别那么虚张声势！"

克平脱去上衣，解掉领带，只穿衬衣坐定。

"我要登喜马拉雅山！"

"那点事，早都知道。你不是找爸爸商量钱去了么？还以为我蒙在鼓里呢？大错特错！你那点儿勾当，一五一十没有我不知道的。"

"先给你讲明白，我的决心不变。同伴们……"

"那种同伴，一猜我就知道，这种时候能为什么喜马拉雅弄得神魂颠倒的，充其量不过是乙醇君和三泽君他们，对吧？"

"不错。"

"你瞧你瞧，我什么都知道吧！抛家舍业地光想什么爬山的，还不是只有他们！"

"别说我朋友的坏话！那两人可是为登山而降生的！"

144

"是为在山上弄得满脸胡子，冻硬眉毛而降生的！"八千代模仿克平的语气。

克平全不在乎。

"我们在高中时代就已讲定，要为步步高攀而贡献一生。"

"这话，结婚前您可没说！……一步一步攀往高处，一步一步远离众生云集之地。喜欢往高处登，不愿往低处行。"八千代以朗诵般的声调，一字不差地背出克平以前在一家登山杂志上发表的随笔。

"告诉你，我可要生气了！"

"不是你自己写进文章里的吗？"

"记性倒好！"

"也许。"

八千代见事已至此，便想一吐为快，索性把平时存在心里的话说个干净。

"也要请你考虑一下从高处一步步下到低处才行，考虑一下早些下到世人苦命挣扎的地方才行——我希望能有这种心情。只有同时有这种心情，才是真正的登山家。"

"开哪家的玩笑，那么三心二意地如何能爬上山顶！"

"算了吧，这种事争论起来没完。"八千代道。

克平当即反驳：

"既然说开了，那就互相把想要说的通通说个利索！我想还是这样好。不管你怎样想，我是一辈子都不会放弃登山的，是吧？那你为什么还要反对我登山呢，到底为什么？"表情固然冷峻，声调却很平静，似乎在竭力克制自己不至于声色俱厉。

"没有反对呀！"

"至少不是积极支持吧？"

"即使想支持，也办不到嘛！你说怎么支持？我并不讨厌登山。是的，连我都对自己无法支持感到生厌。"

"支持的方式有的是。精神上的支持也可以，即使什么也不做……"

"难道叫我说'你去登，你再去登'不成？我可干不来。"

"这不就是！"

"自己被丈夫扔在一旁不管，还去支持丈夫，世界上哪有这样的妻子！那我问你：登山时，你不是一点都没想起过我么？"

"大概没想吧。想的只是征服顶峰。说起来，登山就是这种性质的东西。"

"我是由于妻子的帮助才到这里的——除非你这么想我才高兴。"

"那登山时能受得了吗？！不过，也不是没想过。"

"说谎！你文章里不是写着只和死亡相伴吗？"

"生死攸关时刻是那样。"

"那种时刻也要想着我才行！"

"要是登奈良的三笠山，怕是会想着的。"

"登喜马拉雅就不想？"

"想不了嘛！"

"我就讨厌登山的这一点！讨厌这种自私自利的地方！生为女人，丈夫做什么都可以。只是想同丈夫同心协力，永远同丈夫在一起。这也就是所谓爱情。女人没有自己的生活，不过是生活在自己所爱的男子心中。所以，即使自己没工作也无所谓，而只要把丈夫的工作当作自己的工作就行。如果你把登山看得很重，登山也未尝不可，我也愿意配合。只是我不喜欢一旦登起山来，你就把我忘得一干二净。这我受不了。简直是受愚弄，是被抛弃。丈夫把自己丢开不管，却要给什么支持，难道有这样的女人不成？"

"世界登山史上的英雄们的妻子都是这样的。"

"我可不愿意。"

"那就没办法喽！"

两人好不容易快要找出的妥协已不复存在，他们又对立如初了。

"那能算得上英雄?"八千代反而平静地说道，这是她生气时的习惯。

翌日，克平上班后，八千代呆呆地坐在窗外廊子里。昨晚同丈夫吵完嘴后还几乎没同其说过一句像样的话。一种无可言喻的厌恶感牢牢地盘踞在她的心头。

吵嘴之后经常这样。如此过一整天，终归还是由八千代主动搭话，于是克平也像压根儿没事似的当即与她言归于好。

但这次八千代不想"故伎重演"。即使演上几十次也解决不了任何问题。当然，解决问题的想法本身说不定就是无理要求。想起来，也没什么非解决不可的问题。

就拿这次喜马拉雅之行来说也是如此。问题并不在于喜马拉雅之行本身。刺激八千代的似乎是与此无关的另外之物。或许是克平这个男性与生俱来的某一点刺痛了八千代的心。

虽说这样，八千代并不讨厌克平。本来就是因为喜欢才结婚的。是她想同克平结婚而积极做通父母工作的。婚前，她曾设想能同克平结婚该是何等幸福。然而结婚以后却大失所望，难道真有真正意义上的幸福时光吗？

用老式说法，两人吵嘴的关键是秉性不合。克平暴躁起来八千代也随之暴躁。她无论如何也不能温柔地抚慰克平那颗暴躁的心。就像两片刀刃相碰一样，她和克平也总是以硬对硬，寸步不让。

八千代自己也感到不可思议：除克平以外，她对谁都能够以宽大为怀。即使有些不快，也能谅解对方，和平共处。然而对待克平却截然不同。只是在与他相处时，八千代才会强烈地表现出不肯与人为善的个性。而对这样的自己她又束手无策。

克平那方面也同八千代毫无二致。纵令他性格中那种拒人于千里之外的冷漠是天生的，但在面对八千代以外的人时，他也并非是难以接近的男子，有时甚至令人惊讶地表现出不拘小节的豁达风度。

在檐廊枯坐良久的八千代霍地站起身来，登上二楼，走进丈夫书房，从桌子抽屉中抽出信笺。接着她又拿起桌上的铅笔，以不无郑重的心情大大地写上"大贯克平君雅鉴"。接下去写道"这并非吵架的继续"，字同样写得很大。

正像您被喜马拉雅迷住一样，我也必须迷恋于某一对象。您说纵令在喀喇昆仑山脉的冰河上遇难也在所不惜，我也必须在这星球上寻觅情愿捐生的场所。

当您在冰河上（想象不出是何情景）以我所意料不到的心情行走的时候，我也必须以您所意料不到的心情在您意料不到的地方行走。

也许您以为我是个想入非非的具有反抗意识的女人，我也的确是那样的女人。而且不仅仅是我，我想但凡女人无不或多或少具有这种心理。

除此之外，我无法在您外出期间生存下去。

写到这里，八千代放下铅笔。虽然一开始她就声称并非吵嘴的继续，但回头读起来，除吵架的继续以外找不出其他任何解释。简直等于下战书。

八千代面对信笺，停笔沉思良久。这时间里，感情非但没趋于平静，反而愈演愈烈。她恨不得找出那样一句话——只消一句即可刺透丈夫心脏的话来解心头之气。当她意识到这点之后，便放下笔，立起身。但毕竟不愿善罢甘休，她又继续搜肠刮肚，以找出适当字眼结束这封信。

她写了擦，擦了写，两三次后这样写道：

> 您去登喜马拉雅亦无不可。但希望您走得能使我平
> 心静气地守在家里。否则是危险的。

八千代感到语气有些懦弱，但作为一种恫吓也算够分量
了。其实，这也是八千代真实心迹的表露。若要使八千代平
心静气地守在家里，只消克平表示出些微小体贴或说一句话
就足以办到，然而他硬是不肯。八千代恼火的就是这一点。

> 远征途中，务必每天给我写一封信，这点事总不至
> 于做不到吧？此外还有一点，就是要把我的相片带上，
> 到山顶一定要吻我。这也是对孤身一人留守故国的妻子
> 应尽的礼仪吧？今晚归后，请一定答应这两点。否
> 则……

战书的最后，她以情书一般的语气做了结尾。这是她有
意做的，而且也并非完全不是出于真心。假如对方真的能答
应，那么她想是可以作为登山寡妇守在家中的。

写罢给丈夫的信，八千代心里多少畅快了一些。当然并
不是说心里的芥蒂已经倏然冰释。下得楼，到走廊尽头给川
边夫人（自己曾送她一只克平要来的小狗，又马上取回）打
电话。克平无端地对这位夫人怀有反感，不高兴八千代同其

交往。而八千代此外又无人交往，所以仍未断交。对方是有些饶舌，但毕竟对八千代很热情，且又长她五岁。

拿起听筒，八千代的声音便像抹了油似的柔软滑润起来。往次也都这样，全是川边夫人那不可思议的影响力使然。

"就为这个，弄得我心里像塞了团乱麻似的。"八千代道。

"哎哟，那还不容易！把存款全部取出花光不就得了！"对方边笑边轻松地说，根本不以为意，"只此一招，这种时候！"

"可是，存款也不过十日元呀。"

两人交往是交往，但经济上迥然不同。事实上眼下大贯家的存款确实也没有超过十日元。

"那样的话，"川边夫人停了一下，"就做西服好了。银座有一家叫山名的小店，手艺相当出色。在那里做个五六件。"

"那还得了！除非半年不吃不喝。"

"钱什么时候给都可以的，那里。"紧接着又说，"半年也行，一年也可。"

即使再心如乱麻，八千代也不至于忘记自家并不允许一次做五六件西服的现实经济状况。不过，如果新定做一件的话，心情也许真的会因此痛快一些。川边夫人那句何时付款都可以的话，使得八千代最为动心。

"真做的不错，那个店？"

"是位年轻设计师，不过本事可不一般。对啦，就是上次我寄养那个倒霉小狗的那家店。"川边夫人说。

"啊，就是……银座的……"八千代接着道，"给我介绍一下好么?"

"这就打电话过去。"

给川边夫人打完电话,八千代心想,也罢,就做一件夏令衣服好了!现在也该做一件了,只花这一笔钱应该说还算是便宜他的。

"理嘉!"八千代招呼女佣,"我出去一趟!"俨然克平就在眼前似的,八千代用发表宣言的声调说道。

街上已完全是初夏景象。八千代在新桥下了国营电车,往银座方向走去。

她想,既然做西服,就下决心做件高级的。以往每次为自己做衣服都多少有一种幸福感。但这次不同。这次是为花钱,是要为一个无关紧要的目的花掉一定数目的款额,这不可能使人感到多么欣慰。

她沿着银座前街走至西银座。她边走边挨门逐户地往妇女西服店里看个不停。她发现两三种中意的面料,但由于现在处于只能在山名西服店选购的境地,只好快快作罢。

山名西服店很快就看到了。八千代首先站在陈列窗前,仔细地品看了里边似乎是为别人定做的连衣裙和两三种夏令服装面料。而后缓缓移步入内。

迎面桌子的横头,挂有一面细长的衣镜,照出八千代逐渐走近的姿容。她发现自己分外妩媚,心中暗喜。一次川边夫人曾用深切的口吻对自己说:

"你买东西的时候,实在动人得很。眼睛光闪闪的,脸颊的颜色都变了个样。需要钱哪，你这人……"

实际上自己也恐怕这样。只要有大把的钱，天天购物不已，她便能感到自己要多漂亮有多漂亮。

然而，现实中却无法如愿以偿。她购买高级商品时那种自豪而得意的滋味已被远远地留在了少女时代。近十年来，除非同父亲梶大助一起上街时才能品尝到消费者特有的欣喜之情。每当想到这里，八千代便不由得对克平在这方面的麻木不仁满腹不快。

"可不可以让我先看看面料？"八千代招呼年轻店员，"我想大森的川边夫人已经介绍过了……"

店员猛然省悟：

"一直恭候光临。店主出去一下，马上就回来，请稍等等。"说着，劝八千代坐下，又说，"就在附近，我去叫来。"

"不用了，不急。"

八千代弓身坐下，环顾店内。一切井井有条。当她把视线移到自己脚下时，不禁心里一惊：有条小狗，而且似乎在哪里见过。

"哎呀，这狗以前就在这里？"八千代朝正要外出找女店主的店员背后问道。

"不，两个月前才养的。"

"蛮不错的狗嘛！从哪里得到的？"八千代问。

"别人给的。"

"谁给的呢？"

"这……"女店员一时语塞，"一开始好像是川边夫人寄养在这里的，后来就赠送了，一直留了下来。"

既然道出了川边夫人的名字，看来到底是那条狗。

不过还是有点不对头：当时克平来这里取过，理当归还原主才是啊……

"请稍等一会儿，我去叫店主回来。"店员走出门去。

八千代依然坐在椅子上往下看着狗。它的身体比以前大了差不多一倍。但似乎仍未褪掉小狗的稚气，一边晃动脖子上的小铃，一边顽皮地一个劲儿要往八千代身上扑。由于拴着锁链，够不到八千代的脚，只是反复做着徒劳的努力。

八千代探出脚，用鞋尖不无恶意地触了一下那稍微发黑的嘴巴。这狗不大逗人喜爱，脸形有点像狐狸，当时没养算对了，这副丑样子是不好领到人前去的。

正想着，女店员进来说：

"让您久等了。店主马上回来。"

"辛苦啦!"随后，"这狗叫什么名字?"

"罗恩。"

"罗恩?"

克平取的名字现在仍在使用。

丈夫养狗，不知为什么，无论什么狗都一律叫它罗恩。这狗刚到家那天晚上，克平就好像用这个名字称呼它来着。八千代现在还记得，自己当时就觉得这狗同罗恩这一西洋式名字风马牛不相及。

"罗恩、罗恩、罗恩……"八千代一边嘴上亲热地叫着，一边用鞋尖碰着罗恩的嘴巴。但一想克平连这种事都瞒着自己，便又对丈夫气恼起来。

"太对不起了！"随着一声清脆的年轻女音，忙不迭似的急切脚步声从背后传来。

八千代回头看去，在她眼里，杏子还正是妙龄少女。本来她想，既是这店里的主人，再年轻也该有自己这般年纪，结果完全出乎意料。

"刚才接到川边太太打来的电话，问我能否做出您所中意的衣服。"杏子面带微笑，十分得体地说道，随即拐到桌子对面。

"想麻烦您做一件夏天穿的西服。"说着，八千代不由得在女店主那如同新摘佳果一般浑身洋溢着的奔放的青春气息面前有些自惭形秽。

而杏子，从客人身上的西服和手指上幽幽发光的宝石上，一眼就看出这位新客是讲究派头的夫人。戒指上的宝石货真价实。西服的样式虽然正统，但色调却是高雅的灰色，同其白皙的皮肤相应交辉。无论式样还是色调，都恰到好处地显示出她所具有的魅力。

"黄色系列的，适合我穿吗？"八千代问。

"这是今年的流行色，我想对太太再合适不过。"

实际上杏子也认为这位夫人适合由黄色衬托。杏子离桌去取面料时，八千代的目光又落回脚下的小狗身上。

“多可爱的狗啊！”八千代说。

“哎哟，原来在那里呀！罗恩、罗恩！”年轻女店主唤狗过去。

“这狗原先是在川边太太那里的吧？”

“嗯。您知道？是川边太太寄养在这里的。”

“那么，不久还要返回川边太太家吗？”

“不，不了。”杏子边说边从货架上取下两三种面料，“已经送给我了。这倒和川边太太无关，是送给川边太太那位原来的主人给的。”

接着：“这上面的关系可复杂着哩！是原来的主人从川边太太那里讨回后送给我的。而且川边太太大概还不知道狗仍在这里，要是告诉她，她准会吃一惊的！”说着，杏子笑了起来。那悦耳的笑声，八千代听得多少有些嫉妒。

“这块面料如何？”

杏子把面料拿来，放在桌上。八千代眼睛看着布料，心却在小狗身上。克平曾大动干戈地从川边夫人那里要回来，却转手又赠送给了这位年轻貌美的女服装设计师。想到这里，八千代的心不由一阵骚然。

对杏子拿来的面料，八千代哪一种也没看上眼。

“不巧这里就这么多了。我再到别处找找看。”杏子说。

“那太麻烦了吧，您这么忙。”八千代不大好意思，又不当即付款，怎好为件西服如此麻烦别人。

“不，没关系。再说，如果能为太太物色到中意的，对我也是乐趣。"杏子道。看来也不完全出于逢场作戏。

"至于样式，等找到面料以后，再让我根据面料考虑最佳方案。夏天穿的，样式不好太出格。"

"是啊，那就拜托您了。"八千代道。这时，年轻女店主的耳环引起了她的注意。那是上等翡翠，发着清丽而典雅的蓝色幽光。

"好高级的耳环啊!"

杏子心里一惊：这女客真有眼力!

"啊，这个……"

"多漂亮的翡翠啊!"

"人家赠送的，这个。"杏子朝耳朵扬了扬手，不无腼腆地回答。

"那我告辞了。"八千代欠身离座。

"一找到面料，我就到府上给您过目，看您是否可心。"

"不必特劳大驾，打电话叫我出来就是。"

"那就给您打电话吧。"杏子从桌子抽屉里取出便笺，"请告诉您的电话号码，还有府上的地址，实在冒昧。"杏子边说边把便笺和铅笔递给八千代。

八千代于是写下地址和电话号码。

"对不起，刚才川边太太打来电话时，是店员接的……"说完缘由，"因此请将尊姓大名也……"杏子说。

"好的。"八千代再次拿起便笺，填上"大贯八千代"几个字。

"实在谢谢了！"

说着，杏子目光落在对方递过来的纸上。少顷，心里一震，抬头注视着八千代的脸。大贯八千代脸上那宛似一触即溃的蛋糕一般嫩弱的美丽线条，在杏子眼里完全有了另一层含义。

"那么，下次再见。"

这时，杏子感到客人注视着自己的视线，竟像刮脸刀一样锋利。实际上她也觉得身上被刀刃刺痛了一下。

九　雾

时届六月，连日阴晦不开。离梅雨时节虽为时尚早，但每天都是忽停忽下的阴雨天。同八千代见面已经十天过去了，可是杏子还没有为其物色夏令西服的面料。她不是不想物色，但每一想起，心头便无端地产生出一种压抑感。当然，既已讲定，还是不能失约的。

　　这天下午，雨过天晴，夏日特有的阳光倏然铺满街头。杏子走出店门，准备去物色八千代的衣料。日比谷 H 大厦二楼有一家专门出售外国布料的商店，准备到那里看看。走到日本剧场门前，忽听有人扯着大嗓门叫道：

　　"山名小姐！"

　　杏子愕然回头，只见身材瘦长的乙醇怀抱雨衣，呆愣愣地站定不动。

　　"是您！"

　　"上次谢谢您了。"

"哪里，是我打扰了。"

杏子油然涌起如遇故知的心情。乙醇双眼充满和蔼可亲的神色，言谈也比上次随和得多亲切得多了。

"游逛什么呢?"

"哎哟，没游逛什么呀!"

"那就好。"乙醇笑道，"去哪里喝点什么好么?"他用下巴指了指近处的饮食店。

"可我……"

"有事?"

"倒也算不得事……"杏子想要谢绝。

"三泽也来的，讲好在那里碰头。"

经如此一说，杏子转了念头:既然三泽也来，那么克平也有可能出现。

"那就打扰片刻。"杏子说。

于是乙醇在前开路，在杂乱的人群中大步朝饮食店走去。

这店细细长长。乙醇挑最里边的桌旁坐定，旋即对过来询问的少女道:

"水!"

"哎哟，水?"杏子不由得问。

"开个玩笑。虽贫穷如我，也不至于以水待客哟!"然后笑着问，"喜欢什么?"

"冰激凌可以的。"

"也罢，我也同样。"乙醇君要了两支冰激凌。

这当儿，三泽一改登山家装束，怀抱皮包朝门口走来。在门口打量一下后，很快发现乙醇在里面，便凑上前来。

"呀，是您!"三泽客气地寒暄，坐在乙醇身旁，怀里依然抱着皮包。

"皮包放下好了!"乙醇提醒他。

"皮包？也好。"三泽顺从地将皮包放在杏子身旁的空位上。

杏子噗嗤一笑。她感到有些滑稽，三泽老是一副对乙醇唯命是从的样子。

"还早吧？"乙醇得意扬扬地问。

"早什么？"三泽反问。

"正在陪伴小姐嘛!"

"什么呀!"三泽似乎责怪乙醇不该胡说。

"大贯君也来？"

"克平吗？那家伙前天登山去了。"三泽说。

"要办的事一股脑儿推给我们，这个混账!"乙醇补充道。

杏子知道克平不来，一下子泄了气——尽管她知道这样有负俩人的好意。

"登山？哪儿的山？"

"鹿岛枪，在白马山旁边。前天动身的，明天就该回来了吧？"对杏子说罢，又转向乙醇，"那家伙，好像跟妻子吵起来了。"

"吵什么？"

"什么？这……"三泽迟疑起来。

"诉诸武力了不成？"乙醇嘻嘻笑道，"那么漂亮的老婆，还搞不融洽！"

"叫我看，都怪克平不好。那家伙，就是有点一意孤行。本想告诫他一次来着。"三泽一本正经地说。

"在你眼里，世上男人没一个好东西。"

三泽没有理会，转换话题说。

"对了，事务所怎么办？有眉目吗？"

"没有哇！"

"没有可就麻烦啦。"三泽马上意识到没有把杏子拉入话题，解释说，"我们从一位熟人家里借了个房间，把远征喜马拉雅山的事务所设在那里，而现在被撵出来了。也难怪，每天折腾到很晚，捆东绑西，把屋子弄得乱糟糟的，活像个战场。确实惹人讨厌。"

"捆东西那么费事？"杏子问。

"当然了。捆包是最麻烦的一环。光是吃的，就要把每天吃的那份按顺序装在盒里，以便到山上后随时都可取用。"

三泽说到这里，乙醇从旁插嘴：

"这种细活，是三泽的拿手好戏。"

"那种事务所，放在自己家不行么？"杏子问。

"不是市中心毕竟不便，三个人每晚都要聚会嘛！况且，还要同好多方面联系，如食品公司啦，罐头公司啦，制药公司啦，外务省啦，还有不少地方。此外还要用电话，如果不得地利之便……”

“那就更够呛了！”

“没有可以无偿借用房间的地方？”乙醇又开口了。

“有偿也可以呀！”三泽说。

“还是无偿的好嘛！”乙醇语气坚定。

“好倒是好，可哪里有那种地方啊！”

“求人的时候，最好还是将有偿作为条件。您说呢，山名小姐？”乙醇希望杏子表示赞同。

杏子默默微笑，心中想的却完全是另一件事。

“几张垫席大的房间呀？”杏子问。

“八张大就可以了。下面光地板就行。”

听得三泽说，乙醇又道：

“有垫席当然更好。”

“好是好，不过容易损坏。”三泽说。

“要是容易损坏，哪里还有地方肯借！”

“可是，不光无偿出借，还要损坏垫席，人家当然不干！”

“是没人愿意，这种事。”杏子笑道。

“你看你看，我说讲实话不行吧！”不过，看样子乙醇并没有为借不到房间太苦恼。

“急用？”

“急呀，必须连夜抓紧做出发准备啦。”

“什么时候出发？”

“九月初。”

"这么早就开始准备？"

"不算早了。只有我一个人忙，乙醇和克平虽说也是登山家，却四平八稳的，懒得动手。"三泽说。

杏子想，实际上也恐怕只有三泽一个人忙得昏天黑地。

"我那店的二楼不能用么？"杏子将刚才考虑的事说出口来。

"您的店？"三泽讶然。

"嗯。"

"那个，用倒能用……"

"还不知道我的店？"

"知道。两三天前路过来着。"

"那怎么不进去坐坐！"杏子说。

"真有你的，你这家伙！"乙醇对三泽说罢，转向杏子，"如果是您那里，即使有点缺欠也可以将就。再说，有缝纫机也很难得，这个那个的正好能请您帮帮忙。也真需要女子帮把手，要缝的东西多着哩！"

"缝东西可不管。店里的活计一大堆。"杏子拒绝。

"店里到底不行，算了吧！"三泽显得很识好歹，"还是算了好，影响营业。"

"怎么搞的，自己倒先打退堂鼓了！"乙醇责怪。

"实在够人受的。"三泽说。

"不过，只是晚间吧？"杏子问。

"只是晚间。可是，往里运东西时得整整耽误一天，够您受的。"

"别一口一个够受，人家好不容易发了慈悲。三泽你怎么回事！"

"我可没你那么厚脸皮。"

"神经不大正常啊，我的三泽大人！"乙醇接着说，"反正，等克平回来再商量吧。很可能去打扰的，还望关照才是。"

"和克平商量怕也是这么回事。那家伙比你厚脸皮。"三泽说。

"如果影响营业，我这边也会有所考虑的。不过要是找不到其他合适地方，请跟我打招呼，我想想看。"十分钟后，杏子离开饮食店。

走到街上，杏子想象着克平他们"远征队事务所"搬来自己店二楼时的情形，心里不禁美滋滋的。

二楼工作间全被占用，对工作自然是个影响。但反正才三个月时间，若凑合一下，将楼下店铺的一角辟为工作间也是可以的。况且根据情况，把青山公寓作为临时工作间亦无不可。

路上想起乙醇和三泽俩人提起的克平与八千代不甚融洽的话，杏子决定明天再去为大贯八千代物色西服面料。当下径直返回银座店里。

第二天傍晚，乙醇独自来银座店内找杏子。杏子正一个人在楼下橱窗前调整陈列品的位置。

"好气派的店啊！"乙醇跨进门来，"三泽来了没？"

"没有呀。"

"那么我一个人相求好了——还是想借用您这二楼。昨天分手后我和三泽两人商量了一番，考虑到您这里位置又好，又有电话。另外坦率说吧，又可能多少劳您帮点忙，不论从哪个角度来看，都还是想借您这二楼用用。"

"大贯君还不知道吧？"

"当然不知道。知道了那家伙肯定高兴得要死。只是三泽有点顾虑……"说到这里，乙醇似乎难以启齿地咧着嘴角。

"什么呀？"

"就是……就是说……"乙醇嗫嚅了一会，"总之就是说，还不清楚您是太太还是姑娘。三泽那家伙秉性多疑，总是放心不下。"

"如果是太太的话？……"

"那就要取得您丈夫的同意。不管怎么说，三个男人要整夜整夜地泡在这里。"

"这您不必顾虑。我回青山公寓去。你们在这里待到什么时候都可以。反倒……"

"叫我们看门？"乙醇现出复杂的神情。

"不，不，有女店员住在这里，不用你们看门。不过要是肯住下来的话，毕竟让人心里踏实些。"

"给人壮胆啰？"

"嗯，算是吧。"

乙醇和杏子一起笑了。

"另外，就是您刚才问起的，我还是单身一个。"

"嗬！"

"干吗大惊小怪的？"

"不是大惊小怪，是巴不得呢。这样我们也就不用加小心了。"接着，"我给三泽打个电话。那家伙做事磨磨蹭蹭，总是在公司待到很晚，现在我想还在。要是还在，让他拐到这里来，好俩人一起上二楼看看。"说着，拿起桌上的电话。

接通后，乙醇叫出三泽：

"喂，是我。什么……克平他……胡说！反正我在这里，快来！"乙醇迅速说完，放下电话，并且用杏子从未见过的肃然神情，平静地说：

"我想可能是哪里搞错了，说是克平遇难，晚报上都登出来了。"

"……"

"是哪里搞错了！克平那样的人，怎么会这样！"乙醇愤愤地说，"有晚报吗？"

"还没到。"杏子打发店员去新桥站书报摊买晚报。

随即，乙醇给两三家报社的体育部记者打电话，问熟悉的记者确认克平遇难与否，但好像都未得到完满答复。

"大概是搞错了吧？难道不是么，嗯？"在给最后一家报社打电话时，乙醇气狠狠地大声吼道。

这当儿，女店员手拿报道遇难事件的报纸走进门来。乙醇一把抢过打开：

"在这儿!"说着,眼睛盯住社会版左下方二号字标题的报道。

杏子也从旁窥看。

报道以"大贯克平遇难?"为题,大约有二十行字。开头注有"松本电"三字。

乙醇自己先默读一遍,看第二遍时低声读了起来:

以登山闻名的大贯克平氏(柳川商事股份有限公司职员),五日中午为攀登鹿岛枪而从长野县北安县郡平村鹿岛大根治五郎氏住宅出发,前往大川泽方向。次日(六日)夜,营林署巡山员报告该氏遇难。四五天前,一伙似乎是关西地区某公司职员的登山队员曾登临此山,在山顶附近拉起帐篷。大贯氏以此为目标往上攀去。其遇难消息是一名先行登山者告诉营林署巡山员的。于是七日早本地十名救援队员向该山攀登。详情现在尚不清楚。但顶峰目下积雪颇深,吊尾根尚有'雪檐①'。加之近日气候恶劣,雾气弥漫,因而各方对该氏的安危甚为担忧。

"胡说!天大的笑话!"读罢报道的乙醇再次叫道,"上面写的是各方对该氏的安危甚为担忧,可我们才刚刚知道呀!"

"不要紧么?"杏子没理会乙醇,自语道。

"不要紧也罢什么也罢,反正这情况不大可能。是不大可

_____

①雪檐:山间檐状积雪。

能吧……"乙醇满脸苦相。杏子本想再问问乙醇，但到底还是缄口作罢了。

三泽走进门来，到乙醇和杏子面前时，只朝乙醇"噢"一声，而对杏子道：

"昨天谢谢了！"言语虽短，但依旧没有忘记向杏子寒暄。即使在这种时刻，这位个头矮小的登山家也与素日毫无不同，毋宁说显得非常沉着。

"不要紧吧？"杏子问三泽。她估计由自己开口，对方是不至于生气的。

"不要紧！顽强着呢，那家伙！"三泽的语气同平时一模一样，接着问乙醇，"怎么办？"

"什么怎么办？"

"是马上去看，还是先等等？我想恐怕没有去的必要。"说罢，三泽目不转睛地盯着乙醇的脸。

"这个……其他报社有消息没有？刚才打听了一下，都不大清楚。"

"有人遇难怕是实有其事，但还没有消息说是克平。其他报社消息收到得晚，大概明天早上才会报道。"接着，"其实只有克平不可能出事。这报道好生奇怪！"

"是奇怪呀。"

俩人异口同声地大声说道。三泽又说：

"不管怎样，给他夫人打个电话吧。如果夫人横竖要去，我们也只能陪伴。不过，大老远跑到大町去，肯定要给克平笑话的。"

乙醇也好，三泽也好，看上去无论如何都不相信克平会真的发生意外。

在三泽给八千代打电话的时间里，乙醇对杏子说：

"怎么了，你？身上抖得好厉害呀！"

"可不是。"杏子老实承认。刚才她自己已意识到身体在不停地微微发抖，怎么也控制不住。

"怎么回事呢，我？"

"不会是发烧？"

"不。"

"怪事。平时有时候也抖？"

"不至于。"

不过杏子明白了。大贯克平遇难之事，正逐渐成为巨大的不安向自己劈头压来，从而使自己的全身出现了从未有过的奇异的痉挛现象。

杏子盯视自己照在店内狭长衣镜中的面孔，发觉自己现在比世上任何人都深沉而热烈地爱着一个男子——尽管不知道这样是否合适。

三泽低声给八千代打着电话，不久放下听筒说：

"结果是这样，等明天早上再说。大贯夫人也这样劝来着。这时间里，我想总会了解到一点具体情况。"

"是吗？嗯，也许这样明智。"三泽道。

"克平又不是去年前年才开始登山的。如果说他给汽车撞了，那是不能不信。但若说他在日本国内的山上……"

"总之，放到明天再说吧。还是先让我们看看二楼如何？"三泽转过念头。

"请。"杏子回答，但身体仍抖动不已。

三个人上到二楼的工作间。宽大的裁衣台安在屋子正中，窗前有两架缝纫机，其中一架正由一个二十岁左右的姑娘用着。

"简直棒极了，这房间！"乙醇又旧病复发，粗气大气地叫道。

"说话注意点！"三泽毕竟是三泽，依然谨慎小心。

"如果能借，越快越好。什么时候可以？"乙醇问。

"什么时候都行。"杏子心不在焉地回答。

乙醇和三泽走下楼商量说，今晚在公司干到十点钟，归途中到报社看看，然后便出门走了。

剩得一人，杏子坐在椅子上一动不动。身体的颤抖好歹止住了，但心中的不安却越发不可遏制。

自己爱着大贯克平。或许爱就是这么一种东西。一听到克平遇难，自己便坐立不安。然而，自己是不能如此挂念克平的，这种心情是不能原谅的——是不是呢？

山名杏子久久地凝视着空间中的一点。突然，她灵机一动，拿起听筒给梶大助打电话。她不明白为什么要给梶大助打电话，只是觉得要是能听到梶大助的声音，或许便可领悟自己该怎么办。在这个世界上，唯有梶大助才是能为自己指引方向的人。

不料，梶大助不在旅馆，两天前就回大阪去了。

没有办法了！杏子站起身来，准备按自己的想法行事。她恍惚觉得，梶大助不在旅馆这点对她简直像是一种注定的命运。

杏子拿起报纸，把长野县北安昙郡平村鹿岛这一位置牢牢记入脑海，尔后以微微发青的脸色看了看表。

十　落叶松

杏子乘上二十二时十五分从新宿始发、开往长野的准特快列车。

　　杏子每次回老家，大多利用信浓线，因此对中央线不太熟悉。

　　到松本时，差一会儿不到五点。与此相连接的开往信浓大町的电气列车该已驶入站内其他月台了吧。她提着一个皮包，步履匆匆地登上天桥。天气冷得很，加上觉没睡足，这使她越发感到这里天气毕竟不比东京。

　　这松本，杏子在学生时代曾来过两三次，但大町对她来说则人地两生。小时候听说过它的名字，知道是座山镇。曾想过迟早来看一次，却未想到竟为这种事情跑来了。克平遇难报道中所说的平村鹿岛，距信浓大町有二三十里。这是昨晚打电话向女校时代的同学了解到的。

　　列车已进入月台，杏子马上跨进了车厢。由于是头班车，

176

车内空荡荡的，乘客寥寥无几。从车窗望去，只见远处的山脉清晰地显示在清晨澄碧的天宇中。每一座山头上都镶嵌着几道莹白的积雪。

列车中途停了几次，大约一小时后驶进信浓大町。站内，去松本上班的人们已开始聚拢。同学告诉说站前有出租汽车，但也许现在是凌晨，杏子连一辆也没见到。

杏子发现站前附近有一家饮食店，便进去准备休息一下。

一位四十光景的老板娘出来斟茶。

"到平村鹿岛有车吗?"为慎重起见，杏子问道。

"有的。"

"要多长时间?"

"唔……怕要一个小时。路程虽是二十五里左右，但都是山路。"老板娘的方言味儿使杏子听起来很亲切。

"去鹿岛做什么呢?"老板娘上下打量一番杏子。她那大城市的装束使老板娘很是纳闷：一位满身城里打扮的姑娘，为什么要到只有登山的人才去的地方呢?

"有点事儿……"杏子敷衍一句。她想，如果打听一下克平，也许会弄清他的情况，但她又不敢贸然问。

"报纸还没来?"

"该来了。怎么回事呢?"老板娘说。

"怎么回事呢"——这句话使杏子产生了不祥之感。昨晚上车后多少减缓的不安现在又开始在心里沸腾起来。

杏子掏出昨晚出发前匆忙塞进皮包的三明治，就着店里的牛奶送入肚内。

"从这里可以望见鹿岛枪么?"杏子问。

"路上不行，拐到房后就看见了。今天是晴天，会很清楚的。"

杏子走出店门，顺着房侧胡同绕到房后。果然，刚才从列车窗口看到的山顶带有道道积雪的山脉巍然矗立着，它的峰顶直指云天。

巷内井旁有个洗脸的十二三岁少年，杏子向他打听哪座是鹿岛枪山。

"前面是爷山，后面就是鹿岛枪。"少年用手指着遥远的群山，有点羞赧地告诉杏子，"分南枪和北枪。"

杏子向少年指给的北枪那高耸的山峰凝视了好一阵，然后谢过少年，折回店内。

这回站前已有汽车出现。杏子付了款，向汽车走去。

"到鹿岛干什么?"汽车开动不久，司机向杏子问道。就连司机也好像对杏子的鹿岛之行感到不解。

"有个熟人去登鹿岛枪，报上说有人遇难，就担心得跑来了。"杏子直言相告。

"是吗? 那是叫人担心啊!"司机说。看起来他既未看过报纸的报道，也未听说过这样的传闻。对于遇难事件，这地方的人或许已经不那么神经过敏了。

司机是个身材魁梧的三十上下的年轻人，大概出于对客人的礼节，他给杏子吃起了宽心丸:

"没什么，没有关系。很少发生意外。就算有意外，如今也是能得救的。"接着问，"那人是您什么人，哥哥?"

"不是。"

"弟弟?"

"不是。"

"丈夫?"

"不是。"

"父亲?"

"只是个熟人。"

杏子没有说谎。她觉得自己的确是因为担心那个"只是个熟人"的人的安危而急不可耐地赶往鹿岛枪山麓的小村落的。

开出镇子后，鹿岛枪的山姿开始在车前逐渐加大。从车窗吹进的风砭人肌肤，杏子关上了车窗。

年轻司机很喜欢说话，一边沿着凸凹不平的公路驱车前进，一边东西南北说个不停。或许不是因为喜欢说话，而是出于一片好意——想尽自己的能力来冲淡这位由于担心熟人安危而前往山麓村落的女乘客的不安心情。而意识到这点的杏子尽管觉得对方有些饶舌，还是同其唱和。

"鹿岛那个村子只有十二户人家，据说都是平家的落难后代。按以往的习惯，只由长子继承家业，其余人都离村外出，因此户数一直超不过十二户。不过，从七月一日开始，大町实行市制，鹿岛也被划进了里边。"司机告诉说。

不觉之间，汽车驶上坡路。右侧，落叶松林片片相连。它消失后不久，便是一望无边的夏草葳蕤的原野，其间点缀着类似桔梗那样不知名的蓝色野花。

片刻，汽车驶上给人以荒凉之感的宽阔河滩。过了河，道路愈走愈陡。河水滚滚流逝，使人联想到若在明月高悬的夜晚势必会呈现出一片骇人的景象。司机说，这条河叫鹿岛川。进入大町后，便同高濑川融为一体，继而同犀川汇合，成为信浓川。

杏子的老家就在犀川岸边。想到这道山水将远远流向自己的故乡，她不禁生出几分感慨。

"很快就到鹿岛。"

听得司机这话，杏子的心突然绷紧。果然，她看到了在那阶梯形的地面上散在着的点点农舍。

报道上说的克平动身的那家主人大根治五郎的住户所就位于这仅有十二户人家的村庄的正中部。

汽车在通往大根家门口的缓坡下停住，杏子一人走上前去。房子是长方形，两层高，房脊压着石头——这地方的农舍全是这种样式。

迈进外边的裸土房间，屋内尽头砌个地炉，一对身穿劳动服的六十光景的夫妇正在烤火。

"我是从东京来的。大贯君遇难的事可是真的?"杏子开门见山。

"大贯君?"老太婆开口道，"到处哄哄嚷嚷的，就为这个。"老太婆稳重沉静的语气，如同一股暖流在杏子心里荡漾开来。

"大贯君呢?"

"反正，进来坐吧!"这回开口的大概就是治五郎氏了。

"报纸上说有人遇难，难道是误传不成?"

"不是误传。遇险的人是有的，但不是大贯君。昨晚就开始闹得人心惶惶的。"

具体的还不清楚，但有一点可以断定：克平未曾遇难。

杏子舒了口气，坐到了门槛上。

"我一听到大贯君遇险的消息，就觉得纳闷。"大根治五郎说。老太婆接着道：

"我也觉得不对头。"

按俩人的说法，遇险的消息是营林的巡山员带来的。那是六日晚上，也就是前天晚间九点左右。巡山员在大川泽遇见一个二十五六岁的小伙子，叫他回去让村里人马上救援。小伙子本来是下山找人的，因为遇到了巡山员，便直接赶回现场去了。

"大概是大贯君捎话说下山找我，并说那样就会万无一失。结果巡山员以为大贯君出了意外。我不相信会有这等荒唐事，但由于巡山员那样说，也就半信半疑地同大町的警察和登山向导协会取得联系，连夜从村里派人救援。我嘛，这么大把年纪了，没法去。"

"反正不是大贯君吧?"杏子还是不放心。

"不是。昨天早上警察又托两名向导上山。最先回来的是村里的人。遇险者运回的时间，对了，怕是昨晚六点多钟。"

"哪里，天都黑尽了，恐怕八点都过了。"

"那么晚了吗?"大根问道。

"没有性命了么，遇险的人?"杏子问。

"不，受伤。是因钢锥拔出摔下山的。幸好只是骨折，从这里马上就送到大町医院去了。"

"大贯君昨晚也一块儿下来了?"

"他没下来。"主人一边往自己杯里倒茶一边说，"他还一个人留在山上。大概是刚刚登山就闹出这场事故。大贯君指挥大伙把遇险者营救出来，完了又直接爬山去了。"

"现在一个人在山上?"

"是的。"这回老太婆回答。

一杯茶和一大碗放有咸菜的米饭摆在杏子面前。

"在山上待到什么时候呢?"

"好像说是明天下山吧?"大根治五郎看着老太婆的脸说。

"说不准，他那个人的事! 怕是说的明天。"老太婆说道。

杏子微微分开双膝，这才放心地呷了口茶，问:

"能允许我住一宿么?"

"脏，您不嫌弃，只管住下。"

两人都没露出不耐烦的神色。不知为什么，在这村里，登山者似乎只选择大根家作为落脚点。

杏子打量四周，一看，前院杂乱的草丛中开着淡粉色的小花，大概是溲疏花。

杏子把等在路上的汽车打发回去。然后跟老太婆进入里边的内客厅，放下皮包。这里说是内客厅，其实不过是用木板把大些的地板房间隔开的一块空间。里边有壁龛，样子倒也像个客厅。但很暗，套窗关得紧紧的。

床垫上叠放着三床棉被。说不定遇难者一行昨晚就住在这里。

"这种地方能行吗？"老太婆问。

"挺好的。"

"反正，今晚在这儿凑合一夜吧，估计明天大贯君就能下来，他说是在山上停两天。"

"哪两天？"

"昨天和今天。明天该能下来吧。"

"山上有住的地方？"

"还能有那样的地方！不过，听昨晚回来的人说，帐篷留在那里了，用不着担心。"

"有雪吧？"

"有吧。"

老太婆返回地炉旁。主人接着进来说：

"拉帐篷的地方雪还很深呐！"

"帐篷里只有大贯君一个人睡？"

"哪是一个人。一般来说一个人是登不上去的。前头已上去一个人了，大贯君才接着上去的。"

杏子无法全部理解克平做的这种事。登山家们大概全是这样干的——她只能这样认为。

杏子穿上为防万一而装进皮包里的带来的毛衣，宽松一下衣服，回到地炉旁。

过了一个小时，C大学登山部的一行十二人赶来了，其中三人走进房间。

"打扰一会儿，请让我们休息十分钟。"一个学生模样的人说，"喂，大家休息吧!"

"每人检查一下背囊!"进入外间的一人大声说道。于是门外的人动手解背囊带。只有门内的三个人脱鞋坐在地炉旁边。

杏子见老太婆忙着为这伙不速之客斟茶，便帮她一起忙起来。

"爬北枪?"治五郎问。

学生们说，为给明年冬天登北枪做准备，这次分成四个组，分别寻找这座山上的四条峡谷。看来这是将来真正登山前的一次演习。

学生们中间那谐调而统一的气氛使得杏子感到很新鲜。

给门外休息的学生送茶时，她摸了一下他们携带的行李。

"好重啊!"她说。

"六七十斤哩! 那个更重。"一个与其说是青年，莫如说近乎少年的学生说着，指了指旁边一个人的背囊。

杏子心想，既然这伙学生去登鹿岛枪，那么也许会碰上克平的。但她嘴上却未提这事。

"什么时候回来?"

"预计用七天时间,一周后回到这里。我们在路上也分成两组,二组从另一个方向攀登。假如顺利,一周后就能会师,一同下到这里。"

"登山有意思吗?"

"有哇!"

年轻的学生突然现出腼腆的神情。杏子觉得他们每一个人都同在东京见到的学生有着某种不同。在杏子眼里,他们显得那样纯真无邪,那样老实温顺。

折回外间,一个队长模样的学生正和主人议论克平。

"提起大贯君,可说是老前辈了。指挥救援遇险者,他肯定非常镇定。这次是不可能了,真想见他一面啊!"

"那是个好人,很体贴人,信也来得勤。"主人说,"我们家来的信里边,顶数他的多。"

杏子想,克平居然还有这一面。正想着,主人竟问起她来了:

"你说呢,小姐?"

"啊。"杏子慌忙敷衍一声。自己对大贯这个人的了解程度还不及这主人的几分之一甚至十分之一。这使得杏子心里有点不安。

刚好到三十分钟时,一人叫道:

"出发!"

三人随即从地炉旁立起身来。

杏子注视着学生们穿起那似乎沉甸甸的登山鞋的身姿。心想，这以前，克平也不知在这里如此穿过多少次鞋。

学生们的帽子五花八门。既有鸭舌帽，又有蒂罗尔帽。还有人没有帽子，只用毛巾在头顶一缠。身上的毛衣却一律是藏青色的，胸前别着大学校徽。

各自把背囊上肩之后，依照队长点名的顺序，逐个起步开拔。

"路上小心！"

杏子这样朝每个学生叮嘱着。她觉得这些年轻学生就像自己的亲弟弟一样。此时杏子的心中一股不妨称之为爱的情感油然而生。或许那是对于同克平一样登山之人的特殊的亲切感。

杏子抬头往山上望去。从这里无法望到鹿岛枪的全貌。

到了傍晚，气温骤然下降，杏子只好守在地炉旁。田里已经插完秧，这对老夫妇今天也闲了整整一天。

晚饭吃的是用酱油和醋拌的煮蕨菜。杏子好久没有尝到家乡风味了，觉得十分可口。

吃罢晚饭，百无聊赖的夜间来临了。

"看这东西么？"治五郎从搁物板上抱下一捆和纸①封面的笔记本来。

杏子拿在手中，见每一本封面上都大大地写有"登高"

---

①和纸：一种日本纸。

二字。所谓登高，想必是攀登高处的意思。字面含义很简单，但它或许具有自己想都未曾想过的巨大、崇高、强烈的含义。翻开里边，每一天由登山者用毛笔或钢笔写着三言两语，并有签名和日期。

"更早些年的还有，不知放到什么地方，找不见了。这里边最早的大概是三二、三三年的。"说着，治五郎自己也拿起一本，哗啦哗啦地翻起来。

杏子翻阅了几册。治五郎告诉杏子，某某人现在做什么工作，某某人如今当了什么干部。当时最年轻的登山者今天都已经活跃在社会第一线。对此他露出一副喜不自胜的神情，就像学校老师为自己的学生而自豪一样。

"大贯君的在哪里呢?"

听得老太婆如此说，杏子感到一阵潮热。刚才她就犹豫着，不知好不好问起这点。

"有的有的。说不定最多的就是他的。"说罢，治五郎一连拿起几册，似乎寻找克平的笔迹。不一会儿，老太婆递过一册:

"不是这个?"

治五郎瞥了一眼:

"对对，是它! 小姐，这就是大贯君写的。"冶五郎朝老太婆手中的笔记本努努下巴颏儿。杏子看去，上面写道"一九三八年六月十五日　克平"，旁边只一行字:

两日间向北壁挑战。风猛。

接下去是三泽的签名,写道:

落叶松林正落叶,脚踏落叶我独行。

于是三泽的身影在杏子面前浮现出来:身背硕大的背囊,眼睛看着遍地的落叶松叶,一步步移步前行。诗写得虽不敢恭维,却传神地表达出他当时的切实感受。

看完三泽的两句诗,杏子再次把目光转向克平那句话。觉得"两日间向北壁挑战。风猛"这句话,确实只能出自克平之笔。

被子沉甸甸地压在身上,使杏子无法安睡。她一次次睁眼醒来,听得雨滴打在房檐上,声声作响。

杏子一边耳听雨声,一边想着克平。他现在躺在何处,是如何睡觉的呢?克平睡在白雪皑皑的山顶,自己则睡在这座山的脚下。想到这点,杏子感到现在的自己很是不可思议,她甚至不敢相信自己竟位于这种地方。

她又想起学生们。他们说要到山谷里去,到那里后将在什么样的地方野营呢?想必他们已分成几伙,散在克平同自己之间的斜坡上酣然入睡了吧?杏子尽量使自己不再去想克平,因为这样下去就更难入睡了。

不知不觉地,她终于进入梦乡。再次睁眼醒来时,阳光已透过檐廊的栏杆，明晃晃地照射进来。雨声早已悄然止息。从有地炉的房间里传来老夫妇的说话声。

杏子爬起身，叠好被褥，打开檐廊一侧的窗扇。细雨如烟，在明朗的天光中默默下着。不知何处响起了小鸟的叫声。侧耳细听，发觉竟是好几种交相鸣啭。

地炉旁边，大根夫妇正吃早餐。

杏子走出后门，顶着细雨在井旁洗脸。去东京前，在信浓她同样每天迎来这般清鲜而简朴的早晨。而今天再领略这番风情，她不由产生了一种恍若隔世之感。

进得外间，杏子对老人寒暄道：

"早上好！"洗漱之后，她觉得自己好像脱胎换骨似的变了个人。

"大贯君今天该下来啦！"治五郎开口道，似乎以此来代替早上的寒暄。

杏子想，如果今天仍不下来，自己便乘晚班车回去，总不能一直在这里等他。或许自己今天下山反而好些。匆匆离京时，自觉心情还是极为自然的。而现在想来，也并非完全没有不自然的成分。克平下山后见自己待在这里，准会大吃一惊。

如此想着，杏子心里渐渐失去了平静。十点钟时，她回到自己住的房间收拾东西。这当儿，忽听一声：

"大伯！"

像是克平的声音。

"大妈，回来了，我回来了！"

显然是克平的声音。杏子觉得不好马上出去，站在房间里未动。

她浑身一阵紧张。稍顷，传来治五郎的声音：

"回来就好。够你受的吧？"接着，招呼老太婆，"喂——大贯君回来啦！"

于是似乎转到后门去的老太婆，随着寒暄声一同进入外间：

"哎哟哟，冰冷寒天的，看你！"

随后，三个人你一言我一语地交谈起来。杏子本该当即迎出，而现在她却感到进退两难了。

不大工夫，老太婆探过脸来：

"大贯君回来了！"

"是吗？"杏子走出房间，见克平正在地炉旁盘腿坐着喝茶。

"哦！"见到杏子，克平惊讶地失声叫道。杏子像个怕挨训斥的淘气孩子似的赶紧拉开防线。

"我是来玩的。"旋即又说，"觉得挺好玩的。"

说罢，杏子很不满意自己——这种说法颇有自我掩饰的味道。稍顷，杏子笑了。但笑得很不开朗，连她自己都觉察出有点像哭。

克平一时呆若木鸡，默默无语。好久以后才说：

"以为我遇难了吧？"

"嗯，报纸上都登了。"

"担心了吧，大家?"

"没有，三泽君和乙醇君都没相信，说是误传。"

"你担心得跑来了?"

"哪里，我是来玩的。"杏子重复刚才的话，然后笑了起来。这回觉得似乎很自然。

但克平没笑。像要望穿似的盯盯地注视着杏子的脸，表情渐趋严峻。

杏子还没见过克平如此严峻的面孔，说:

"您要是生气我可不乐意。"

"没生气，怎么会生气呢!"继而放松神情，"路上，山毛榉刚刚发芽，可好看哩! 那芽是黄色的，亮晶晶的。御前桔和岩镜草也蛮漂亮。"

"御前桔的花是黄色的?"

"不，白色。"

"岩镜草花也是白色?"

"不，桃红色，很惹人喜爱。"

都没猜中。杏子哪一种都不晓得。

"什么时候回去?"杏子问。

"大伯，您去看一下卡车好么?"克平对治五郎说，"只要上午有卡车去大町，就能赶上松本三点二十分始发的准特快，到东京是八点半。有卡车就动身好了!"

"你看你看，说走就走!"治五郎笑道，"你这人，就是性子急。只住一个晚上怎样？"

"使不得，公司要砸我饭碗的。本来讲好三天，今天都五天了。"

"反正五天了，再多一天也一码事嘛！"老太婆开口道。看来她也想留克平住下。

"还是能回去就回去吧。我去收拾一下。"杏子返回里间，马上重新装包，做回去的准备。

当再次折回克平那里时，午饭已经摆好了。杏子和克平相对入座。

出去打听卡车的治五郎回来说：

"有正午十二点开车的。我跟司机讲好，让你们在这门前上车。"说着走进外间。

"那可就得抓紧点啰！"

话虽如此说，但克平还是一边慢悠悠地喝茶，一边把这次遇险情况向大根夫妇讲述了一遍。

在杏子眼里，如此盘腿坐在地炉旁的克平同在东京时的克平简直判若两人。白色翻领衬衫，藏青色西服背心，藏青色灯笼裤——打扮依然那么时髦。但也许是胡子长的关系，看上去有点不大像城里人，而像野人似的。

"那五人之中，有三人六点多钟动身到北坡去了。另外两人加上我，一起在帐篷里留了下来。正午时分，刚发现起雾，忽听得脱落的钢锥撞在岩石上，叽里咣啷地滚下坡来。奇怪的是那声音听起来离得很远。接着，又传来岩石哗啦啦塌落的声响。以为发生什么事了，结果不大一会儿，一个人沿着雪沟滑下，这才知道有人遇险。"接着又说，"昨天我去看过，因太危险，又折了回来。勉为其难势必出那种事。"

"你倒蛮小心的。"

"那当然，命只有这一条嘛！"克平道。

过了一会儿，老太婆告诉说：

"卡车停在下边的路上了。"她似乎一直在门外张望卡车的到来。

克平和杏子按原来的想法乘上了三点从松本始发的直快列车。二等车厢里空空的，两人靠车窗坐下。

"我累了，睡一觉。"说完不久，克平果真酣睡起来。不管在哪个站停车他都没有睁眼。

杏子从窗口望着阴云笼罩下的信浓风光。沿线插完秧的稻田里，不时三三两两地闪过同自己一般年纪的年轻姑娘，她们边走边往田里挥撒灰一样的东西。

列车驶过诹访湖，进入高原地带的时候，克平睁开眼睛。

"睡了个好觉！现在到哪里了？"说着往窗外望去，"好静啊！可我总觉得像刮风似的，怕是做梦吧？"

"山上有风么？"

"可厉害着哩！"

"'两日间向北壁挑战。风猛'——还记得您以前写的这句话？"杏子说。

"啊，你说的是大根家的笔记本？"克平苦笑道，"看了？"

"看了。"

"什么时候写的?"

"一九三八年六月十五日。"杏子当即回答。克平又现出愕然的神情:

"记得同三泽俩人登的。"

"三泽的诗也看了。"

"你可别声张出去。那家伙,害羞得很,马上会脸红的。"克平笑道。

"在哪里买盒饭好呢?"杏子问。

"到东京吃点好的吧。晚是晚一些。"说完克平又睡着了。杏子想,这人可真能睡。

克平再次醒来时,车已驶过甲府,窗外夜幕垂临。

"肚子饿了吧?"

"不,不。"

"再忍耐一会儿。"然后像突然想起似的,"说不定,三泽那家伙会来接站的。"

"为什么?"

"在松本打了电报。"

"那我就不和您一块儿下了。稍后一步……"杏子说道。话倒是自然脱口而出的,但说完想来,或许不该这样说。

"嗯,也好。"克平也是同样意思。想必他说完后也考虑这话说得是否得当,一直没有再开口。

列车抵达新宿站。克平和杏子分别从同一二等车厢的两边车门走下来。或许有人接站，俩人想避免被人看见同在一起的情景。

杏子拉开一段距离，跟在克平后面。看样子并不像有人接站，克平依然独自背着背囊，大步流星地穿过杂乱的人群，往正面出站口走去。杏子没有让克平从视野中消失。即使离得稍远些，也能一眼看出他那一身登山服。

到得出站口旁，克平收住脚步等候后面赶来的杏子。"坐出租车去京桥好了。那里有一家蛮不错的寿司店。"

"好的。"杏子表示同意。但坐进车后，又说，"那个店不要紧么？"

"不要紧。"

"很熟吧？"

"只去过一次，店里人是不记得我的。"

"那就……"杏子简短说道。

汽车在繁华地段奔驰起来。

"漂亮啊，东京的灯光。"克平说。

杏子也觉得街灯甚是好看。自己不过才离京两天，而在山上度过五天的克平，这种感触恐怕更为强烈。

一会儿，克平脸望窗外开口道：

"好奇怪啊，今天。是有点怪。"克平一副郑重其事的语气——似乎意识到了现在使得俩人都变得有些神经质的微妙处境。而察觉到克平这种心情的杏子，不由无端地有点气恼起来：

"算了，不去寿司店了。"

"怎么?"

"不怎么。"

"傻瓜，谁也没有哟!"

"以为谁也没有就去——我想这样不好。"

"那就去我朋友一大堆的地方好啰?"克平也不相让，不无生硬地说道。

"我不干，那种地方……还是到没人的地方好了。"

"你看你看!"

俩人间发生一丝波折。至于为什么，杏子也无从捉摸。而当察觉到它同俩人间某种共同的东西有关时，杏子这才意识到现在的自己同上山前的自己有所不同。

到京桥附近，杏子随克平弓身下车。同以往相比，下车的方式也似乎有些异样——山名杏子现在是跟在一位同自己怀有共同秘密的男性身后下的汽车。

十一　樱桃

大贯克平在京桥寿司店同山名杏子分手后，坐出租车赶回自家住宅。剩下一人往椅背上一靠，顿觉疲劳袭来。而这种情况以前是从来没有过的。就自己久经锻炼的体魄来说，进山三四天是不该疲惫的。

　　不管怎么说，这疲劳同山名杏子前去大町多少有关。意识到这点后，克平半是感到满意，半是为之不安。到了大森大街，克平弃车步行。刚要往自家拐弯，忽然看见女佣理嘉在拐角处的干菜店买东西。

　　"喂！"克平从店外打招呼。

　　"啊！"理嘉见是克平，"您回来了！傍晚三泽君打电话说您今天回来。"

　　"买什么呐？"问罢，克平又走了起来。

　　"葡萄酒。"理嘉从背后回答。

　　葡萄酒？怎么买这怪玩意儿！他想，也许是八千代为庆贺自己平安归来买的。八千代这人，哪怕一点点小事也要马上大操大办地庆贺一番。想到这里，克平估计八千代已经为自己准备好了一桌丰盛的菜肴。

寄一张明信片回来就好了！至少这样做是明智的。一股淡淡的反省之情掠过克平的心头。其实并非没想到，只是觉得麻烦，便稀里糊涂地过去了。

克平按下门铃，开门进去。他放下背囊，坐在楼梯口动手解鞋带。旁边有一双不常见的男式皮鞋，想必是乙醇或三泽的。鞋是黑色的，样式很粗俗。估计是三泽来访。

这当儿，随着一阵拖鞋响，八千代闪身出来：

"哎呀，您回来啦，一直等您来着。"

"对不起。"由于扔开家五天时间，克平语气很柔和。

"三泽吗?"他打听里边的客人。

"不是。"

"乙醇?"

"不，是曾根君。傍晚来的。出版的事谈妥了，特意来表示感谢。这么着，正给他庆贺呢，当然也没什么东西。以为您会再早一点回来，本来一直等待来着。"

八千代语气里不无责怪意味。克平这才明白，庆贺倒是庆贺，却是与己无关。他停住解鞋带的手，掏出烟，点上火。

无论如何，曾根是为等自己而推迟回去，于是克平走进房间后，赶紧换上衣服，步入客厅。

桌上满满摆着菜肴，还有两三只空啤酒瓶。

"哎呀，回来晚了……"克平对曾根寒暄道。

"实在抱歉，您不在时前来打扰，又承蒙款待……"曾根依然如故，有些难为情地端然坐好。

"请随便好了。"

"啊。"曾根于是马上盘腿。

"托您的福，好歹找到一位赞助者，出版也算是有了眉目。本来是来道谢的，结果反倒让你们招待……"

"那好嘛！"

这时，八千代端菜进来：

"曾根君，这回放心好了，克平回来了。"

然后对克平说："因我作陪，曾根君不肯喝啤酒以外的酒。"

随即又转向曾根："您就别回去了，好好喝上一番。"

"那怎么成！已经吃好多了。……山上够受的吧？误以为您出意外了。我这人马马虎虎，没看到报道，才听太太说的，吓我一跳。"

"真是乱弹琴！"

克平端起第一杯啤酒，一饮而尽，心里好生舒服。刚才在寿司店也很想喝杯啤酒，但由于杏子的关系，只好忍了。

"葡萄酒来了，让我也陪一下，为曾根君干杯！"八千代说。

"太不好意思了！"曾根举起杯来。

克平也随之举杯。但想到八千代居然对自己遇难一直绝口未提，未免有些耿耿于怀。片刻，克平对八千代耳语道：

"你，出来一下。"然后走到走廊，下到楼梯口等八千代。

"问你句话，你看到我遇难的报道后，可多少担心了？"

"那当然。"八千代答道。

"那么，本该问候我一句才是啊……"

"这话正该我来说。瞧您那样，气势汹汹地闯进门来！只那么一句对不起，就以为好大的情义了！"

转眼间克平反遭抢白。

"倒也是，也罢。那，回那边喝酒吧！"

克平重新返回客厅。入座后，这回心平气和地端起酒杯。是的，想起来自己的要求未免自私，八千代不高兴也怕是情有可原的。虽说如此，克平的心中仍留下一丝不快的阴影。忽然，曾根二郎开口道：

"好一位太太啊，真的不错！我还从来没有受到这般温暖的家宴式招待。"他说的很像是肺腑之言。

"是吗，看上去她竟那么好？那么，我以后也得刮目相看啰！"

克平尽管嘴上这样说，心里边此时翻转的莫如说是相反的念头。短时间内是不大可能同八千代说话了！然而，对待曾根则是两回事，他爽快地说道：

"曾根君，今晚喝他个一醉方休！我这儿虽说脏些，还是尽管住下好了！"

"啊，不，不，怎好那样……"曾根一看表，"哎呀，十一点都过了，这可不行！"说着，即刻就要欠身。

"那有什么，不就是回旅馆吗？"

"是的。"

"那么给旅馆打电话好了。今晚你就陪我一陪，给我讲讲您研究的那种杜父鱼。"

"杜父鱼？"提起杜父鱼，曾根马上换了一副面孔，语无伦次地说，"呀，实在是……杜父鱼吗？这可麻烦了。"接着又看看表。

"也好，那就再打扰一个小时。"然后朝厨房那边大声道，"太太，可以吗？"

克平觉得自己很喜欢眼前这个人，同这种与自己截然不同的人说起话来，对方那完全未被世俗玷污的高尚人格便会温馨地感染自己。

"您在研究杜父鱼，这我知道。不过到底研究哪方面呢？"克平以外行人的执着语气问道。

"从生至死的历史。"

"那可不简单！每条鱼都有它的一生。"

"是有很多种类。光我发现的新品种就有十种，这还不过是粗略划分。"曾根二郎不无冷漠地平静说道。一般人自豪时往往两眼放光，而曾根二郎此时的神情，毋宁说透出他所特有的谦卑。

克平心想，此人居然会莫名其妙地羞涩起来。

"那鱼究竟待在哪里呀？"克平问。

"由于种类不同，住的地方也不同。既有生在淡水的，又有生于咸水的。也有生在两者相接之处的。而且颜色各异，形状也迥然有别。既有一搂之粗的大家伙，又有两三寸大的小玩意儿；既有带鳞的，又有无鳞的。"

"那么说，光采集标本就够麻烦啰！"

"不错。我总是带着一个背囊，到处走来走去。例如国立研究所，各县的试验场，大学水产系的实验室，鱼市场，等等。确实够麻烦的，这里那里……"

"背囊里到底装的什么东西？"克平问起背囊来。由于这东西也总是同登山家形影不离的，他不禁关心起了里边的内容。

"照相机、卷尺、管、瓶、测经规、福尔马林、素描用具、誊写器，还有色素等。"

"嗬！"克平一声感叹。

"同样是背囊，可我家这位装的全是吃喝。"八千代从旁插嘴，多少含有挖苦味道。

"这里那里，都是哪里？"

"那可谓是天南海北。在北海道，我曾在函馆鱼市的勤杂工小屋里自己起伙，以便采集轮船拖网上的杜父鱼。花杜父鱼、北野杜父鱼就是在这里采集的。在渡岛福岛——这里海水较浅——采集了福岛杜父鱼。在罗臼，下到一百二十多米深的海底采集了连锅吞杜父鱼、鳞式杜父鱼、宽背杜父鱼、江户茂杜父鱼、双色杜父鱼。"

"嗬！"

"在室兰，采集了蛙式杜父鱼、鬼怪杜父鱼、毛虫杜父鱼。在浦河里也找到了好几种。在钏路，采集了横纹杜父鱼、黑爪杜父鱼、光头杜父鱼、鳍脚杜父鱼、枪式杜父鱼。在根室、纲走、雅内、札幌、忍路，每个地方都住了几十天甚至几个月。大黑岛也去了，在那里专门采集幼鱼。北海道海水的颜色我基本都知道。"

"关东没有杜父鱼？"

"也有。在千叶县一个港口的蓄潮塘里，抓到一种锤式杜父鱼。在铫子找到了红土附鱼类的，在小名滨也从拖网里采集到了。另外……"

克平思忖，如此下去可不得了，于是改问道：

"日本海呢？"

"在新潟，采集了虾虎杜父鱼、冲海杜父鱼、坚头杜父鱼、蛙式杜父鱼、花纹杜父鱼。"

"名字全都这么怪啊！"

"在富山，是只有富山才产的富山杜父鱼、鬼芋杜父鱼。还有只有日本海才产的茂宋杜父鱼、丸川杜父鱼。此外……"

"哦，喝吧！"

克平拿起啤酒瓶。无意中一看，也许是说得滔滔不绝的缘故，曾根二郎脸上虽然现出兴奋的神色，但仍然奇妙地带有一些凄寂的阴翳。

"那么，您在九州做什么呢？"这回八千代问。

"现在我住的是大村湾岸边的一座小渔村。大村湾有两种叫朝日和虾虎的杜父鱼，附近河里还有螳螂杜父鱼。眼下正在采集这几种鱼卵。当然是人工孵化。"曾根二郎接着说，"螳螂杜父鱼在距海岸两三米远的地方产卵，孵化后进入河流。有趣的是，它在戏水的时候鳞很发达，而到一两分米长时鳞便开始退化。等进入淡水时，已经一片鳞也没有了。乍看上去很容易以为是两个品种，其实完全是同一品种——这点是我在研究过程中才发现的，也是这方面的一个例子。"

"原来就是这种研究。"克平说。随即犹豫一下问道，"作为一种研究，它具有什么意义呢？"

投入如此惊人的时间和精力来研究杜父鱼，学术上又有何意义呢？对这关键之点克平却是无法理解。

"这……会具有怎样的意义呢？概括成一句话，不妨可以说，是通过生活史的研究来探索杜父鱼科鱼的进化规律。不弄清生活史，就无法弄清它的整个一生，严格说来就不可能弄清它是进化还是对环境的适应。而作为一种学说就缺乏说服力。总之，虽然根据我的研究来过早地下结论是危险的，但我想可以说，形态变化这种现象同生活环境的变化具有很大关系。"曾根解释说。语气听起来是那样慎重。

接着，他突然一改严肃的神情。

"算了算了。提起研究来，我就得意地絮絮不止。还是叫二位看看杜父鱼舞好了——不过已经半夜了，那就下次再跳吧。"曾根笑道，重新现出质朴的和悦神情。

"那鱼到底什么样啊？"八千代问。

"明天去拜访梶先生，至少想请他看一眼照片。如果方便的话，就请一块儿去看看。"

"哦，父亲来京了?"

"我到大阪府上去了，结果说已进京。"曾根接着说，"想起来，杜父鱼和我这个人的关系已够奇怪的了，而梶先生同我的关系更是实在离奇。由于给车撞一下的因缘，连你们都受了这么大的连累……不过，今天真叫人高兴、开心啊!"

随即，曾根起身告别。

克平和八千代把曾根二郎送到门口。然后两人再次相对而立。

"这人真了不得!听他讲那一大串杜父鱼名称，真叫人不可思议。那每个每个名称里边，都包含着非同小可的东西。无论时间也好，精力也好。红土附杜父鱼、毛虫杜父鱼、花纹杜父鱼……"八千代数落着留在记忆里的杜父鱼名称。

"我问你，"克平说，"你可记得我登过的山峰名称?"

八千代半天没有作声。

"为什么问这个?"

"没什么意思，不过想随便问问而已。"

于是八千代煞有介事地说:

"鹿岛枪。"

既是挖苦，又是明显的挑战。

"行，好记忆!"

"嫉妒。"

"什么？"克平压住腾起的怒火，"我睡觉去！"

"我也睡！"

这就是结局，相互再未开口。

虽然并床而卧，但两人比陌生人还要冷漠。

克平要几分钟方能入睡。今早在大川泽看见的岩镜草花，大町那确乎给人以山镇之感的幽静街道，大根夫妇的面庞，交替浮上眼帘。曾根二郎那连珠炮般道出的杜父鱼名称及其那隐约透出凄寂神情的脸也浮现出来。他为什么有那种神情呢？是因为自己的研究不值得给予正当评价吗？是因为没有任何人能理解自己所从事的工作吗？

最后，当年轻的山名杏子在眼前出现时，克平闭起眼睛。同曾根二郎相比，也许自己还算是幸福的。他恍惚觉得，杏子那雪白的手正抚摸着自己的额头，旋即他把今早登过鹿岛枪的双腿直挺挺地在褥子上伸展开来。不一会儿，便静静地进入了梦乡。

八千代未能成寐。丈夫再没有比今天更使人讨厌了。瞧他那口气，就好像他被误传为遇难者，因此就拥有任何人都必须为自己担忧的权利似的。如此自私自利是无法令人忍受的。所谓伟大的工作，想必往往是由曾根二郎那样质朴无华的人在鲜为人知的角落里默默无闻地干出来的，绝不至于动辄上什么报纸。

北海道海水的颜色基本都知道——想起曾根二郎这句话时，八千代在黑暗中大大地睁开了双眼。克平以前曾吹嘘自己几乎登过整个日本的三角点。相比之下，两者截然不同。纵令踏遍地面上高出的地方，又何足为奇！

听得丈夫熟睡的声息，八千代翻过身去。啊，自己是孤独的，从来都是孤独的。

翌日，八千代往筑地第三饭店打电话问清父亲的住处，走出家门。时间是偏午时分。

昨晚曾根说一点钟左右到父亲那里去。那么既然前去，还是选择同一时刻为好。八千代有事求助父亲——像往常那样，她要从父亲手里讨钱补贴生活开支。

进得饭店，梶正在房间里俯在临窗的桌子上，只看见他的背部。

"爸爸！"八千代招呼道。

"噢，来啦！"梶大助依旧保持原来的姿势。

"干什么呢？"

"一桩麻烦事。"

八千代从身后窥看，见他在饭店的便笺上排列出好多人的名字，正往名字前边勾勾抹抹地编排序号，八千代马上明白在做什么了。

"是席间致词的顺序吧？"

"不，那已经定了。这是座席的安排。"

梶大助每次请客，都对座席的安排、致词的顺序等煞费苦心，以致让人从旁看来都觉得好笑。本来无须为此谨小慎微，而他却从来不肯有半点马虎。梶的想法是：既然请客，就要尽可能给客人以合适的印象，否则势必适得其反，那样便不如不请。

"好咧，念给我听听!"梶站起身，走到接待椅这边，把纸单递给八千代，自己在椅上落座。

"那我念了。"

"唔。"梶闭目合眼。

"主宾席，从左到右：山崎、石井、常盘、七尾、塚田、村冈。"

"等等。把山崎和七尾调换过来。"

"还不都一样!"

"可不一样。山崎和石井坐在一起，恐怕有点别扭。"

八千代虽不明所以，但还是遵命用钢笔把名字调了过来。

"七尾、石井、常盘、山崎、冢田、村冈。"

"喂，停一下。把村冈勾掉，换主宾席右边桌去。"

"拿谁替补啊?"

"还没这样的人。"

"瞧您呀，爸爸!"

从女校时代开始，八千代就常干这种差事。

"村冈，就是A证券公司的村冈先生?"

"嗯。"

"可怜，被从主宾席上拉下来了。"

"不，不，他去哪里都不会介意的。眼下事业上正春风得意。不过，致词顺序给他提前两位好了。"

这种时候，梶大助显得分外认真，额头上微微渗出一层细汗。

"把西服背心扣解开好不好？紧绷绷的。"

"唔。"

但梶大助好像并无意解开紧紧裹在身上的背心。

八千代帮父亲圈定宴席顺序，把客人一会儿替换过去，一会儿勾勒回来，半个多小时还没结束。

"算了吧！那么一来不是同刚才一样了？周而复始！"八千代道。

"是吗？"梶说，"没想到，又转回老路上去了。"

"您怎么了，爸爸？"

"怪哉怪哉！倒也有趣，这活计。"

"真的有趣？"

"人生就是这么回事。"梶像玩游戏似的说罢，自己也忍俊不禁了。

"行啦，就这样定下吧！"

"唔，那就这样。"

一旦定下，梶大助就不再去费心思了。思来想去，想到再无良策时，便断然作罢。无论什么事都是如此。所有的事业他都是这样干过来的。

"曾根君这么晚还没来。"

"曾根？曾根是谁？"

"就是研究杜父鱼的那位嘛！在大阪住下来着……"

"啊，是他！"

"他说出版有着落了。"

"呃。"

"好像是爸爸介绍过的藤川先生出的钱。"

"唔，这好这好！"梶大助深深地点头道。

"所以，曾根君说今天要到爸爸这里来道谢。"

"噢。"随即，"刚才主宾席有个空位，就让曾根君坐好了。"

"到底什么会呀？"八千代问。

"在东京新开一家分公司，想自我庆贺一下，就找些人来。因为来客什么人都有，即使把曾根君掺进去也没什么滑稽的。况且对曾根君也好，在捐款方面……"

"可钱不是弄到了么，从藤川先生那里。"

"不妨再多弄些。"

"那倒也是。"

"多多益善吧！"

见时机已到，八千代赶紧提出：

"眼下，我比曾根君还需要呢。"

"又要干什么，这么……"梶有些惊讶，盯视着女儿的面孔。

"生活费嘛！"

"唔。"

"没钱能活？不能吧？"

"话是这么说，可不关我事哟！"

这种场合，不管女儿如何套话，梶大助也不说出自己女婿的名字。他很小心。

八千代从父亲手里接过几张钞票，放进挎包。

"既然请曾根君，也该算我一份才是啊。好久没听到您致词了。"

"如果请你，主宾席可没你位。"

"那自然。哪都无所谓。"

"慢！请你不请克平，怕不大好办。"梶总是面面俱到。

"克平根本不在乎这种事。"

"不是那么回事。人这东西……"

"请他也不会去的，肯定。"

"那倒也是。"梶沉吟一下，"也罢，你去好了。也没什么好吃的。"

"没关系。"

"席位怎么办呢？"

"哎哟，又是一大场麻烦！在这里再想也没用，到时候看谁缺席，我插空就是。"八千代自我决定下来。

有人敲门。进来的是曾根二郎。

三人寒暄完后，八千代替父亲说：

"爸爸的公司有个庆祝宴会，说要请您出席。……我也奉陪。"

"庆祝宴会?"曾根问。

"是的。在这里开了家分公司,想请人吃顿晚饭。"梶回答。

"那么,我就不客气了。"曾根说,"既是喜庆宴会,当然高兴出席。"

"你右边的叫冢田。也许你知道,这是位崭露头角的年轻政治家。虽说年轻,可也年过六十了。钱他是没有,不过有找钱的门路。"

"啊。"曾根二郎现出似懂非懂的表情。

"左边的,"说到这里,看着八千代,"是谁来着?"

八千代拿起那张纸:

"三门。……哪位呀,这是?"

"呃,三门敬子,正好。她是三门化工的三门清平氏的遗孀。要是和她搞好关系,在你的研究上不管多少钱她都可以解囊。这是位挥金如土的女士。作为赞助者,或许比大阪的藤川雄三还要合适。"梶大助说。

"多大年纪?"八千代问。

"四十光景。"梶答道。

曾根则没有介意,从皮包里取出杜父鱼照片,摆在桌面上。

梶大助拿起一张曾根摊开的杜父鱼照片,问:

"呃,就是这种鱼?原来这副模样。这东西到底好吃不好吃?"

"吃不得的。不过北海道有一种叫连锅吞的——照片这回没带来，好吃得很。所以叫这个名称，也就是因为它香得简直叫人恨不得连锅都吞进肚里。可是一般的杜父鱼是不能食用的。"曾根解释道。

八千代第一次目睹杜父鱼照片。从这很多照片上看，笨头笨脑的样子虽是无一例外，但形状却大相径庭，甚至使人认为不是同一种属。

曾根对梶和八千代拿起的每一张照片都做了扼要说明。诸如生活在激流中的头部都呈尖形，漫游在深海中的则为椭圆形，等等。

"所谓生活史，不外乎研究它从生到死的整个过程啰？"

"是的。就是从孵化后到变为成鱼的成长史。当然，不仅限于外部形态，还涉及其内部结构……"

"还是想法把它和食品问题联系起来才好。要不然，费这么大精力未免有点可惜呀！"

"这——"曾根面露窘色。

"行了吧爸爸，食品，食品！"八千代抗议道。

"难道就不可惜？"

"有什么可惜的，科研嘛！"八千代说。

曾根于是抬起头来，缓缓地问：

"您真是这么想的？"

八千代见曾根的表情过于认真，便有些不知所措，随口"啊"了一声。

"战争期间，如果政府官员中有太太这样的开明人士，事情可就好办多了。那时候，只要研究课题不同增产粮食有关，就一律不被视为科研。上头叫研究鲨鱼，以便作为粮食资源。那倒并无不可，只是研究经费一年才三千五百日元，根本无济于事。这么着……"

"三千五百日元？嗬！"梶讶然。

"由于钱实在不够，只好研究起杜父鱼来。"

"您真了不起啊！"八千代说。

"了不起？真以为我了不起？"曾根二郎的脸上流露出孩子般纯真的喜悦，"了起了不起我不知道，不过我想，我就是为干这个才来到这世上的。"

"克平君也好，曾根君也好，现在三十多岁的人，都有一种共通的东西。"梶大助突然开口。

"真有共通的东西不成？"八千代存有疑问。在梶眼里看起来共通的东西，在八千代眼里则大谬不然。

三点钟时，八千代同两人分手走开。梶要去丸之大厦，曾根要去找大学同学。

一进家门，八千代便开始做赴宴准备，随即再次出门。六点时，赶到日比谷京城饭店三楼宴会厅。几位已到的客人在宽阔的休息室里慢慢地踱来踱去。八千代脚踏厚墩墩的地毯正要往角落里的空位上走去，曾根二郎从身后赶来，大声说：

"好漂亮啊，这里！"

唯独他穿着随便。衬衣固然不如别人的洁白，奇怪的是，竟一点也没有使他给人以脏污之感。曾根多少不大习惯这种场合，但仍显得落落大方。在街头看上去他是有点粗俗，而在这里则无迹可寻了。

"名流荟萃吧?"曾根问八千代。

"这个……我想为数不少。"

"真不错啊，这种气氛……好像就连自己也跻身名流之列啰!"

"现在你不已经成名了吗?"

"从何谈起!"

曾根断然否定。强调自己绝无成名之望。语气尽管坚决，但丝毫没有使人感受到在这种情况下难免产生的反感。

八千代正和曾根交谈，听得梶大助说:

"噢，原来在这里!"说着，领着一位体态丰满而又容貌漂亮的中年女性走了过来，到曾根和八千代面前站定。

"这位就是刚才提起的曾根先生。"梶把曾根介绍给女士。

接着，又把女士介绍给曾根:"这位是三门女士。"

八千代想，所说的三门化工原经理的遗孀，恐怕就是这位女性了。

"这是我女儿。"

"哎哟，您的千金?"说着，莞尔一笑，低下头去。一股柔和的香水味儿涌往八千代鼻端。

将席上邻座的客人介绍给曾根后，梶大助匆匆到对面去了。他要几十次地低头，反复进行简短的寒暄。

"刚才听梶先生讲起您。您在从事一种非同一般的研究？"

三门敬子笑得多少有些傲慢，不过也很动人。看上去，与其说是大企业家的遗孀，倒不如说是一位刚过全盛时代的中年女演员。

"那边有空座位，请——"说着，三门敬子领头走去。

曾根跟在后面，那步子，就像"倏——"地闻了一下麻醉药之后而机械地尾随其后似的。转眼间，杜父鱼研究专家便被人从自己手中夺走了。八千代觉得对方未免太不客气。很想同曾根一起过去，但到底还是作罢了。

宴会开始后，八千代在十一二张桌子当中，拣了一张主宾席房靠近窗口的桌子坐下。席间没有一个熟人，因此八千代只是一边默默听着别人的谈话，一边使用刀叉。

这时间，父亲公司里一位八千代认识的专务——与其说是企业家，莫如说是工头模样的瘦瘦的殿村站起身来，絮絮叨叨地发表了一通感谢话。接着父亲起身致词，那很难想象是老年人的洪亮声音回响在整个会场。随后，几位来宾立起，分别表示祝贺。

若论席间致词，不管怎么说，梶大助是出类拔萃的。八千代想，作为女儿的自己听起来都五体投地，想必父亲这一手是不同凡响的。父亲大概三四天前就开始对今天的发言内容字斟句酌，以便使任何客人听起来都无懈可击。

主宾席就在对面。八千代只消稍一转头，即可看见席间的一半人。四方桌子的一头，曾根二郎和三门敬子并排坐在一起。八千代往那边看了几次。一次发现三门敬子正脸冲曾根，令人目眩般地粲然而笑。声音当然听不见，不过那笑容的确是不失这类女性所特有的矜持和得意，而又微妙地带有一种诱惑意味。

八千代不明白父亲为什么把这等女性介绍给曾根二郎。此后她再也没往主宾席那边扫过一眼。

不久，父亲公司的一位董事最后起身寒暄，暗示宴会至此结束。有几人已经把椅子拉往一边。

八千代边起身边往曾根那边最后看了一眼。主宾席上都已有一半人起身了，而曾根和三门敬子两人仍在座位上说得津津有味，全然不把周围的变化放在眼里。

八千代朝那边走去。

曾根二郎用右手指捏着一个樱桃，滴溜溜转个不止。三门敬子一边喋喋不休，一边同样用指尖捏着樱桃柄旋转不已。

"曾根君，不回去么？"八千代招呼道。

"回去。"曾根起身。

"那么，明天我等您。"说着，三门敬子也欠身离座，俨然根本不认得梶大助女儿似的，不屑一顾地径自往对面那边去了。曾根站起身后，仍旧捏着那颗樱桃。八千代提醒他：

"扔掉如何？"

走出饭店，曾根对八千代说：

"走一会儿好么？"

"啊。"

"那就走吧。"

八千代和曾根并肩从日比谷往有乐街走去。路上，曾根说：

"三门夫人说她要全面支援我的工作……"

八千代沉默了一会儿，说：

"藤川先生那边怎么交代?"话里边多少含有责难语气。她觉得对不住藤川雄三，自己再三拜托人家。

"藤川先生吗? 其实他已回绝了。"曾根说。

"哦?"

"大阪面谈的时候，事情大体像是定了。我也是那样以为的，看来还是我自以为是啊。"

"这——"

"今天找完大学同学，到藤川证券公司东京公司去了一趟。那里一位专务告诉我说，已经向梶先生说过不行了。"

"这——"

八千代只能连道两个"这"字。她并不明白今晚父亲为什么要请曾根并把三门敬子介绍给他，原来可能是这样的。父亲由于已经得知藤川证券公司加以拒绝，便突然心生一计，而用今晚这种形式为曾根物色一位新的赞助人。想来这种做法也是符合父亲性格的。

"真是的，我父亲! 明天我找他算账!"八千代说。

"这回不要紧吧?"

"很难说，又是父亲介绍的。"

"不过，那三门夫人……"

"是未亡人。"八千代改正道。

"听人说，这位三门未亡人在赞助学术研究方面，花钱好像非常慷慨。"

"怕是一种爱好吧!"

"说爱好也许是爱好。但总比在其他方面花钱好。"

"那么，那一大堆杜父鱼也要让三门夫人……"

"是未亡人。"这回曾根改正道。

"呀，"八千代说，"也要让三门未亡人帮忙啰?"

"这不是在商量嘛。"

"和我有什么商量的!"

"我一切都捉摸不透。在这种事上，好像到处受骗上当似的，要有个人商量才好。"

八千代想，曾根二郎也确实要有人替他出谋划策，而在这世上，这样的人的确又只能是自己。

十二　梅雨

七月初的一天，梶大助从饭店给西银座店里打来电话。若是往年，报纸上该连篇累牍地出现海水浴报道了。而今年梅雨尚未过去，一件浴衣尚无法御寒。

杏子马上拿起听筒，梶的声音从中传来：

"啊，是你。我今天来的。……听说两三天前你打过电话。"

"想见您一面。"杏子说。

"有事？"

"嗯。"

"呃，什么时候呢？"梶没有立即明确见面时间，估计还是那么忙碌。

"明天后天都可以。"

"那不成。"梶说，"今天来的，马上又要赶回处理事。对了，今晚十点左右，在八重洲口检票口见面，好么？"

杏子不由噗嗤一笑。在检票口见面，不愧是梶出的主意。

未免太匆忙了!

"那以前没空儿?"

"倒也不是没有。"接着，突然改变主意，"这样吧，柳桥有一家叫松井的饭店，今晚六点你去那里，这样也许好些。对你来说，有个人也还是见见比不见好。"

听说见见比不见好那个人，估计是他今日在那里约见的一位"人物"。

"不会又是哪里一个当官的?"

"不，不，叫绪方，你怕不晓得。"

"免了吧，还是到八重洲检票口去。"杏子说。她觉得毕竟这样稳妥。梶说的还是最好见见那个人，对自己有些不着边际。有朝一日，如果自己成为日本首屈一指的服装设计师，或当上西服剪裁学校的校长，那般人物或许可助自己一臂之力。而眼下，则风马牛不相及。

"是吗，那就到八重洲口来，等着你。"梶爽快地收回前言，随即问，"钱的事吗?"

"不是。有另外一件事想和您商量。"

"找工作? 给谁找?"

"瞧您呀，说这个……是关于我本身的更为难办的事。"

"难办的?"梶吃惊似的重复道，"可只有三十分钟哟，能行吗?"

"可以的。"

电话到此中断。

这天傍晚时分，杏子六点以前就离店赶回青山公寓。往日，一到六点半，克平他们就来到二楼开始为远征做各种准备，每次她都上去打个照面，有需要帮忙的就帮帮忙。而今天杏子在他们出现之前就离开了。

四五天来，杏子越来越觉得同克平见面是件痛苦的事情。那次误传克平遇难时到大町去的事，无论对乙醇还是三泽都秘而未宣。而且同克平也再未提起过。显然，克平也同杏子一样对乙醇和三泽瞒着这件事。

对于自己同克平怀有共同秘密这点，杏子想起来有时觉得欣慰，有时又反而感到窒息般的难受。在此以前，杏子从没有认真考虑过爱情为何物，而现在却第一次为这个问题弄得神思恍惚。世上爱上有妇之夫的女子想必不是少数，而他们到底是如何在人生之途上行走的呢？杏子每天都要一遍遍地考虑这个问题。

自己对大贯克平怀有爱情或许是有欠妥当的。但她并不知这爱情是何时闯进自己心头的。等觉察之时，早已爱上了克平。怀有爱情本身似乎并无责任，如果受谴责的话，难道应该是使人怀有这种爱情的爱神吗？

杏子所以给梶大助打电话，是因为她觉得这世上恐怕只有梶大助才知道人在这种情况下应如何做。似乎只有他，才具有解决人生所有问题的取之不尽用之不竭的智慧。

晚间，杏子按梶说的，十点钟来到八重洲口站检票口。

梶大助先来一步，站在那里，手中空无一物。

"东西呢?"杏子问。

"托人拿到站台上去了。"梶说,然后马上问,"你说的难办的事是什么呀?"

"问什么都可以?"

"可以。"

"那我讲给您。"杏子紧盯着梶的脸,说,"我觉得我好像喜欢上了一个人。"

杏子想躲开人堆,只好和梶边走边谈。

"再说一遍,说慢点。"梶大助说。

"我觉得我喜欢上了一个人。为此,想请您指点一下应该怎么办。"

若对父兄,杏子是不会直言不讳的。但对梶大助,却可以毫无拘束地说出口来。

"嗬,喜欢上了?!"梶现出一副面临难题的神情,"喝杯冰激凌吧!"

"嗯。"

梶发现车站有家饮食店,朝那边走去。

店内很挤。梶在角落里找空位坐下,掏出雪白的手帕擦了把脸。

"好热啊!"

冰激凌端上之前,梶一直保持沉默。而待端来之后,他拿起小茶匙说:

"喜欢上了这种事,以后怕不知会遇上多少次,年轻人嘛！每一次都认真考虑起来可是没个完的。"

"不过我想怕是真的喜欢上了。"

"唔。……到底什么样的人？"

"有妻室的人。"

"哦！"梶大助又用手帕擦擦脸，"那怎么行啊！"

"自己也不知如何是好。"

"钟情于有妇之夫，还是避免为好。"

"我也知道避免为好，可是一旦喜欢上了，该怎么办呢？"

"确是一大难题，这个……无论你如何喜欢，只要对方不离婚就无法同他结婚，这可太遗憾了。"

"您不是说结婚没意思吗？"

"没意思，确实没意思。"

"那么，我想至于为什么不能结婚这点，是不足为虑的。"

"但对这种没意思的事，大凡女人，没有不视为终身大事的，无一例外。你不久也会这样。不能结婚是要使你痛苦的。"梶大助说，"不过问题首先是，你真的喜欢上了那个人不成？"

"啊，大概……"

"不久又会不那么喜欢了吧？"

"要是那样，也就罢了。……可您不是说，只是在喜欢上的时候恋爱就行吗？"

"也许那样说过。实际上也是那样。的确是那样……"看来，梶大助反被自己教给杏子的智慧逼得进退维谷。

"对方到底是何想法呢?"

"不知道。那个人的心思……不过,他怎么想都无所谓。只是我自己很痛苦,所以才请您指点的。"

杏子这才吃一口冰激凌。梶大助盯视杏子一会。看看表说:

"出去吧!"旋即起身,往付款台走去。杏子仍一动不动地坐在座位上,直到梶付完款折回。

"不出去?"

"出去。"

杏子起身,跟在梶后面走出店门。梶又一次看表,停住脚步。涌往检票口的人流把两人包围起来。

"如果能死心的话,还是死了心好。无论如何这都是上策。因为恋爱这种东西,有一种互相欺骗的成分。就眼下情况看,你怕是要成为受骗一方。"梶由于时间紧迫,只好先把结论说出来。

"怎么谈得上受骗呢!"

梶接过去说:

"如果不好说是受骗的话,那恐怕就是一种交易。任何一方都不吃亏当然再好不过,但这类交易复杂得很,估计吃亏的只是你一个人。"

"可我……"

杏子刚要插嘴,梶大助又说:

"不过,假如横竖死不了心的话,那么这种情况下……"

梶止住话头，仿佛思考下文似的站在那里。

"……"杏子侧耳以待，以免因周围的嘈杂而听漏梶的话。

"去外国进修如何？"梶说。

"去外国？"

"在外国待上一两年。要是心里还转不过弯，到那时候再说，也许另有办法。"梶第三次看表，"好了，我该到月台上去了。"

"送送吧。"

"也罢。"但刚走两三步，梶又说，"还是回去吧！"

"嗯。"杏子于是按梶说的，就此止步。她一贯如此。只要梶道声回去，无论什么时间，无论从哪里，也都一个人回去。

"很快还要来京，那时再慢慢商量。"

"好的。"

梶以目示意，走进人群中去了。但马上又急步折回：

"等等！"

听梶叫自己，杏子回过头。梶大助像有句话忘说了似的走到杏子身旁：

"恋爱大概总比不恋爱有意思。只是，跟无聊之辈可不好办！"稍停，又重复道，"跟无聊之辈可不好办！"满口十分为难的语气。

"下次来京，我见见那个人。"言毕，梶这回真的混进人流不见了。

对杏子来说，虽然未能从梶大助口中得到任何解除自己困境的高见，但还是觉得心里踏实了些。她感到自己对于克平的一片痴情尽管是一时的，但今后必须得有所减弱，从而得以同克平拉开一定的距离。

时间已晚，杏子想马上回青山公寓。但是一股想去银座店里看上一眼的心情突然俘虏了自己。克平他们说不定还在。两三天一直回避克平的心情倏然远逝，而想见面的欲望悄然爬上心头。杏子很冷静，如释重负般地冷静。她觉得自己可以像对待毫无瓜葛的人那样去同克平见面。

乘上山手线电车，在新桥站下来，向位于银座的店走去。各处的店铺几乎都已关门闭户，自己的店也门扇紧闭。只有二楼窗口开着，明晃晃地透出灯光。克平他们也许还在劳作。

拐进店旁胡同，推开后门。楼下空无一人，两名留宿的年轻姑娘也不见人影。

走到二楼楼梯口，杏子侧耳细听。二楼寂无声息，不闻任何语声。杏子想克平他们已经回去了。上楼往工作间里一瞧，杏子不由收住了脚步。克平一个人以捆好的箱子当桌面，正俯身往本子上写着什么。

"一个人?"杏子问。

"三泽和乙醇领两个店员吃东西去了。今天请她俩帮了忙，也没通过你的允许。"克平说着，点燃香烟，"抽签来着，我抽的是看家的签。"克平笑道。

杏子默不作声。

"不进来?"

"不用客气的。"

"那倒是,你的家嘛!"

然而杏子奇妙地觉得不宜进屋,依然站立不动。

"进来坐坐吧!"

杏子旋即说:

"可三泽他们该回来了吧?"

"也许。"

"那我就不进了,回去。"

杏子也真想回去。她总还是不想让三泽和乙醇看见自己单独和克平在一起。

"那就回去吧。"

克平说着站起身。这话在杏子听来竟像针刺一般地痛。

"那我告辞了。"

杏子走下楼梯。刚到楼下,听得克平下楼的脚步声从身后传来。

"你不大正常。"克平在后面说。

杏子没有回答,只是站着。当克平的脚步紧挨背后止住时,杏子猛地回过身,并且说:

"您太太托我物色西服面料。"

"西服面料?"

"没告诉您?"

"没听说。"

"那还是去大町之前，太太来店定做西服来着。"

克平面露惑色，不明白杏子要说什么。

"一个月都过去了，还没有同您太太联系。不过不是我懒，因为怎么也找不到最适合太太的。这里的怎么样?"说着，指了指身旁货架上的面料。

克平默然伫立。

"大致选一下可好? 选完后，我好拿两三种去府上拜访。"

"我不懂。"

"大致就行。"

"大致也不懂，哪懂什么面料!"口气硬邦邦的。

随即转身往对面走了几步，又马上回过头说:

"反常啊，你。"

"……"

"何必急着把我妻子西服面料的事端出来呢?"

"可是……"

"快回去好好睡一觉吧!"克平气狠狠地说。

杏子感到眼泪陡然上涌。心里一阵剧烈的难受。

"是要好好睡的。"杏子说。

"那就好。"

克平再次气狠狠地说道。杏子很清楚，克平心里极不平静。从后门走上胡同，杏子想起梶大助叫自己去外国的话。如果能去，去去也好，她想。

没走上五十米，见乙醇、三泽和两名女店员排成一列横队从对面走来。

当四个人为躲车而在路旁聚成一堆时，杏子蓦地拐进旁边的胡同，不巧正撞在一个从酒吧出来的醉汉身上。不知撞到什么部位，只觉得右肩痛不可耐。

一阵小跑穿出胡同后，杏子思忖，自己为什么要避开乙醇他们呢？其实并无非避开不可的任何理由。想起来，这几乎是条件反射般采取的应急措施。杏子很生自己的气——居然像偷嘴猫似的钻过胡同！

这以前，同克平之间一次也没有谈过怕别人听到的话，而自己却如此怯于见人，真是莫名其妙！其实不过是对克平隐约怀有爱慕之心而已，何苦弄得自己这般草木皆兵呢！

杏子高高地昂起头来。几个行人从她身后向前跑去。这也难怪，不知何时下起雨来了，霏霏细雨扑面欲湿。

在新桥站附近的铁路桥下，杏子又同对面跑来的男子撞个满怀。这回撞得很猛，杏子趔趄了两三步。所谓爱情，就是这么一种东西吗？难道不应该是更为美好、自然而又丰富多彩的吗？难道世上真的存在一种对象——一种不能对其怀有爱情的对象吗？难道真有不能相爱的人吗？难道自己必须在此外的男性中寻找奉献自己爱情的人吗？

不觉之间，杏子已置身于电车之上。车身剧烈摇晃着，轰隆隆地驶过市区的灯海。当杏子目光落在两三个人前面一位同样手抓吊环的女士时，心里猛地一惊：像是大贯八千代。

定眼细看，方知是长相酷似的人。如果自己的爱情不至于使八千代不幸的话，那么未尝不可试试呢？然而难道真有使八千代免遭不幸的那样的爱情模式吗？

有！她想。自己只是单方面爱恋克平，并非要将克平从八千代手中夺走，并不要求八千代丈夫的爱情。只是自己一厢情愿。既然对方闯入自己的心房，那么便再也无法抹杀对他的爱——难道不是么？

现在，山名杏子正在认真考虑梶大助说的那句话，吃亏的只是自己一个人⋯⋯

十三　烟花

在大森站下车后，杏子回身向山手那边拐去。时常为自己拉生意的川边夫人就住在这一带。杏子来过几次，街道基本上是熟悉的。

大贯家很快找到了。杏子在门前站定，正当她犹豫着要开门的时候，里边传来木屐声响。于是她断然伸手开门，八千代正要从里边出来。

"我是银座的山名……"

"哎呀，山名小姐！"八千代神情开朗地注视着杏子。

"准备外出吧?"

"没关系，请——"八千代转身折回，"家里很脏!"

一边说着，一边把杏子让入客厅。杏子刚要在门房落座，八千代劝道：

"还是窗外廊子里好些吧，请，请请。"

杏子于是移步檐廊，坐在藤椅上。

里面的客厅有八张垫席大，壁龛里只有一幅挂轴，除此之外没有任何装饰。然而这儿仍给人一种富有之感，想必是从八千代这位喜欢奢华的女性身上释放出来的。

只消八千代身影一出现，即使再幽暗的房间，也会流溢出光明和富贵气息。而八千代身上的这一特点，与其说是后天形成的，毋宁说是与生俱来的。

"这么晚才来，其实……"杏子刚想为迟送西服面料辩解，八千代笑道：

"不不，没什么，完全没什么。"

接着："由于经济上的关系，迟一点反倒……没见过我这样糟糕的顾客吧？"八千代又笑了。

杏子心想，她怎么会笑得那般开朗呢？八千代的开朗，一方面使杏子心情释然，一方面又使其格外忐忑不安。假如大贯八千代表情略显阴郁，杏子说不定心情会舒畅些。

"昨晚本想请您丈夫过目来看，由于他说自己不懂……"

"我丈夫？在哪里见到的？"

"店里。"

"您的店？"

"嗯，到二楼事务所……"

八千代接过去：

"哎哟，是在府上？那么说，每天那么晚……"

"是的。"

"这个人！"

蓦地，八千代脸上布满阴云。杏子后悔自己不该贸然说出。她以为克平总不至于不把远征队总部的事告诉八千代。说了一句不该说的话！但既已出口，也无可挽回了。

尽管如此，杏子还是感到不可思议：克平居然连这种事都没讲给八千代；而从一般的夫妇的关系来说，八千代至今什么都不想知道这点也是令人纳闷的。

"什么时候借府上做登山总部的？"八千代问。

"怕有半个月了。"

"大贯求您的？"

"不，是三泽君和乙醇君，"说到这里，杏子改口说，"是三泽君和饭仓君去的。那时候大贯君好像去鹿岛枪没在。我在街上碰见饭仓君和三泽君，他们提起了借房子的事。"

无意之中，杏子为克平辩护起来了。事实确是如此，并无半点虚假，只是她自己觉得有点不大自然。

"那么，每天都在您那里打扰到那么晚？"

"啊，我想是的。晚上我把店委托给里面使用的人，自己回公寓去住。"杏子暧昧地回答。

"哦，您住公寓？"

"青山那座小公寓。"

八千代沉吟片刻。

"每天什么时候去您店里？"

"到的时间？"

"嗯。"

"我想是六点或六点半。"

杏子感到自己简直是在受审。八千代起身离座，端来两杯橘汁汽水，分别放在杏子和自己面前。

"请别客气。那面料的事儿……"

但八千代似乎对此没什么兴致。

"小狗那以后还好？叫什么名字来着？"

"罗恩。好大了。"

"罗恩这名，还是在我家取的呢。"

"哦。"杏子好像腹背受敌，唯待束手就擒。

"我这次把面料带来了……"杏子说。但八千代仍不予理会：

"天翻地覆啊，为了那狗。"

"啊？"

"请。"八千代劝喝汽水。

杏子心烦意乱，恨不得马上离开这里。

杏子从手提皮箱里取出西服面料的样品，放在桌上。

"这个如何？不知您是否中意。"

听杏子这么说，八千代终于伸手拿起面料，往布头上看了一眼，说：

"这面料现在全部在您店里？"

"是的。"

"那么过几天我去拜访，让我重新看看。这样是看不明白的。"说罢，眼睛马上转向院子，看来她的心根本不在什么面料上。

"承您那样，自然求之不得。我也担心光看样品有些不妥。"说着，杏子把桌上的面料样品收进手提箱。她很想立刻离去。但又不愿意被对方看出自己是临阵逃脱，只好耐着性子坐在椅上不动。

窗外竹篱下，美人蕉开着火一般红的花。杏子眼睛盯在花上，心里搜寻着适当字眼，以便抽身离开。终于，她开口道：

"那么实在不好意思，就等您光临鄙店时再……"

"一定拜访。"

"对不起，您正忙的时候……"

"不客气。"

杏子欠身离座，八千代也随之立起。

在门口穿鞋时，听得八千代从背后说：

"登喜马拉雅，到底什么时候出发，您没听说过？"

从乙醇或三泽口里，听到过大约九月中旬出发。但杏子嘴上回答道：

"这……还什么都没有……"

八千代随即像为自己的一无所知辩解似的说：

"在家里边，他根本就不跟我说。"

"……"杏子无言以对。

"当然，我也什么都没打听。"接着，八千代轻轻笑出声来。在杏子听来，觉得这笑声是那样空虚。

"实在打扰了。下次再见。"

出得大贯家门，杏子顿时舒了口气。浑身一阵轻松，就像鱼被放回水里一样。

为了尽快把大贯家远远抛在后边，杏子脚步匆匆地走下慢坡胡同。而八千代的笑声依然萦绕在她的耳畔，久久不肯离去。

快五点时，杏子返回银座店里。刚一进门，乙醇也前脚后脚地跟进来。他只穿件衬衣，额头汗水涔涔。

"三泽来了么?"

"这……我也刚刚进来。"杏子随即问一名叫美代子的女店员，"三泽君呢?"

"呃，怕是已经来了吧? 三泽君不肯从正门进，从旁边拐进来……"

"真是个小心人哪!"杏子说。

"而且，上楼梯也轻手轻脚的。"美代子说。

"那么我和克平岂不更显眼了!"乙醇笑嘻嘻地说，"以后我和克平也从旁边胡同里进。"

"哎哟，大贯君一直走胡同。"另一名叫律子的店员咻咻笑道。

"那就我自己大模大样从正门进入了!"

"不是进入，是侵入!"美代子说。两名店员已经同乙醇熟了。

"就要我一个人，简直是!"乙醇目不转睛地盯着美代子，显得很是愤愤不平，"这店也得安个电梯才行啊！上楼实在费劲。"

乙醇故作正经地开罢玩笑，上楼去了。不一会儿又下来，探头看了眼铺面说：

"不去看烟花么？有烟花。"

"烟花？！"杏子回头。

"今晚T川放烟花。不去看？"

"您喜欢烟花？"

"喜欢。要是不看烟花，总觉得夏天还没来似的。我有个熟人，他家二楼是绝好的场所。"

正说着，三泽下楼道：

"算了吧，女孩子家……我想人多可不得了，受伤可就后悔莫及了。"

"大贯君呢？"杏子问。

"克平吗？他不大可能去吧，那家伙……不过有时心血来潮，去也说不定。"三泽回答。

"至于克平，去也罢不去也罢，都无所谓吧？"乙醇以戏谑的眼神看着杏子。

"哎呀……"杏子说，"要是三人都去，我也奉陪。"然后问三泽，"什么时候出门？"

杏子没往乙醇那边看，似乎那边炫目耀眼。

乙醇和三泽又爬上二楼。半个多小时后，克平进来了。

"三泽和乙醇来了吗？"

克平寒暄似的对杏子说。这三个人不论是谁，一进门就问其他同伴在不在，简直就像孩子一到家就问母亲是否在屋似的。

"他们说要去看烟花。"

"烟花?"克平一时显得有些惊讶，旋即道，"总是想法找理由喝酒。乙醇出的点子吧?"

"是的。"

克平苦笑道:

"叫别人为钱担心，这些逍遥自在的家伙!"

"为钱担心?"

"不，倒也不担心，车到山前必有路嘛。不过眼下还不够。"

"差很多?"

"一百五十万左右。"

"哎呀，那么多!"

"要是死乞白赖，马上就可凑齐。不过还是不那么做为好。"他稍停顿一下，又说道，"烟花? 我也去看看?"

"您也去?"

"既然两人都要去，我也走一遭好了。问题是能找到什么好位置吗?"说着，克平爬上楼。

片刻，三泽走下楼来:

"我们讲定去看烟花，一块去好么? 店里的人怎么样? 当然啰，这事影响营业，也不勉强……"

"店里倒没什么。那，问问她们好了。"杏子说。

美代子和律子两个店员自然满口应承。看来，这两人也十分高兴同心直口快的登山家们在一起。

六点半关好店门。七点时，克平、乙醇、三泽、杏子，加上两名店员，一行六人走出门去。

"干事，叫辆车来！"

乙醇吩咐三泽。不知何时起，三泽被乙醇委以干事之职。不过，即使不被封为干事，三泽恐怕也要自动自觉地充当这一角色。

三泽叫来一辆大型出租车，让杏子坐上助手席，又把其他四人塞进后座，最后自己也挤了进来。之所以让杏子坐助手席，是因为那里舒服些，这也是三泽对人的一种体贴。

"能坐这么多人，还真算捡个便宜！"乙醇说。

"克平，你就委屈一会吧！"

听得三泽如此说，乙醇抗议道：

"别光对克平特殊！"

"一超过三人，克平就心里憋屈，天生一副贵人身架。可你在这点上无所谓嘛！"三泽一本正经地答复。

助手席上的杏子想，确如三泽所说，克平肯定不高兴坐得那么挤。

到得涩谷，弃车步行。走至郊区线电车站时，周围已是人山人海，混乱不堪。

"不得了！不能坐出租车去么？"克平说。

"别想高口味了！"

说着，乙醇大步率先穿过检票口。众人略一踌躇，到底像被牵引似的尾随而去。

让过两辆后，他们挤上第三辆电车。克平被乙醇推着脊梁，好不容易挤了上去。

杏子夹在三泽和乙醇中间。两名女店员和克平分别被人群隔开。

"去倒可以，只怕找不到好位置，这点可有把握？"三泽问。

"差不多吧。"乙醇回答，"河边有家小饭馆，那里的老掌柜我认识。"

"要是事先没打招呼，再认识也白费。我看这事够呛。"

"怕也是。给你这么一说，我也心里没底了。"乙醇竟也气馁起来，"不过，到那儿再说吧，总会有计可施。"

"要是无计可施，克平那家伙说不定会发火的哟！"三泽说。

"在哪儿呢，那家伙？"

三泽于是把克平站的位置指给乙醇。乙醇扭过头去。

"现在已经开始生气了，瞧他那样儿！要是去那里再捞不到座位，肯定会大发雷霆。"但乙醇并没甚介意，出汗的脸上依旧满是笑意。

到了靠近放烟花地段的游园地下电车站，站前街道上的人群简直摩肩接踵。

沿站前路走两百米远，是一座长桥。作为观看烟花的位置，桥上或对岸最为理想。而河这边的车站一侧，沿岸人家鳞次栉比，挡住了视线。因此涌出车站的人们只好向另一侧移动。道路两边，饮食店和冰室一家挨一家，哪一家都人满为患。

走出车站，乙醇叹道：

"这么多人!"

无论克平、三泽，还是三个女人，都被挤成一团，随波逐流，无法站稳脚跟。

"人多倒也无妨，问题是你要找的那家在哪里呀?"三泽问。

"我看不行了，怎么也过不去，还在桥那边呢! 这桥没法过吧?"乙醇一下子死了心。

"到这里才打退堂鼓怎么成啊! 不过也着实难办。"三泽焦急起来。

这时，烟花不知从何处跃然而起，炸裂夜空般的响声震耳欲聋。

"喂，靠着路边，别走散了哟!"

听得三泽说，一行人死命挤出路上黑压压的人流，在冰室和中华饭店之间的巷口立住脚步。

杏子暗暗叫苦，居然来到这么个要命地方。但由于怕使发起人难堪，她始终没有开口。

"哎，别慌神!"乙醇说。

"哪个慌神来着!"克平第一次说话。

"可总得想个办法啊!"

"等等,总不至于束手无策。"

杏子思忖,看眼下情形,恐怕无计可施。议论之间,不知跑到哪里去的三泽回来了。

"有卖座位的,我买好了。就在那边高台上,神社后院。"

"那东西也能卖?"

"卖。走,找找看。"

大家跟着三泽,杀入人流之中。途中突围而出,爬上一条黑漆漆的坡路。路面不但狭窄,而且布满石子,非常难走。

"喂,不要紧吧?领到这么个鬼地方!反正得供我一顿啤酒。"乙醇从后面叫道。

"少得寸进尺!我可是替你打圆场呢!"

三泽一边说着,一边摸索前行,不时提醒身后的杏子:

"注意脚下!"

登罢坡路,来到一片狭小的平地。果然有一座神社样的建筑。这儿也挤着几十个人,但并未达到路上那般水泄不通的地步,大概因为这里不太适合观看烟花。

众人跟住三泽,拐往神社一侧,四周一片黑暗。

"几个人?"

"六个。可得给个好位置哟!"

"知道了。请过来看一下吧。"

黑暗之中,听得三泽同某人说话。不一会儿,一行人被领入神社后院。这里有片狭窄的缓坡，四周拉有绳索，中间铺着草席，他们来到席子跟前。

眼睛习惯之后，发现有好几伙人坐在同样四周拉绳的草席上。这时，头顶上空，一朵菊花忽地绽开，稍纵即逝。

"嘿，真不赖，这里比我要去的地方强多了！"乙醇说。

"等着，我去弄啤酒来！"

三泽起身离去。场地虽小，但几人围坐一圈还是绰绰有余的。

片刻，三泽领着两个运送啤酒的汉子返回。借得烟花腾空时的光亮一看，那两个运啤酒的汉子身穿半袖衫和短裤，只是手戴手背套、脚穿橡胶底袜这点稍微与众不同。两人都是短平头，言语虽粗俗，待人却很热情。

送来的除啤酒和杯子外，还有装着红烧猪肉的木盒。于是酒宴马上开始。三个女士面前也各放一个酒杯，里面斟满啤酒。

"总算捞到啤酒喝了！"乙醇背对烟花，尽管他是为烟花而来的。

"你不是看不见烟花了？"店员律子问他。

"烟花要听声才行，那'砰砰'的声音才叫悦耳呢。"乙醇如此说道。

烟花接二连三地升上天空。从烟花在夜空中怒放的位置判断，放烟花的地方似乎距此有相当一段距离。从这里看不见挤满河两岸的人群，只是每当烟花拔地而起时，听得不知从哪里传来毋宁说是屏息敛气般的惊叹声。

"眼看就到最后冲刺阶段，往下一鼓作气就行了。较之登山本身，恐怕如何离开日本更成问题。"克平说。

"只要离开日本，大概就可舒口长气。"三泽回答。

两个一边喝酒，一边仍在谈山。

对杏子来说，烟花固然好看，但相形之下，她的心思主要还是在克平那每当烟花升起时便从黑暗中浮现出来的脸庞上面。

为补充啤酒，三泽再三起身。黑暗之中，他摸摸索索地弯腰离去，每次都领回两个打扮奇特的青年男子，拿着几瓶啤酒和红烧猪肉木盒。除此以外，他便同克平两人就攀登喀喇昆仑娓娓而谈。

乙醇则只顾喝个不止。每当烟花腾空而起、四周一片雪亮之时，他便抢先用嘴"砰"一声。而当短促的音节连续在空中炸响时，他便孩子般地说道："学不成了，乒乒乒乒的！"逗得女士们忍俊不禁。

克平和三泽对烟花简直毫无兴致，既不屑一顾，又不置一词，只是一边摸黑往杯里倒酒，一边谈论什么"签证"或"舍帕族人登山向导"之类的事。其实，在对烟花并无兴致这点上。乙醇也不例外，他自始至终背对烟花方向。杏子感到纳闷，这三个男子到底是为什么特意跑到这里来呢？

这工夫，听得附近观众议论说：地面烟花就要开始了，可这里看不见呀！奇怪的是，对这话三泽却好像听得格外真切，说："看不见地面烟花怎么成，好容易跑来一趟！"

"反正您也不看，看见看不见还不是一回事？"杏子说。

"不，不，我们也一直看来着。"接着说，"往哪里换个位置呢？"

无疑，三泽是在为纯粹来看烟花的三个女士着想。

"好，走到哪里算哪里！"乙醇站起身来。尽管黑暗中看不清脸面，但听他这语气，怕是多少有些醉意。

三泽一个人打前站，很快返回说：

"这坡下倒好像容易看些。先下去看看地面烟花怎么样？看完再上来。"

众人随即起身，跟在三泽后面。克平最后一个站起。

到得神社前院，只见黑暗中的人群蠢蠢欲动。往坡下走时，杏子发现剩下孤身一人，于是停住脚步叫乙醇，但无回音。

由于同大家走散，杏子再没心思独自下到路上那般拥挤不堪的人堆里去。

她返身上坡，穿过神社，回到原先拉绳子的地方。

正要从绳子下面弓身钻过，忽然有人打招呼：

"谁？"是克平。

"我呀。"杏子回答。

"啊，是你！"

"没去？"

"半路上又回来了。人多得不得了吧？"

"我在坡上和大伙走散了。"

杏子这才意识到现在只有两人。她想，自己肯定是在预想到会出现这种情况后才来这里看烟花的。

一种相对无言的痛苦横亘在两人之间的黑暗里。杏子终于承受不住，开口道：

"今天到府上去了。"

"是吗?"克平只此一句。

"在我那里设登山总部的事儿，您还没跟太太说?"

"或许。"

"这我可一点也不知道……我真是做了件蠢事。"

"无所谓。"

"就算您无所谓……"沉默一会，"小狗的事也没讲过?"

"当然没讲。有什么必要!"

"那是怎么回事呢? 太太可是知道了!"

"哦——"

又是一阵沉默。

"或许是上次去你店里时知道的吧? 在这方面她十分敏感，什么事她都能凭直觉一下子猜中。"

"是知道而没说吧?"

"可能。"

"那么，"杏子稍停，"我很怕。"

"怕什么?"

"说不准我去大町的事也被太太知道了。"

"开玩笑!"

"可我……总有这种感觉。"

"知道也无所谓。"

"那可不是无所谓!"

杏子语气激动起来。不知为什么,克平这时默然起身。杏子注意到时,自己也已站起。

她不知道是自己主动朝克平靠近的,还是偶然造成的——当烟花如同曳光弹划过夜空时,克平的脸离自己居然那样近。

烟花光下,克平的脸、脖颈、衬衫全都一片青白。

当散花散尽、黑暗复来时,杏子发觉克平的胳膊突然搭在自己肩头,而这又使她觉得那样地顺乎自然。

既不迟,又不早,这种该发生的事恰恰发生在烟花消逝的一瞬。而在一切都显得一片青白的刹那间,杏子也确实预料到了这一点。

杏子意识到自己的上半身被不自然地弯向后边,一时站立不稳。杏子闭目合嘴,接受了克平的吻。她离开克平,踉跄了两三步,顺势在暗中站定。须臾,坐在草席上。她感到了自己的失误,实在是莫名其妙的,笨拙的失误。这使她一阵凄然。本该甜蜜的东西,竟觉得索然无味。

烟花持续升起。几朵烟花,一时嫣然怒放,旋即无影无踪。杏子很想让克平对自己谈点什么。要不然,她觉得自己很难从这凄寂中解脱出来。

"乙醇他们下坡去了?"

克平开口道。声音很平静,仿佛两人间什么也没发生过一样。这时杏子才发觉克平也已坐在席上。克平那一如往常的声音使得杏子产生了一种被人遗弃之感。或许什么事都没有,或许克平同自己之间什么事都未发生。莫非自己做梦不成?

克平又说了句什么,杏子未能回答,声音未能出口。克平继续似有所语。杏子此时感到自己的肩部被温柔地拍了两三下。

"傻瓜,生气了?"

克平用手抚摸杏子的脸颊。

"哭了?"

"没哭。"

"可眼泪不是出来了?"

杏子觉得自己大概是哭了。泪水沿两颊流下,而两颊被克平的手包拢似的捧着。杏子又一次被按上了唇印。恍惚间,她好像面对深邃的大海。

"我喜欢您。"杏子凄楚地说。

而后用手帕擦去脸上的泪珠,悄声问:"不要紧吗?"

杏子不再孤寂,也不再悲伤。在连续响起的烟花声中,她感到一股迄今全然不晓的温馨之情静静地涌满自己的心田。

乙醇回来了。

"不行不行,那种地方根本看不见,还是只能在此喝酒!"

"其他人呢?"克平问。

"走丢了,半路上。"

杏子觉得,乙醇的到来,似乎在克平同自己之间"咚"一声投了块巨石。又过了五六分钟,三泽、律子、美代子一起返回。

"地面烟花算是看不成了,今年就忍耐一次吧!"三泽负罪自责似的说。

"这一次就够了,明年可不来了!"乙醇说。

"哎哟,不是您自己提出来的么,您倒说起这话来了!"

美代子紧接着律子说:

"就是,倒好像是三泽君的过错似的。"

"怎么搞的,个个都替三泽说话!"乙醇道。

"事不明摆着!"

气氛陡然热烈起来,克平和三泽继续谈山。

杏子一人默默地坐着。可能地面烟花已经开始,不知从哪里传来燃放的声响,观众的喧嚣声时强时弱地随风传来。

乙醇他们吵吵嚷嚷地争执不休,杏子对这一切却充耳不闻。她想起一件事。那还是她上小学一二年级的时候,被三四里外的一家亲戚叫去观看当地过节的情景。

当时,她本该在亲戚家里住下。但一到晚间,她突然想起家来,招呼也没打就从亲戚家跑出,沿着已经变黑的街道往自家所在的村庄走去,那也恰是这样一个夜晚。她离开的镇子上空,接连不断地腾起烟花,观众的喝彩声好像追赶她似的一阵阵从背后传来。

　　在一条不见人影的夜路上，杏子踽踽独行。她走一会儿，跑一会儿，站一会儿，没遇上任何人。尽管不过是三四里长的路，但年纪尚小的杏子却觉得那样的绵长，似乎走到哪里也不会出现尽头。杏子只顾拼命走下去。既没觉得寂寞，也未感到害怕，只是忘我地匆匆赶路。

　　杏子想，今晚同那个夜晚完全一样，说不定，当时那个女孩子行走的路一直延伸到这里。

　　突然，乙醇的手掌重重落在自己肩头：

　　"拿出点精神来，女王！"

　　杏子猛然苏醒似的接过了乙醇递出的啤酒杯。

十四　条件

由于担心归途难走，在烟花结束之前，几个人便起身离开了。

下得神社所在的山坡，上路一看，结果比来时还要拥挤，花了好长时间才穿过杂乱的人流，来到站前。

电车站里人头攒动，早被回家的人挤满了。他们只好放弃电车，决定乘出租车回去。回银座的两名女店员和回上野的三泽因为方向相同，坐同一辆；乙醇、克平和杏子坐另一辆。三泽和克平找了几辆，但总是交涉不成。

"这种时候，看来还是得我出马才行！"和三个女士站在一起的乙醇说道。

"不行，您可别去，去了反倒砸锅！"乙醇在女士中威信扫地。况且已经醉了。

"哼，看我的！"

乙醇朝克平和三泽那边走去，三个女士也跟在后面。不料，如他自己所说，他确实很善于说服司机。也不知他说了几句什么，只见他"砰"一声拍下司机肩膀，一把拉开车门，把律子和美代子塞了进去。

"喂，你来护送！"说着把三泽推入里边。

"走了！"三泽隔着玻璃窗抬起手来。

这辆车开走以后，乙醇马上又逮来一辆。司机问去哪里，他根本不理，让杏子上去后，推一把克平脊背，自己最后坐进。

"到底哪里呀？"司机问。

"哪里先别管，快发动就是，再磨蹭一会儿就动弹不得了！"

实际也是如此，要是烟花观众蜂拥而来，汽车必定身陷重围。

"最近的是大贯君那里吧？"杏子说。

"是吗？那就先把他这个碍事物甩下去。"说罢，乙醇命令司机，"开往大森！"

车开动后，克平问乙醇：

"不要紧么？"

乙醇没有回声，已经靠着克平睡过去了。

在到大森站前，克平准备一人下去。

"开到家门口去！"乙醇睁开眼睛。

汽车拐下大街，开至克平家门前。

"那么……"克平向乙醇和杏子告辞。

"等等!"乙醇先于克平下车。

杏子望着两个男子相互纠缠般地朝大贯家门走去。

"太太!"传来乙醇的吼声。

杏子不由在车内一阵紧张。她侧耳倾听逐渐走近的脚步声,那是拖鞋的声音。这当儿响起八千代的嗓音:

"危险,饭仓君!"

"危什么险!我这不是精神着嘛!"这回是乙醇的语声。

杏子情不自禁地欠欠身,但已无路可逃。她不想同八千代见面。白天已经见过,她不愿意让八千代知道自己同一天晚上和克平一起去看烟花。可能的话,很想避开。

半路上,乙醇停住脚步,给烟点火,但怎么也点不着。

"瞧你,我说不行了吧?这不,连火都点不着!"

八千代近前给他点燃香烟。俄尔,两人径直朝汽车走来。杏子绝望了,已无藏身之地,身上透出一层冷汗。

当乙醇正要伸手拉门时,杏子决意主动下车。

"是我,白天多有打扰……"杏子干巴巴地朝八千代寒暄。

"哎哟!"八千代惊叫一声,"一点也不知道,原来您也去了!"

"啊……这么晚来惊动您……"

"怎么,你们俩认识?"乙醇问。

"今晚又承蒙请客。"

乙醇从旁打断:

"请客的是我，不是克平君。"

平时，乙醇一口一个克平，这次因当着八千代的面，便在克平后面加了个"君"字。

"烟花好看么？"也许心情的关系，八千代生硬地说道。

"还可以。"

"要是知道去看烟花，也叫他带我去好了！"

这是责怪杏子白天来访时只字未提烟花的事。杏子欲辩不能，且辩也没用。

"快上来呀！"不知什么时候钻上车的乙醇从车内招呼杏子。

"那我告辞了。"

杏子脚蹬踏板上车。关上门后，隔着玻璃扫了八千代一眼。她发觉在这以前自己竟没敢看对方的脸。

开车后，杏子闭目合眼，靠在椅背上。一股使她懒得开口的极度疲劳感涌了上来。

克平脱去衬衣，只穿背心在檐廊坐下。送罢乙醇的八千代进来，和克平隔一米远坐定，平静地说：

"和山名杏子那个女服装师打得火热啊！"

"嗯，不错。"

"哎哟，万没想到！"

"什么万没想到，你不早知道么？"

"哪里知道！"

"哪里不知道！"

"你可真能说怪话。我知道也罢，不知也罢……说起来，那山名小姐倒比我知道得多。你问过她了？"

"有什么好问的！"

"那你为什么这么说？"

转眼之间，克平便被逼入守势。他想，还是缄口为上策，便不再开口。

"有事想问你。"八千代换上一副煞有介事的口吻。

"狗的事？"

"那也算一件，不过这点就算已经问过……是另外的事。"

"什么？"

"你借那位山名小姐西服店的二楼了？"

"借了。"

"你可是一句也没说哟！"

"你不是一句也没问吗？！"

"你以为只要人家不问，就尽可能隐瞒下去不成？"

"我可没那么以为。"

"未必。"八千代换口气似的沉默一会儿，尔后一字一板地，"这还不算，今晚你还和她一起看烟花去了？"

"去了。"

"真有你的！"

"看烟花有什么大不了的，又不是我一个。乙醇和三泽也去来着。"

"一般情况下，你可是绝对不看什么烟花的哟！"

"不见得。"继而，"算了算了，说来说去又该吵起来了！"

"哎哟！"八千代显得十分诧异，"我就是打算吵架的，今晚……"

"我可够了，算了！没什么问的了吧？"

"有，还有一点！你衬衣胸口上沾有口红。"

克平不由欠身：

"真的？"旋即要跃身而起。

"用不着吓成那样，我是说谎。"八千代略一扬脸，低声说道。

吵起嘴来，克平总是拿八千代无可奈何，自己被翻来覆去地玩弄完后，又给她渐渐勒紧。就拿今天这次来说，自己也不知该如何理解八千代的话。那件引起是非的衬衣该是自己亲手放到浴室前边脏衣篓里的，上边或许沾有口红，或许没有。

"我是说谎，是谎话，别惊慌失措。"八千代说。

"哪个惊慌失措来着！"克平道。

"瞧瞧，还在赖账！没慌？既然你说得这么气人，我也要重新考虑。本来看你怪可怜的，想要饶你这次。那么把衬衣拿来好么？"

克平顿时窘住。正因为自身有所不是，所以无论如何也决定不下该以何种态度对付敌手。他很想说一声"那就拿来"，但终究未敢出口。

"我上楼去。"克平立起身。他想，最明智的做法是对衬衣问题不予理会。

八千代跟克平走到走廊：

"直接上楼好了。可不能让你接触物证，你很可能灭证。"

"混账！"克平大怒。

"只会这句吧？"

"你这人简直俗不可耐！瞧你今晚对我算是什么态度！"

"就是俗不可耐，真的。我，性格原本好着呢，不料渐渐变成讨人嫌的人了。"这段话——唯有这段话伴随有一种深切的感触。

"说什么衬衣上沾有口红，信口开河！"克平试着反攻。结果八千代意外坦率：

"当然是信口开河。我虽然是信口开河，可你那神色却非同小可，满脸'糟了'的神色！什么呀，那是！"

"是你那么看的。"

"又在耍赖！"八千代再次一口咬死，继而平静地说，"算啦，别再说这些不知是吵架还是耍笑的话了，在理嘉面前都不好意思……还是上楼好好谈谈吧。"

"今天晚了，明天不行么？"

"今晚你心中有愧？"

这人真是厉害！克平想。实际的确如此，今晚自己实在没有信心征服八千代。再说恨不得马上只剩下自己一人才好。

克平爬上二楼，八千代尾随上来。

在克平对面坐下后，八千代扫了一眼未拉窗帘的窗口，开口道：

"下面我要认认真真地谈一下，希望你也能认认真真地和我商量。"接着，她叮问似的看着克平，似乎在说"可以吗?"

克平默默点燃香烟。

"我认为，你和西服店那位山名小姐不是一般关系。我并没掌握一定的证据，但无论如何都这样觉得。刚才她从车上下来时的脸色，实在不同寻常，一般是不至于有那种表情的。"

"唔。"克平自己都莫名其妙地应了一声，并且说，"她那个人……"

八千代打断：

"她是不一般，可你更是反常!"

克平于是哑然，就像蜗牛要急于缩回触角里似的。

"你自以为很善于逢场作戏，其实拙劣透顶，这你察觉不到吧? 当场就露马脚! 既然你心里怦怦直跳，就大可不必虚张声势。"

"……"

"不过，这种事怎么都无所谓。我认为问题的根源要深远得多，我想要认真说的也就是这点。这段时间我前后考虑了很多，因此我想还是趁现在把问题挑明并且解决为好，尽管这样可能不快。"

"局势严重啊!"

"我不喜欢敷衍了事……局势是严重，当然严重。"

“……”

“所谓爱情，我想不外乎是相互充分理解。有本书上也这样说来着。是吧?”八千代说。

“大概是吧。”

“可我们相互充分理解了么?”

“……”

“我想，即使现在尚未相互理解也未尝不可，而只要朝着相互理解的方向努力……可我们朝那个方面努力了吗?”

克平觉得不可贸然回话。因为八千代的态度与平日略有不同，两只手整齐地置于膝头。

“我想我们的心情并没有朝那方面变化。”

“我也那样想啊!”克平道。

“坦率地说，结婚之前我是很想同你结婚来着，结婚的时候我很高兴。那时自己的心情确实可以说是爱情。但这种心情仅仅限于当时，以后就不可收拾了。”八千代说。

“噢——”克平这时才现出准备认真对待妻子谈话的神态。

“婚后直到今天，我觉得我并没有被真正爱过，甚至连一次都没感受过，是不是呢……”八千代若有所思，似乎在发掘自己的内心。

“不过……”克平起身，关上了窗户。时间已过子夜，夜气冰冷如水。

“我也同样……我也一次也没从你那里……”说到这里，

改口道，"的确如你所说，也许很难说我对你怀有深厚的爱情。"

"以前就感到这一点了？"

"不，不……"克平本想说自己并非那般薄情，话到嘴边，又咽了下去。

"什么时候开始意识到的？"

"最近。"

"遇到那个漂亮的女服装师以后？"

克平感到被猛地刺了一下。

"总是念念不忘山名。"

"难道不应该？"八千代一副洞穿一切的眼神。

克平没有作声。老实说，他确实是现在才意识到自己或许并不真正爱妻子。刚才八千代问起时，他感到对八千代的确未曾有过对山名杏子所怀有的那种感情。在夺走杏子嘴唇的纯洁的时候，他并未觉得自己从她身上夺走了什么。只是恍惚觉得面临一片黑沉沉的大海，而自己正在把自己持有的非常之物悄然投入其中。那心情绝不是明朗的。他不知道明天将会怎样，无论自己的明天，还是将被自己扭转命运的一位少女的明天。

当时，夜空中绽放的烟花看起来是那样红。那红红的火星撒满天幕，旋即以一种不可思议的毁灭方式融入黑暗之中。与此同时，他感到自己目前所拥有的一切也与之同归于尽了，剩下来的，唯有对山名杏子的爱。

克平起身，把刚刚关闭的窗户重新推开。

"我也如此，既没有被你爱过，同时也可能没有对你产生过真正的爱情。真正的爱情，同我对你怀有的情感是有所区别的。当然，身为妻子，一般的嫉妒心也是有的。但是，无论如何我都觉得像油和水一样无法交融。这点我最近才意识到。"接着，八千代以今晚在克平听来最为平静的语气说，"长此以往，我想终究不是办法。不仅你可怜，我更可怜，自己都觉得可怜。"

"……"

"虽说我这一生不值分文，但如果有谁真正需要的话，我想还是奉献给需要它的人好。"八千代说。

"那倒是。可有那样的人？"克平问。

"嫉妒吗？"八千代扬起头来。

"怎么说呢……"

"嫉妒也没什么不光彩的。毕竟一起生活多少年了。这种程度的心理活动，你恐怕也是有的吧？"

"没有。"

"说谎！"

若是往日，势必僵持不下。但在不同往日的今晚，僵持气氛已被这对夫妇特有的对谈方式冲淡了。

两人同时立起。

"哦？"

"关窗，要感冒的。"克平说。

"我倒想开得更大些，闷得要死。"

"正相反。"

"一向如此，无论任何事……"

两人又几乎同时落座。窗口半开半闭。

"对你来说，也许我以外的女人合适，而我也觉得不至于同你以外的人闹别扭。"

"想必。"

"真那样想？"

"是的。"

"不惭愧吗？"

"说你自己吧。"

"我可毫无愧意。以前我并没有想摆脱这种处境嘛！靠惰性支撑过来的。但已经够了，不能再这样下去了。"听八千代的语气，确实像是忍无可忍。

"那要怎么办？"

"如果能分手的话我想分手。不知是否行得通……"

"行不通吧？"

"你？"

"你！"

"装腔作势！"

两人的对话确有些古怪，听不出关系是好是坏。只是在两人相对而坐的时间里，克平毕竟是克平，八千代终归是八千代，双双感到自身正从对方身旁渐次远离。越说越觉得枯燥无味，越觉得对方虚无缥缈。

　　"已经晚了，会谈到此为止，好么?"克平建议。

　　"好的。"八千代随声附和，把椅子从身后拉开。

　　"我去大阪一段时间。"

　　"去又怎么?"

　　"回来还是不回来，在那边好好想想再定。"八千代说，"两人心平气和地交谈，今晚是头一遭啊!"

　　克平也觉得大概如此。

十五　火锅

今乘飞燕①归。

八千代

梶大助在饭厅里从夫人手中接过这封电报时，不禁蹙起眉头，满面不快。他从桌上烟盒里拿起支烟，衔在嘴上，说：

"怪事！"目光又一次落在电报上。

"你怎么看，这个？"

"什么怎么看？"夫人问。

"往常不是从来不打电报么？"

"口叼烟卷说话！还不快拿下！"夫人答非所问。

"唔。"梶于是从口中取下香烟。

"嘴上沾着什么。"

"不是烟纸？"梶手摸嘴唇。

---

① 飞燕：指飞燕号特别快车。

272

"不行，对镜子照照……"

梶走去盥洗室。须臾折回，口中又说：

"怪事！"

"怪、怪，怪什么？"

"这次怕不是要钱。"

"那谁知道！"

"这个嘛，这可是……"

梶大助捉摸不透八千代今天回家为什么打电报，因为女儿回娘家很少用电报通知。他想尽量避开麻烦，然而这对年轻夫妇偏偏又是任何时候来找麻烦都不至于使人觉得意外的人。

但不久，梶大助便把这个问题丢到九霄云外去了。每逢预感麻烦事即将临头之时，他总是采取在其真正到来之前尽可能不去思虑的方法。这并非只此一次，在所有情况下梶都始终如此。

"酒井君是七点来吧？"梶转换话题。

"是的。"

"火锅可准备好了？"

"好了。不过可够人受的，"夫人有点不屑地说道，"这么热的时候，何苦特意吃那么烫的玩意儿！"

梶大助没有答话。对于夏日来访的客人，他也总是用火锅招待。他的想法是，夏天让客人吃油腻食物方能表示出自己的亲热友好。如此说来，同是油腻食物，按说佐以鳝鱼也该是可以的，然而梶却认为，较之鳝鱼，还是火锅能有效地造成一种家庭气氛。加之，只有这种吃法才得以使他充当他所喜欢的往锅里放牛肉或扔葱的角色。

八千代来到家门口时，梶大助正穿一条短裤往院子里洒水。

听得门铃响，梶手提喷壶向大门口拐去。

"瞧您呀爸爸，怎么这模样……"已跨入门内的八千代赶紧拉住父亲。

"正在洒水啊！"

"那是，手提喷壶嘛！"

"克平君可好？"梶问道，以便稍微试探一下八千代这次回来是否带有麻烦事。

对此，八千代像谈论他人似的回答：

"好吧，想必。"

"怎么这么说话。好像他与你无关似的！"梶笑道。

"就是无关嘛！"八千代的语气并非一般。

"无关？嗬！"梶若无其事地应对着，提着喷壶往院子中间走去。

"爸爸！"八千代喊道。

梶一回头，八千代又说：

"就是无关嘛！"

这回说得一字一板，像要把每个字都投到梶的心窝里。梶仿佛毫不介意地重新起步。

"爸爸!"

听女儿再次招呼,梶止步站住。这回必须有所表示了:

"无关也好,有关也好,跟你母亲商量去。"

"母亲不成,我就是跟您商量才回来的。"

"话一会儿再说,先进去。"梶一边拍着赤裸的腹部一边说。

"我自己的家,当然进去啰,用不着客气。"八千代笑道,"今晚一定又有客人吧?是不?"

"客人?……唔,有一个。"

"我说嘛。并且,明天一早还有人来,再加上电话,转眼您就要离家不见影了吧?"

"也许。"梶索性实言相告。

"所以,要趁这工夫把我来办的事说明白。"

"跟你妈说去。"

"我妈不行,她一生风平浪静,信任不得。"八千代说。

"你信任不得?"

"哪里,是我信不得母亲。"

"反正,先进去吧。"

"那您也请进。"

"风风火火的!"

随即,梶离开八千代,拐到院子里边去了。

梶给院子洒完水,洗罢澡,穿上照相器材公司赠送的带有漂亮花纹的浴衣,走进饭厅。

"酒井君是七点来吧?"梶说。

"一早到现在,问多少次了!"同八千代面对面坐着的夫人略一扬脸说道。

"也罢。客人到来之前,我爸爸总是心神不定的。"

"怪脾气!"夫人短短一句。

梶也许没听见夫人这句话。他径自到檐廊里盘腿坐下,眼望自己洒过水的院子,说:

"这回凉快点啦!"

转眼又注意到檐廊里落了层灰:"檐廊也得扫一下。"说着便要起身。

"叫阿姨扫不好?"八千代说。

梶本来想还是自己动手扫得干净,但又担心受挖苦,便忍着未动。但过了一会儿,还是起身走了。

"爸爸总是要扫檐廊。"八千代目送着梶的背影说。夫人却没作声,只是朝厨房那边喊道:

"我说,您还是先扫扫大门口前边的廊子好不好?"

"好咧!"传来梶的声音,里边多少含有一种自己的劳作得到公认的兴奋。

八千代坐在那里,沉默良久。这就是所谓家庭。对于父母之间有无堪称爱情之情,她不得而知。尽管爱情的存在暧昧不明,但似乎有一种替代爱情的东西,只是她不晓得那东西究竟为何物。

这时间,大门那边突然传来梶高声说话的声音。

"哎呀呀，不是客人来了？"八千代立起身来。

夫人却不为所动，说：

"酒井先生，肯定。"

"酒井先生？就是……"

"差点儿当上大臣的……"

这工夫，梶赤着上身进来。

"酒井君来了，我已让到客厅去了。"继而，"快把大门口的水桶收拾起来！"说完，朝浴室走去。他要再洗一次澡。

八千代指挥女佣，在饭厅里准备火锅。长方形餐桌，一边让客人坐，对面留给父亲。客人旁边是自己，父亲旁边是母亲。

父亲的座位旁另放一张小桌，上面摆好肉盘、青菜盘和佐料。吃火锅时，专门由梶大助一人伺候。

几乎没有母亲和八千代可干的事。轻松固然轻松，但不知客人做何感想。想到这点，八千代心里也并不坦然。

"喂，只管吃""别客气"——尽管梶这样说，但客人也好，家人也好，见梶忙得不可开交，顾不上动筷，也都没心思吃了。这和由他烧洗澡水是同一道理，如果客人和家人全然不顾他而闷头食用的话，梶大助便喜不自禁。家人因习以为常，自然不在乎，但客人方面如何呢？

梶不时扫视着大家，问：

"味道怎么样？"

如果说"辣"，他就一声"好咧"，伸手放一把糖。随即又边环视边问：

"这回呢？"

这种时候挑毛病的只有梶夫人。

"火太猛了！"

"啊，是吗？"

慌忙窥看火势时的梶大助的面孔，竟如同被指出差错的孩子一般。他有孩子般诚实的一面。

总之，如此光景的晚餐即将在梶家饭厅里开始。八千代想到马上就要见到父亲那久未目睹的侍者模样，不由有几分欣然之感。

"这回行了吧？告诉我爸爸一声好么？"八千代问母亲。

"呃——"梶夫人检查一遍桌上的必备物品，发现有件东西没有拿来：

"餐巾！你爸爸的……"

"就是那条大大的？还使那玩意儿，早该扔了！"

嘴上虽这样说，八千代还是把梶的那条围裙改做的大餐巾拿来：

"什么破烂货，这个！"说着，打开看了一眼，放在梶的座位旁边。

一切准备就绪后，八千代去客厅报告父亲。刚要叩门，里面传来梶大助的话声：

"你不是在好多方面花钱么？哪怕那方面不特别需要。"梶大助以他那深厚的男低音说道。

八千代走进客厅。因父亲和客人正谈在兴头上，只好站在门旁，等候两人谈话告一段落。

来客名叫酒井信辅，是位颇有风度的绅士。最初八千代是将其作为财界要人酒井谅辅的长子认识的，之后知道他还是位经济学者，有关著作曾一度引起议论。不料两三年前一部分人呼吁他出任大臣，方晓得他同时又在这方面身手不凡。

八千代通过几个阶段才朦胧看出酒井信辅其人的大致轮廓。不过即使到现在她也未确切弄清酒井究竟为何许人。不妨可以说，他既是经济学专家、财阀，又是政治家。或许更是一位有着广泛影响的文化人。不仅八千代这样认为，报纸上他的头衔也不一而足。

"是令爱吗？"酒井信辅止住话头，起身说道。

"啊，父亲诸多……"八千代模棱两可地寒暄道，不知谁诸多关照了谁。

"就是她嫁到才刚提到的那个登山男子那里去了。"梶从旁说明。

"哦，刚才说的那位是令爱的夫君？这可不应该了。"酒井说。

"不不，没关系。"然后，梶转向八千代，"刚才谈起了克平君远征经费的事。"

看来，梶的要求未被接受。酒井接着说：

"这笔钱性质有点特殊。如果是学术方面的……实在太不应该了。"酒井仿佛希望八千代对自己的拒绝给予谅解。

"哪里。"八千代含糊地低头致谢，"爸爸瞧您。老是替克平求人。……曾根君的事，还没着落?"

"曾根君? 原来是杜父鱼先生! 不过他……"

酒井打断说:

"杜父鱼? 说的可是曾根二郎君?"

八千代没想到酒井信辅晓得曾根，问:

"您认识?"

"那可是个有出息的年轻人。他那研究可不一般。……可是，到底做出成绩来了吗?"

听得曾根被夸，八千代一阵高兴。

"噢——杜父鱼到底不简单?"梶大助第一次露出对曾根感兴趣的神情。

"我看不简单。"酒井信辅回答。

"什么地方不简单?"

"能够那般一心一意地从事一件事，应该说还是不简单的。有句话说是废寝忘食，他完全达到了这一境界。那杜父鱼种类非常之多，研究起来远非唾手可得。若是一般之辈，恐怕早已改弦易辙。同样花费时间和精力，就莫如研究其他更为引人注目的课题，而曾根君却……"

"嗬，那么说，到底不简单啊!"

"不简单吧!"

"杜父鱼……"梶不胜感慨地轻声自语。神情似乎在说，果然如此不简单，那么不可等闲视之。自己最初误以为是黑市商人模样的质朴面孔此时第一次亲切地在眼前浮现出来。

"我也看过那照片，真是一种怪鱼，没有可爱之处……"梶说。

"不过，俳句①里面经常提及。以冬季为题材的俳句里常出现一种霰鱼，其实就是杜父鱼的一种。夏令题材的俳句里叫拟鲨。杜父鱼这种称呼大概在秋季题材里使用。总之在吟风弄月的风雅场合多少有些作用。"酒井信辅解释说。

"噢，原来是这种鱼……这种鱼！"梶钦佩地说道。

八千代也听得饶有兴致，但没有忘记自己来客厅的目的，对两人说：

"那边已准备好了，虽然没什么好吃的。"

"唔，这就去。"梶嘴里答应着，但并无动身的意思，"反正是个不错的青年，这人。没想到您也知道……"

"爸爸！"

"嗯，就去。"

但这回八千代并非催促他入席。

"您说过了，曾根君的事？"

"哦？"梶俨然摸不着头脑。

"就是曾根君出版书的事嘛！"八千代说。

"那已经跟三门女士说过了。"

"可是……"

八千代意识到自己有这样一种心理：如果可能的话，还

_____
①俳句：日本特有的一种短诗，由三句十七字组成。

是借助于其他人的力量使曾根的著作问世，而不想让三门敬子染指。

由于父亲似乎一时别无良策，便转向酒井信辅说：

"他正因出版经费弄得焦头烂额。"

"出版经费？要出书？"酒井愕然。

"是的。"

"去那边如何？"这回梶大助主动催促入席。

"若是出版书，是用不着为经费伤脑筋的。那笔钱哪里都可搞到。"酒井信辅道。

"真的？"八千代抬起脸来，注视着她所知道的唯一理解杜父鱼研究的人。

"可惜可惜，早把这话跟您说好了。老实说，我已经跟三门女士——您可能知道，就是三门化工的三门清平的遗孀讲了。"

"是这样。"

听酒井如此说，八千代道：

"可指望不得，我父亲办事。"

酒井信辅听着，突然笑起来。

"还不是，求完这位求那位，终归哪个也没成！"

"你这嘴好不让人啊！"酒井又听得笑了。

"本来嘛，曾根君够可怜的了。"

"这回不至于吧。"梶苦笑。

"如果是为曾根君的事，我这里的钱也许可以动。不是我个人掏，而多少有点公家味道。"酒井说道，既像是对梶大助，又像是对八千代。

"是这样，言之有理。"梶略一沉吟，"也罢，三门女士那边由我来说。既然酒井君如此慨允，我看三门女士也不会有什么异议。的确，这样对曾根君也好，可以使出版带有公家色彩！"

父亲的这种表现正是八千代所期望的。由于他求过三门敬子，因此不想伤其面子。然而一旦明白求助酒井参与的团体对曾根更有利，便断然放弃原有想法——父亲就是有这种度量。

"请你向曾根君打个招呼好么？好久没见了，我也想见见这个年轻人。"对八千代说完，酒井信辅又说，"不过，既然研究出了成果，可以出版了，也该跟我讲一声才是啊！他是不肯这样做的。"酒井以凝望远方的神情笑道。

"那是为什么呢？"

"不好意思，他这人。他的想法可能是：让人家理解自己的工作已经足够了，怎么好再麻烦别人出钱呢。"

"唔，有趣，有趣呀。"梶说着，从桌上烟盒里抽出一支香烟，这回他倒不着忙了。

"那么走吧，爸爸！"八千代催促说。

"呃，走走……不过，如今少见啊，这种想法。莫非研究起杜父鱼来，人就变成那种样子不成？"

"爸爸！"

"好咧!"梶总算站起身了。

梶、酒井、八千代依次走进早已摆好餐桌的饭厅时,见夫人正在她自己的位置上正襟危坐,把近来明显发胖变圆的背部对着这边。一股对任何事都麻木不仁的冷静使得她把视线投向庭院。

翌日早晨,八千代一起身就往东京家里预约长途电话。这时,口衔牙刷的梶大助正好从电话机旁走过。

"大热天,克平君也够受的,替我问个好。"梶说。

"我不是给克平打电话,是找理嘉,打听曾根君的地址。"

"唔。"梶刚走两步,"曾根君的地址?前几天好像来了张夏令问候的明信片……"

"哎哟,是吗?在哪儿?"

"哪儿呢……"

八千代马上走进二楼父亲的书房。桌上放有两个信函篓。一个贴着纸条,上面写着"待复信",其中装的都是梶准备复的信;另一个则是不需要答复的。然而,梶是忙人,只要内容不是相当重要,纵使需要答复的信件也只能在"待复信"篓里永远待下去。

曾根的明信片在哪个篓里呢?八千代一时无从判断,但还是从无须答复的信篓中,专挑明信片查阅起来。果不其然,曾根二郎的就在其中。

明信片写道"炎夏时节,望多珍重",旁边一行小字:"因工作关系,我已来伊豆,估计要在这里住到八月底。"再看地址，是"伊豆户田"。住的地方在伊豆户田，但不晓得具体住在户田哪里。

本来，八千代打算写信把这个喜讯告诉曾根，但此时突然心生一念，想去从未去过的伊豆直接找他。一来她想早日向他报喜，二来想目睹一下曾根因此而亢奋的笑脸——眼下这种时候，那脸多少会使自己的心情开朗些。

于是她取消准备打往东京的电话，坐在餐桌旁等候用早餐。稍顷，梶走来坐下，最后夫人进来。

"我想去伊豆找曾根，把出版的事告诉给他。"

"那好。"梶赞成道。他似乎巴望八千代早早离开娘家。

"关于克平……"

"过后再说，不说也无妨。"

"哪里无妨！"

"人生一世，两人共同生活过程中自然会有很多矛盾，任性可不成！钱我给，再多点也行。看来你们这号人，一没钱就顿起杀机！"

"你爸说的是正理！"夫人突然从旁插了一句。

吃罢早饭，梶大助自己做上班准备。他对着西服立柜门扇上的穿衣镜开始打领带。每次他都反复几次，直到自己满意为止。用他的话说，因这东西一整天勒在自己脖子上，为打得舒服些而多费些工夫，这是人理所当然的权利。

八千代探过脸：

"爸爸，耽误您一下。"

"唔。"

梶得知刚才本以为了结的问题仍未了结，不由露出厌烦的脸色。每月不仅要补贴一部分生活费，还要听取口角的来龙去脉，实在叫人难以忍受。然而，毕竟是自家亲生女儿，还是要大致同她谈谈才是。

"什么呀？"

"这里不好说，二楼等您。"

"今天九点前可要赶去公司哟！"

"不花时间，两三分钟……只是报告一声。"说罢，八千代迅速爬上二楼父亲的书房。

梶上楼时，八千代以一种凛然的表情坐在转椅上，背靠写字台。

"就说好了，听听你的报告。只是任性可不成哟！"梶重复早餐桌上说过的话。

"任性吗，我？"

"问你母亲去，问负责培养你的人。"

"培养我的不是母亲，是您这位父亲，我就这样认为。"

"头疼啊，你这人！"

"头疼您就疼好了。"

"到底要说什么呀？"

"想和克平分手。"八千代斩钉截铁，俨然甩出一张王牌。

"分手？！唔。几十回说要分手，而每次都言归于好——这种伎俩我可不欣赏。再说，分手这种话是不该轻易出口的。

一旦出口，可能会招致无可挽回的后果。跟父亲说说倒没什么，跟克平可万万说不得。"

"已经对克平说了。"

"说了?! 他怎么说?"

"赞成。"

"这种事可不能草率决定。"

"可是已经决定了。当事者双双赞成，不就一了百了了!"

"……"

"性格不合，已经腻了。这以前只因不想给父母找麻烦，才一直忍着。可再也不想忍了。"

迄今为止，为避免触及这块脓疱，梶大助始终佯装未见。而现在觉得，必须给这脓疱动手术的阶段终于到来了。

"克平君人很好嘛……"

梶大助把问题岔开。实际上他也认为克平那样的男子是不可多得的。对身为其岳父的自己丝毫不待以岳父之礼，既不特别亲热，又绝对谈不上轻慢。凡事都处理得恰到好处。就自己而言，总觉得对克平这人不至于心里生厌，更不至于为世俗的无聊琐事闹得不可开交，而能永远和睦相处。总之，作为女婿是理想的人选。然而，对自己虽是理想的女婿，对女儿却不是如意的丈夫，委实莫名其妙。

"傻家伙!"梶自言自语似的说。

"哪个傻?"

给八千代这么一问，梶一时语塞。所谓傻家伙，既非针对八千代，又不是针对克平。勉强说来，是针对两人年轻这点的。夫妻这东西，在某种程度上总要相互让步才行。看自己周围，没有人不是差不多就让步的。拿自己来说，从婚礼过后的第二天就对妻子让步，直到今天还一次也未吵过架。不仅自己一方，妻子也好像听天由命了。说不定，如今这种听天由命的态度也同样是从婚后第二天就已开始的。对夫妇这种东西抱有的期待，无论克平还是八千代，都好像有些过分。

"别说什么分手，难道就不能想法好好相处下去?"

"自欺欺人?"

"我没说让你自欺欺人。"

"我不愿意像爸爸妈妈那样。"八千代一针见血。

梶顿时满脸窘相，搭讪似的说:

"说起来，你就是任性，大多是你不好。"

"哎哟，也不光是我，克平也这么说。说爸爸妈妈是对不可思议的夫妻。"

"何以见得?"

"您因为有工作，自然不以为然。可怜的是我母亲，变成了那副样子。"

"什么样子?"

"您随着年龄的增长，工作越来越忙，名气越来越大，越活越有意思，当然觉得很好。可我母亲呢，一丁点儿奔头都没有——我可不愿意变得那样。"

"是我在和你商量你们的事，不是商量我们的事。"梶大助缓缓说道。

这时，八千代霍地站起：

"哎呀，肩上落个金蛾，别动!"

"哪里?"

讨厌虫子的梶大助，仿佛这倒成了重大问题，陡然绷紧了面孔。八千代从梶肩上捏起一只金蛾，从窗口扔到外边，随即语气深沉地说：

"爸爸，我还是觉得不能和克平一起生活下去。"

"唔。不过最好还是再想想。爸爸也考虑考虑。"在给金蛾吓了一跳后，梶才换上父亲的口气。接着在上衣口袋里窸窸窣窣摸了一阵，像以往那样抓住一把钞票：

"日比谷有家吃冷虾的地方。"说法虽有些唐突，但意思似乎是让女儿和克平一同前去品尝。

"什么虾不虾的!"八千代说。但她还是不客气地从父亲手里接过钞票，而且动作很是漫不经心。钞票有平时的五倍。想必梶以为，假如这笔钱能使女儿女婿言归于好，那还真是相当便宜的。

接着，八千代和母亲把去上班的梶大助一起送出门。梶钻进车后，从车窗探出头说：

"过几天我要去东京，到时见见克平。"

"请便。"

"你什么时候回京?"

"今晚离开这儿，去伊豆找曾根。"

"去伊豆倒可以，只是要尽快返京才好。"

"嗯。"八千代一口答应，但她无意回克平身边去。

车开走后，梶夫人问女儿：

"你，今晚就走？"语气听起来像对妹妹说话似的，"好容易回来一趟，再歇几天不好？"

"跟克平吵架了。我爸爸担心，才想叫我早些回去。"

母亲根本没把女儿两口子吵架当作一回事。

"我这次出来，打的是同克平分手的主意。"八千代说。

"真的？胡闹！"

"我是认真的。"

"认真认假我不管，反正，先在这儿住上半个月再说。到时候东京就会来接你的，肯定。"梶夫人说，但转眼间就像忘在脑后似的，"登山的事儿，前几天上报来着。我剪下来了。"

八千代想，大概克平他们远征喀喇昆仑的消息登上报纸了。

她恨不得能一个人独坐一会儿。

十六　海潮

电台报道说台风正袭击九州。或许受其影响，此时大雨猛烈地拍打着车窗玻璃。车厢里闷得令人窒息。八千代身靠二等车厢的窗口苦苦熬了一夜。

八点，她在沼津站走下车。在站台上被凉风一吹，八千代恍惚有再生之感。

从地图上看，曾根所在的户田位于伊豆半岛西海岸，靠近半岛的后端。她本来打算在沼津站打听有无公共汽车，若有，便乘公共汽车去。但在穿过出站口时，她又改变了主意，打算乘出租小汽车。她想，即使在自己整个人生当中，眼下也无疑是最痛苦而孤寂的时光。自己就要和克平分道扬镳了，尽管平日感情并不和睦，但他毕竟是与自己朝夕相伴的丈夫。这次分手，对自己来说，也确是非常时期中的短暂旅行，为此破费一些是值得的。

"到户田那个地方，汽车要多长时间？"八千代走到前边的出租车停车场，向其中一位司机问道，"是顺海边走吧?"

"顺海边是不能直达户田的。可以开到大濑岬，再从那里到户田去，道路不好，不通汽车。您要去户田，就先坐车到三津，再从那里上船，怎么样?"

"到三津要多长时间?"

"大约五十分钟。"

"再往前坐船呢?"

"船嘛，这个……上去后也差不多要四五十分钟。不过没有定期班船，得雇船才行。"

八千代想，看地图倒很简单，而实际走起来，竟要这般大费手脚。

"没其他途径可去?"

"从修善寺过山，有条路可以通车到户田。但还是沿海岸走心情愉快些。"司机把八千代看成了观光游客。

八千代也想沿海岸走。她听人好几次说起伊豆海岸很美，于是最后决定走海边。

司机是中年人，态度很热情。八千代便请他开车把自己送往三津。穿过沼津市区，不到十分钟汽车便开上了海岸公路。

"这里到三津，全是海岸。"司机说。

阴晦的天幕下，大海一望无际。海水似乎没有平时那样安分守己，微波细浪厮混不已。

汽车沿着弯曲的海岸线一路鸣笛疾驰。途中穿过几座海湾村落，每次都有一股海滩腥风吹进车窗。而且每一座靠近海湾的山坡上都树木葱茏，绿影倒映海中。海水澄碧，水中的石子历历可数。

"这一带出产一种叫作伊豆石的石料，前边那座隧道就全部是用这种石头砌成的。"司机很健谈，不时向八千代介绍说。

大约一小时后，车到三津。在叫作内浦湾的海湾村落里呈现着海水浴场般的热闹光景。唯有这里才多少有一点都市的味道和色彩。

"船从哪里开出啊?"八千代问。

司机把车停在路上:

"我去问问，请稍等一下。"说着，独自下车。

五分钟后他不知从哪里折了回来，十分狼狈地说:"我原以为这里有轮船开往户田，不料现在没有了。"

"那如何是好呢?"

"听说从这里直接翻过山后，有一条通往户田的公路，已经通车。我去也可以，但道路不熟，所以想请当地司机把您送去，您看好么?"司机说。

"只好这样吧?"

"是啊。不然，就要开去修善寺，翻达摩山，那更不得了。"

"那就拜托了。"

八千代想，此人未免有点轻率，但由于他有热心之处，她也不好发火。村头有家小汽车出租站，八千代在这里换乘另一辆车。

这回的司机仍是位"热心肠"的中年人。汽车仍沿着与刚才同样弯曲的海岸线行进。而从一座叫古宇的村庄开始，便离开海岸进山了。所走的山路，就是所谓今春竣工的通往户田的公路。

"公共汽车一日往返三班，因为路窄，要错过那个时刻才开得过去。"驱车驶上山路的司机说道。

"公共汽车有一定的时间还好办，可要是碰上出租车或卡车不就麻烦了么?"八千代说。

"那是麻烦的! 又不能掉头回去……"

"够让人担心的。"

"哪里，极少有这种情况。"

"不过，总不知什么时候前边会冒出车来吧?"

"啊，那倒是……"司机也不敢担保。

果然是条新路，路面满是石子。汽车一边连续摇晃着，一边往杂木覆盖的山里开去。冷风嗖嗖地从窗口吹了进来。

车在石子路上颠簸了一个半小时。途中既未碰见人也没遇到车。尔后，它又沿着徐缓的山路向下行驶。正前方，闪烁着在夏日阳光照耀下金光粼粼的蓝色海湾。

"那里就是户田。"司机说，"不过要到户田的渔村，还需要相当长的时间。"

进得村，路窄还不算，而且到处是急转弯，汽车很快就动弹不得了。于是八千代委托司机给几家旅馆打电话，询问有没有一个叫曾根二郎的人投宿。

司机返回说：

"离这里最近的一家叫户田馆的旅店里好像住有一个这样的人，说是从九州来的。"

"什么名字？"

"名字没问。"

即使没问，此人也定是曾根无疑。八千代下车，请司机带路，朝户田馆那家旅店走去。很近，不出五十米就到了。

店主夫妇都不在，只有一名看家的女佣。当再次问起留宿人是否叫曾根二郎时，女佣翻一下住客登记簿说：

"不错，是姓曾根。现在大概出去捕一种鱼去了。"

听曾根住二楼，八千代便在楼下开了个房间。女佣说，除曾根外，这两三天一位客人也没有。

走进房间，见窗外廊前是片两米左右的砂地，再往前是堵石墙，把海水隔在外面。坐在房中间被海风一吹，八千代顿时感到筋疲力尽，连话都懒得说了。再看看表，已快到十一点了。

这时，身穿短裤和背心的胖店主进来。

"鱼先生……"店主如此称呼曾根，"对面望得见的那个海角叫御滨崎，他到那里捕捞一种叫杜父的鱼去了。坐机动船只消十分钟，但要是从陆上去可就花时间了。估计他下午才能回来，您看怎么办？"

店主边说边用两手摩挲着晒得黑黑的裸露的膝盖。

"如果十分钟能到，我想去看看。请找只船好么？"

从房间望去，曾根所在的御滨崎以包围海湾之势出现在正前方。海湾里面风平浪静，只有御滨崎前端涌起层层雪浪。八千代准备去那里找曾根报告自己的到来，顺便缓解一下旅途的辛劳。

吃罢那顿不正规的午饭后，她跟随店主来到旅店后面的陡坡上，沿石级走近海水。一只小渔船在那里等候。

八千代刚一跳入，小船便响起马达，朝前方滑去。穿过夏日阳光下浮光耀金的海湾，径直向海角开去。

"请把这个戴上！"

八千代接过老渔夫递来的草帽，戴在头上。海风虽习习生凉，但傍午的阳光却是灼人。不到十分钟，便临近了对面海角。

"喏，那怕就是。"

朝渔夫手指方向一看，只见海角尖端稍微拐回海湾那片沙滩上，现出三个男人小小的身影，似乎弓身做着什么。

"噢——"八千代朝那边凝眸而视。倏忽间海角便近在眼前了。三个男子中有一人直起身，一面用毛巾擦脸一面朝这边转过脸来。八千代当即看出他就是曾根二郎。

蓦地，她感到涌起一股欣喜之情。曾根那平庸无奇的身姿，具有使别人心怀释然的东西。

"是那里，没错！"

八千代说罢，渔船立即减速，继而熄掉马达，摇橹朝前靠去。当近得足以分辨出对方面孔时，八千代扬起右手招呼道：

"曾根君！"

或许由于晃眼，曾根手搭前额往这边凝视一会，没有应声。

"曾根君！"

八千代再次喊他。这时他才"噢"一声，露出一副格外吃惊的样子。

曾根颈上缠着毛巾，上着半袖衫，下穿短裤。脸、脖颈、手臂全被太阳晒得漆黑。右手提个小捞网。

船从曾根等人面前划过，靠在稍前一点的简易码头上。八千代一下船，曾根马上沿着沙滩走了过来。

"不是做梦吧，太太？"曾根无法掩饰内心的喜悦，"万没想到！"说着，左一把右一把擦汗不止。

"突然想来的。"

"和克平君一块儿？"

"不，我一人。"

可能对八千代的话感到意外，曾根现出不无惊异的眼神。

"不管怎样，欢迎您来呀！说起来，这里可不是您来的地方，连海里的鱼都要吓一跳的！"

"把杜父鱼吓跑可就糟啦！"

"预定数量到今天已经完成，剩下的吓跑也不碍事。"

八千代感到自己的心情豁然开朗，她已经好些天没这样高兴过了。

"在这儿还是采杜父鱼?"八千代问。

"采一种叫飞毛腿的杜父鱼。这东西就像它的名字一样，游得飞快。它生活在岩石间和海草里，退潮时最容易采集。现在正是退潮时分……"曾根边走边回答。

"那边两人呢?"

"渔夫。我一人忙不过来，请他们帮帮忙。"

"我在旁边看看可以么?"

"当然可以。不过，只是用小捞网捞出来，放进装有福尔马林的铁桶里，一点没什么好看的。这么热，还是进到神社树林里好了。"说罢，曾根又往两名渔夫所在的工作现场去了。

给曾根一说八千代才注意到，原来紧挨沙滩就是一片杂木林，树荫里果然探出牌坊样的东西来。

但八千代没去神社，而是踩着潮水退后的海滩沙石往曾根他们那边走去，以观看他们作业的情形。

早上到沼津时，满天阴云，而现在海湾的上空晴得一片蔚蓝，唯有若断若续的丝绵般的夏日白云迤逦无际。

曾根和两名渔夫站在齐膝深的水里，不时朝岩石间弯下腰，手执小捞网的长竹柄四下捅来捅去。俄尔，一个渔夫上岸，往岩石上的铁桶里投入两三条收获物。

八千代到跟前时，曾根也捞上三四条。

"在福尔马林液里浸上两个小时，鱼就竖起鳍，身子直挺挺地死去。"接着又说，"这里采到的全归在一起，以便和在其他场所采到的区分开来……这上边有斑纹吧？"

曾根把一条两三寸长的小鱼放在手心，让八千代看其身上的斑纹。曾根告诉说，他的目的在于调查飞毛腿杜父鱼生长过程中的斑纹变化情况，弄清它与环境之间的关系。

又一位渔夫上岸，把两条收获物装入桶内。大的三寸许，小的一寸五左右。

"要采很多吗？"八千代问。

"估计五六百条就够用了。"曾根说。之后，他离开八千代，再次走进潮水。

八千代看了二十分钟他们这种单调的作业。由于阳光劈头盖脑晒得难受，便离开沙滩，走进神社院内。这确实很像海角上的神社，高大的翌桧树簇拥着小小的殿堂，蝉鸣四起，声如雨下。少顷，传来曾根的喊声：

"太太！"

对面走近的曾根，那身打扮哪怕说是渔夫也会有人相信。他边走边拿毛巾擦拭黝黑脸膛上的汗水，就连擦汗的方式也同渔夫一模一样。

"欢迎您来呀！"

曾根再次说道。那张脸使八千代深感温暖。她觉得，此人身上有一种无论克平还是父母都不具有的温暖感。自己以往曾被人如此温暖地欢迎过吗？

"三门女士资助出版的事，那以后进展得怎么样？其实这次我就是为这个来的。"八千代想起自己此行的目的。

"还是原来那样。"曾根说，"说好秋天再正式谈。我也想起那以前有个疑点需要澄清。"

"总之就是说，还没落实啰？"

"还没有。"

"呃，正好！"八千代说，"有个比三门女士更好的消息，酒井信辅先生……您可能知道吧……说出版包在他身上了。"

"酒井先生！"霎时间，曾根神情肃然，"是吗？您向酒井先生说了？若是那人，是做得到的。不过，我不好去求他，因他已在另外方面给过我很大帮助。至少我不想再让他在经费上为我费心。

"酒井先生也是这样说的。"

"那是我的恩人。实在是位好人，是我事业的理解者。很难遇上啊，像他那样理解学术工作的人！实业家也好，金融家也好，这些人十个有十个……"

说到这里，曾根似乎想起梶大助，突然现出后悔失口的神色，改口道："为酒井先生，赴汤蹈火我也在所不辞！"

曾根这种对酒井信辅五体投地的态度，使八千代很是开心。

"大热天，您回去好么？我怕要干到傍晚。若在冬天，可以请渔船拖网帮忙，夏天因为不用拖网，只好一条一条地捞。"曾根又用毛巾擦把汗。

返回旅馆，八千代请女佣备好卧具。本以为明晃晃的无法入睡，但一躺下，由于昨晚几乎一夜没合眼，很快就睡着了。她做了几个噩梦，每个梦里都有一个克平模样的人和自己唇枪舌剑一番。她很焦急，自己的心情怎么也无法使对方理解。在梦中见到的克平的脸，无一不神色凄然，似乎在说：自己费了这许多唇舌，你八千代怎么还无动于衷！

我才更伤心呢！

八千代下意识地发出近乎惊叫的声音，以致自我惊醒过来。刚才未曾注意的拍岸涛声就在檐廊对面喧嚣不已。但在此时的八千代耳里，那涛声竟是那样悄然寂寥，如泣如诉。

梦中的悲哀依然残留在心。她觉得，自己同克平结婚以来，日子始终是刚才梦境的循环反复。自己一直是以同梦中完全相同的心情同丈夫争吵过来的。

由于几天未见，自己对克平的憎恨已经消失，然而他已成为遥远的存在，同自己已无法重新修好了。

八千代爬起身，走至檐廊，但马上折回房问，她发现曾根正在右边厨房门口处的水井旁洗脸，弄得水珠四溅。

"请进去洗澡吧！"传来老板娘模样的妇女说话声。

"要去的。"

"说要去要去，哪次您不是也没去过？先生不先进去，别人怎么好进呀！"

八千代移步走廊，一边听两人对话，一边在那里的盥洗室洗脸。

当她再次转回房间，又来到檐廊时，曾根仍站在井旁，吸着烟，一副大功告成的神态。夕阳的余晖把天空和海面染得上下通红。

曾根把头转向这边，瞧见八千代，问：

"睡着了么？"

"您做什么呢？"

"什么也没做。本来从那边楼梯上楼来着，因为楼梯吱呀吱呀直叫，我怕吵醒您，就退了下来。"

"所以就一直站在那里？"

"那倒也未必。"曾根步履缓缓地走近檐廊，坐下后又说，"您是为告诉我酒井先生的事，特意从东京来的？"

"不是从东京，是从大阪。"八千代说。

"到大阪去了？"

"嗯"。

"那可太谢谢了……特意来的？真是难得！"或许因为找不到足以表达自己谢意的恰当字眼，曾根蠕动两三下嘴角的肌肉，沉默了。

"从沼津坐船来的？"

"不，顺海边坐车到三津，又从三津坐车到这里。"

"够辛苦的了！"曾根露出惊讶的神色，"回去时，可以直接乘船到沼津。要是乘中午船，估计傍晚就可回到东京。"

"不回东京。"八千代平静地说，"想回大阪。"

"大阪？"

"和克平吵架了。"说罢，八千代低声一笑。

"吵架？"

"与其说是吵架，莫如说是两人商量准备分手。"

"分手？什么意思？"曾根注视八千代的脸。

"算了，不提这个了。"

"这怎么能算了！"曾根吃惊似的高声说道，"到底……是真的？"

"是真的，只要我下决心就行，克平让我拿主意。"

"这怎么会是让不让您拿主意的问题呢？"

"觉得奇怪吧？不过确实是这样的，我们两个。"八千代又笑了。

"这可笑不得！"

"可是好笑嘛！"旋即，八千代见曾根脸色有点发青，急忙改口，"实际上是不好笑的。不过不好笑的时候我也会笑。"

"或许。连鱼也会笑的嘛。"

"咦，鱼也会笑？"八千代抬起头来。曾根没有回答，默默起身。

"这不成，怎么好这样！我觉得，大贯君也罢您也罢，都是非常好的人。如此好的人一起结为夫妇，怕是相当少见的。怎么能分手呢！"

曾根脚踩廊前沙地慢慢向前踱去。

八千代是在自己房间里吃的晚饭。桌上摆出好几种刚出海的鲜鱼。女佣告诉她，都是曾根和渔夫钓上来的。

吃罢晚饭，曾根又转到院子里来。

"很好吃啊，这鱼。"八千代致谢道。

"好吃吗？"只在这时，曾根脸上才露出一丝喜色，但马上又严肃起来，"还是回东京去吧！"

"可我没心思回东京了。"八千代斩钉截铁。

"不，那不好。"

"也许不好，但我就是不想回去，决心已定。"

"这可如何是好……"曾根略一沉吟，"这样吧，我送您到东京。"

"谢谢您的好意，不过我现在的心情恰恰相反。这点您是不会明白的。"

"我是这样想的，人无论做什么事都有一种时机。就太太来说，眼下回东京还是回大阪，恐怕将给您一生带来重大转折。我是有这种感觉的。"

"或许……"

"嗯，是吧？那就回家好了，我带您回去。"

"不，我还是要回大阪。"声音尽管平静，语气却很坚定。

"您要是怎么都不愿回东京……那么就待在这里如何？只是别回大阪。"

"待在这里？"

"反正先待在这里。那样一来，我想您会回心转意的。"继而再次叮嘱似的，"待在这里好么？"

"嗯。"八千代想，既然曾根如此苦劝，不妨暂时待在这里，在这檐廊里任凭海风吹拂，也许比回大阪看父母的脸色好些。

夜里，因白天已经睡过，八千代未能入睡。夜半时分，她穿上院内用的木屐，走到海岸。

渔火三三两两地闪烁着。二楼曾根房间的灯已经熄了。

八千代想起晚饭后自己对曾根说的话，认为自己并未说谎。终归是要同克平分道扬镳的，而且这似乎是自己注定的命运。

翌日早八千代起身时，曾根二郎已不见了。店主人告诉她，曾根一大清早乘上从这里开往沼津的轮船，向东京去了。

"他说，在那边大约住两个晚上，明后天傍晚笃定回来。这时间里，叫我陪太太钓钓鱼。钓鱼这玩意儿对女士……"店主人说道。

八千代估计曾根可能急于去见酒井信辅，感到有些不安。

这一整天，八千代都几乎没有出屋。晚饭时，老板娘进来说：

"待得无聊吧？您要是没逛过伊豆，那么出去转转怎样？当天就可回来的。"

"有当天就可以转完的地方？"

"多得是。"

随即，老板娘转身出屋，大概同店主商量去了。不一会儿拿回一份一日旅游日程表，告诉八千代：乘船去土肥，从土肥乘公共汽车过船原岭到修善寺，然后从修善寺乘公共汽车翻达磨山返回户田。船上用五十分钟左右，公共汽车来回都大约是一个半小时。

"土肥那地方风景漂亮得很。那船原岭和达磨山，东京来的人也没有一个不夸好的。"老板娘说。

给对方如此一劝，八千代也不觉动了心。

第二天，八千代早早起来，带上老板娘预备的饭盒，从旅店旁边一座码头乘上了开往伊豆西海岸的船。船上，挤满了本地人模样的乘客以及他们携带的一堆堆货物。

从户田到土肥的海岸上丘陵起伏，刀削一般陡峭的悬崖连绵不断，海水在其脚下翻起汹涌的雪浪。

八千代按照老板娘提供的日程表进行游览，只是把公共汽车换成了出租小汽车，因为公共汽车非常拥挤。穿过土肥村，小汽车一直往山里驶去。经过一座矿业所之后，便再也看不到人家了。汽车沿着宛如波涛般重叠起伏的山腰山脊，七弯八转地一路疾驰。杉树林和竹丛绿意迎人，红土崖随处可见。

一小时后，车到船原岭。八千代让车在岭上停下。两名野游的学生在路旁歇息。八千代纵目下望，清凉的山风从群山背后飒然而过，万千树叶翻转着漂浮过来，风经之处现出了一道道白色。

"您从修善寺去哪里呀？"在路旁吸烟的司机问道，似乎为八千代手中空无一物感到不解。

"这……去哪里呢？"八千代背对山风，边笑边回答。从修善寺回户田，那以后到底去哪里呢？她自己心里也一片茫然。

十七　汗水

曾根二郎汗流浃背地在西银座大街上走着。无论怎么擦拭，汗水还是从脸上脖颈上连连涌出。

尽管他在户田每天都在夏日强烈的阳光下曝晒，对出汗早习以为常。但现在水泥路面对太阳热能的反射却使他不堪其苦。

"您知道雅玛娜服装店在哪儿吗？"曾根第三次向街头上的香烟铺打听。

"名字是叫雅玛娜么？"年轻女子反问。

"啊，我想是的。"

曾根含糊其词。在大贯克平的工作单位已有人告诉他大贯这四五天日夜不离的地方，可惜他自作聪明地当耳旁风了。曾根真后悔没有问得再清楚些。

"好像是家西服店……"

"西服店这一带满街都是。您就找家西服店问问可好？"

"可也是啊。"

曾根一边擦汗一边离开。他生来就不会找别人的住处，从来未曾马到成功。

曾根按香烟铺少女说的到一家西服店打听，好歹弄清了自己所要找的那家店的具体位置。可是摸到那家店前一看，却不像西服店的样子，一时犹豫着不敢贸然进门。

抬头看招牌，分明写的是"雅玛娜西服店"。店前停着一辆卡车，门内有几个男子时而给大行李箱捆绳子，时而把它搬开，俨然战场一般混乱。

"请问，大贯君在这里么？"曾根问一名男子。那男子即刻朝店内大喊：

"大贯君在吗？"

"大贯君！"另一个男子接着朝里边吼道。

"克平！"第三个裸着上身的高个汉子把香烟从唇边移开，站在楼梯上朝二楼呼叫。

少顷，大贯克平从楼上下来，往门口那边一转眼，当即认出曾根，凑上前道：

"噢，您来了！正装东西，一塌糊涂。"

"什么东西？"曾根问。

"去喜马拉雅用的。"

"到底几个人去？"

"三个"。

"三人就要这么大操办？"

"这不过是一部分，两三天内必须全部交到捆包公司。这种样式的有三十多个，总共有两吨重。"

"这么大的花费！"曾根惊叹。

"上楼好么？倒也和这里一样乱七八糟……"

"也罢，就耽误您一会儿。"

曾根跟克平穿过楼下铺面，登上尽头处的楼梯。

果然，二楼同样天翻地覆。几个尚未捆好的大包东西横躺竖卧，其间粗绳细带和包装纸等杂乱无章。楼梯口处，两个学生模样的男子正要把大箱子搬下楼去，曾根闪身进入房间。对面窗口处，两个女郎围着一台秤正埋头做着什么。

"噢，请坐。"

曾根于是在靠窗的一把椅上落座。克平同他面对面对坐在啤酒箱大小的行李上。

"够您忙的了！到底装的什么呀？"

"三分之一是粮食。粮食分三种，一种低地用粮，一种中间地用粮，还一种高地用粮。要分别打包，以便一目了然。低地用粮打成一包，够我们三人吃一周就行。而中间地用粮，由于有三名舍帕族向导加进来，就必须准备六人用量，而且要把每两天用量分别打成一包。至于高地用粮，要按人头每天分成一份，一份份装进小袋里。"

"嗬！"

"除了粮食，还有露营用品，同样占三分之一。其中包括帐篷、睡袋、地毯、登山工具、绳索。"

"……"

"最后三分之一是杂物。有照明用具、照相器材、通讯用具、记录用具、炊事用具等等。"

"这笔开销不小吧？究竟带多少钱去？"

"多少钱？要三百万到三百五十万。但是，只这个还没备好。我的任务就是筹集这笔钱。可这十天来把它撇在一边，只顾忙着捆东西了。"克平边笑边说。

三个人登山，竟需要这么多钱，而这笔钱出自何处呢？曾根感到不可思议。真是世界之大，无奇不有。

然而不能只对这个惊叹不已，曾根这次特意从户田赶来，是带着一件重大事情的。但他不知道从哪里开口。他想，即使不能说得十分圆满，也总得设法使自己这个使者——自行决定的角色——不虚此行才是。

"大贯君，这怎么行啊，跟太太吵架！"曾根突然开口，他只能这样单刀直入。克平惊讶地抬起脸来，但马上恢复平静，苦笑道：

"在您面前出丑了。"

曾根接着讲了八千代到户田找自己，并从她嘴里得知其同克平吵架的过程。

"这次来完全是我自己决定的。"

"对不起呀！"克平说。

"谈不上什么对起对不起。反正我是觉得，像您这样好的人……"

"我可不好，八千代她才是好人。"

"不，不，您也好。"

"我不行。"克平笑道。

"总之我想，万一的万一您和太太提起分手不分手……"

"可是，已经决定分手了，决定了！手续固然没办，但实际上两人已经谈妥。我觉得还是分手对八千代有好处，而八千代也认为那样对我有利。"

"是这样！"

"事情是在相互设身处地为对方充分着想的前提下决定的。"

"不过……"

"这种想法或许有失体统，但在我们看来，却是最佳之策。"

"不过是一时的冲突吧？"

"不是一时冲突。若说冲突，结婚至今一直是在冲突中度过的。而这回第一次达成和约，这才好像握手言欢了。"

被克平如此一说，曾根一时语塞。平心而论，无论八千代还是克平，都丝毫没有中伤对方。不仅如此，反而承认对方是好人，且双方对离异均无异义。

曾根不能不感到自己的尴尬，简直是多此一举。尽管是多此一举，但并不认为自己的动机有错。如果有错的话，也无疑在于当事者双方。这种事态难道可以听之任之不成？

"反正我不赞成。您和太太应该继续一起生活。"

"不好办啊!"

"就算不好办,恐怕也应该那样。"

"为了继续吵架?"

"那么我问您一句,您对太太不怀有爱情?"

"有的。"

"这不就是!"曾根说,"有爱情而离异是不成的。"

"不过,假如另外有个人使我对她怀有更深的爱情的话……"

"哦?"曾根讶然。

克平旋即道:

"到外边走走好么?"

克平想,对这位圣人化身一般的好心人唯有将实情倾吐一空。

"那就到外边去吧!"曾根也站起身,"那是做什么?"对面房间里,有两个年轻女郎反复用秤称一下什么,然后装进袋里。于是曾根问道。

"把茶叶和砂糖之类按人头称好装进袋里,袋子是塑料的。这店也跟着倒了霉!不仅因此停业三天,还有些活计非女人帮一把不可。这不正在麻烦人家。"

曾根看去,果然见是砂糖和茶叶,还有饼干糖果什么的,一派远征前忙碌准备的景象。

"大贯君!"

克平一下楼就被叫住了。杏子看样子刚刚外出归来,不住地用手帕擦汗。

"今天运出的货物，印记已全部打好了。"杏子说。

"到捆包公司去了?"

"嗯。"

"劳驾了。还有，货物的目录表、重量、价格，也都写好了?"

"好了。"

"这东西，要用日文和英文打印两份才行。"

"可我不会呀! 怎么办呢?"

"请三泽来。那家伙跑哪去了?"

"可能到外汇管理局去了。"

克平这时才把杏子介绍给曾根。

"这家店的女主人。"

"我叫曾根二郎。"

曾根不无慌张地低下头去。看不出她是西服店的女主人。穿一条西服裤，擦汗的手势非常干净利落，给人以女运动员之感。曾根想起一次在新闻纪录片里看到的场面，一个同样年轻的女子，她飞快地旋转身体，以健美的姿势把铁饼抛出。

"走吧。"

克平在前头跨出店门。两人走了一百多米，进入一家饮食店。靠窗口拣个座位坐下后，克平吩咐上冷咖啡。

"我来热的好了。"曾根说。

不一会儿咖啡上来，"好久没喝咖啡啦!"曾根用晒得黝黑的手端起洁白的杯子。

"曾根君。"少顷，克平用充满亲切感的语调开口了，"刚才您说如果对八千代怀有爱情，就应该同她一起生活，我也是这样想的。但较之八千代，我现在更深切地爱着另一位女子。我觉得，我好像这才体会到了爱情的含义。"

曾根只管用茶匙在咖啡杯里胡乱地搅拌不已。

克平嘴里说出的话简直不可置信。"较之八千代，我现在更深切地爱着另一位女子"——克平的的确确是这样说的，自己的的确确是用两耳这样听到的。

曾根没有抬头，而且也抬不起来，只好一个劲儿地搅拌咖啡。他自己也感到莫名其妙。说出这种骇人听闻、万不该出口之言的本是克平，自己不过是耳闻而已，然而却像出自自己之口似的窘迫不堪。

这当儿，克平的声音又在耳畔响起：

"我想八千代也觉察到了这点。但我俩决心分手却不是由此造成的。本来就以为两人或早或晚总要分手，而恰巧发生了这样的事，于是成了引线，如此而已。"

说到这里，克平提醒曾根：

"咖啡冒出来了！"

曾根仍然低眉坐着，加速转动茶匙。也难怪克平提醒他，那褐色液体眼看就将溢出了。

曾根放下茶匙，说：

"大贯君，这事可是真的？"他第一次抬起脸，看着克平。

"真的。"

"没有什么错误的地方?"曾根叮问。

"没有。"

"如此说来,既不是说谎也不是错误!您是在以胜过爱太太的感情爱着另一个人。"

言毕,曾根离座立起。克平以为他要去洗手间,没有介意。不料曾根并没去洗手间,而是往门口走去。但中途他又停住脚步,像猛然想起什么似的三步并作两步折回:

"您现在比爱太太还爱的人究竟是谁?"曾根直言不讳。

"就是刚才介绍的山名杏子。"

"啊,是那个……"曾根失声叫道。

"我喜欢那个人。"克平平静地说。

于是,那位用手帕擦汗的具有运动员一般年轻肢体的女郎,便完全以另一种含义在曾根眼前浮现出来。

"我说,您坐下好么?"

曾根重新落座。他脸色发青,汗水从那发青的脸上接连不断地向外涌出。

再没有比这个更叫曾根二郎感到茫然的了。他做梦也没想到克平会倾心于八千代以外的女性。世上这种事比比皆是,但他坚信唯独大贯夫妇不至于如此轻举妄动。像八千代那般漂亮、温柔的女性,怎么能被他人取而代之呢?!

曾根想说点什么,但找不出合适字眼,索性他直接道出此刻的心情。

"万没想到啊!"随即起身,"反正还会见面的,今天这就告辞了。"一副急欲逃走的样子。

"是吗?"克平也欠身离座。

曾根踉踉跄跄走出店来,连句像样的道别话也没顾上说。他想尽快只身独处。有很多事须马上开动脑筋。出得店门,他才想起没有付款。便又返回店里,见克平正在接零钱。

"抱歉,稀里糊涂地忘了!"

道完歉,曾根这回才真正上了街道。盛夏炎热的阳光劈头射下,两旁商店将浓重的阴影清晰地投在路面上。曾根只拣那浓荫部分一路前行。没有一定的地方可去,他这次来京的唯一目的就是使八千代和克平言归于好。

那个什么杏子根本无法同八千代相提并论!克平看中那个运动员一样的年轻女郎的什么地方呢?真不知克平是什么心思。然而,这些再怎么想也无济于事了。唯一清楚的事实是:在这地球上,一位美丽脱俗的女性正在遭受不幸。此时此刻,在伊豆西海岸的渔港,那位女性想必正坐在临海的檐廊里任凭海风吹拂。

不觉之间,曾根来到被梶大助车撞的十字路口。汽车依然那么熙来攘往。每次到这里,曾根都不由产生一种随时有车袭来之感。

突然,有人从背后叫道:

"阿根!"

回头一看,见是大学里的工学院教授三村明。自上次在新桥、银座挨家夜饮以来，还一直没有见过。被梶大助汽车撞上，就是那天晚间在一家酒吧跳罢杜父鱼舞，出门同这位朋友分手后不久的事。

"什么时候来的？"三村问。

"今天。"

"这回没带背囊啊！"三村边笑边说，"出书的事怎么样了？"

"总算有个眉目了……"曾根回答。

"找个地方喝点好么？也好聊上几句。"三村提议。

曾根当即赞成。

走进咖啡店，三村叫女职员上冷咖啡。

"我来热的，好久没喝咖啡啦！"曾根重复在克平面前说过的话。在刚才那家店里他一滴咖啡也没沾唇。

"莫不是出什么事了？不像阿根啊！"三村说。

"所谓像我，究竟指的是什么？"曾根抬起脸，一本正经地问。这点也与平时的曾根不同。

"所谓像阿根嘛，解释起来是不大容易的。总而言之，不妨可以说是一种朴实与善良的混合体。人好得没得说，绝不怀疑别人，而且怡然自得，无忧无虑。"

曾根听罢，这才对朋友露出笑脸，随即说：

"可是从今天开始，我准备废除那个阿根。"

"为什么？"

"因为略有醒悟。"

"醒悟什么?"

"我已经厌世了,讨厌这个使得美好可贵之物变得不幸的人世。"

"什么是美好可贵之物?杜父鱼?"

"杜父鱼?别开玩笑!"曾根面露愠色,"是太太!"

"谁的?"

"别人的!"曾根把大贯夫妇的事扼要叙述了一遍。三村默默听罢,说:

"终究还是像你啊,阿根。何必非那么认真不可?别人家的事让人家自己管去好了,杞人忧天!"

"是那样的吗?"

"还是关心你自己好了!早点讨个老婆!"

"不,不,我不讨!"曾根的话里边含有他自己都为之吃惊的坚定语气。

"为什么?"

"反正我是绝对不讨。只有这个我敢保证。"

话虽这么说,但究竟保证什么曾根也心中无数。这次他也手没碰咖啡杯子便站起身来。

"今天我还是告辞好了。"

"怎么搞的!"三村吃惊地扬起脸,用高中时代的语言吼道,"混账!你小子今天真是有点不正常!"

同三村分手后,曾根依然汗流满面地在午后的街头移动脚步。他漫无目标,只管信步而行。注意看时,不觉到了京桥。曾根又掉头折回，汗水涔涔地往新桥走去。

来到新桥时，他突然很想到资源科学研究所看上一眼。那里他并不常去，但二楼一个房间里，保管着他那数量惊人的杜父鱼研究资料。曾根从全国各地搜集来的杜父鱼科的鱼标本，也几乎全部放在那里。

曾根从新桥乘上开往中野方向的公共汽车，来到新大久保站。

研究所距大街有两百多米远。以前是军部一个大机关所在地。占地面积很大，其间有几座钢筋混凝土和红砖结构的古旧、脏污的建筑物，它们毫不相关地各成一体。其中一座便是资源科研所。

进得大门，院里到处杂草丛生。在这高高蒿草的簇拥下，右侧闪出科研所那座双层建筑。曾根走进一楼门口，把头探进收发室，对那里的老人说：

"是我，不记得了？"

"啊，曾根君吗？这可好久不见了，有多少年了？"

两人相互寒暄。然后，老人在壁橱里摸索一会儿，拿出研究室钥匙，递给曾根。

曾根爬上正面中间拐弯的楼梯。走廊两侧分别排列着五间研究室。曾根的标本放在尽头处的房间里。

打开锁，曾根推门进去。研究室里特有的药味带着一股凉气扑面而来。窗边安有桌椅，曾根推开窗扇坐下。

右侧墙壁清一色是书架。此外便几乎全是类似养蚕架样的框架，里边一个挨一个摆满各种杜父鱼标本瓶。瓶内所装，无一不是他亲手收集来的。每个瓶里都附有一条记载采集场所和时间的纸条，它们已经在福尔马林液里浸得有点发黄了。

曾根久久地坐在窗前，一动不动。自己疲劳时可以来这里歇息，而八千代却无这等场所。他觉得八千代委实可怜之至。

十八　红柳

四五天来，杏子店里宛如战场一样混乱不堪。等到货物全部交给捆包公司后，便像熄灭似的无声息了。克平和三泽、乙醇已有两三天没有露面。前几天里，他们一直把单位和家庭抛在一边，因此现在一定有很多事务需要回去处理。

第三天傍午，最先报到的是三泽。

"这段时间实在谢谢了。累了吧？在您的协助下，最艰巨的工作已经结束了。"说着，在椅上坐下。与前些天不同，三泽脸上浮现出如释重负的神情。

杏子端过茶，三泽问她：

"哦，那两位小姐怎么了？"

"今天放假。她们也够累的了。一个昨晚到沼津朋友那儿去了，一个说今天去看电影。"

"是很累，那两个人。明天来么？"

"明天当然都来店。"

"那么，明天开个慰劳会如何？"

"慰劳会？"

"其实就是找个地方一块儿吃顿饭。"

"要是在外边吃，就用我这二楼可好？"

"那样可就又要麻烦您啦！"

"那有什么！"

"不行不行，那就谈不上慰劳了。"三泽说，"不过也确实给您添了好大一场麻烦。营业也给我们搅了，当初计划在这里设总部的时候已经料到会闹到这步田地，所以有点犹豫来着。"

"这话怎说！我们也蛮开心嘛！"

"不至于开心吧？"

"不，真的很开心。"

杏子的确很开心。她想到了克平，尽管对不住三泽。倘若每天都能同克平一起在那般忙碌当中度过的话，生活该是何等充满生机啊！可惜仅三四天就过去了，她感到心里空落落的。

"这以后到出发前，没什么要紧的事了吗？"杏子问。

"哪里！"三泽一副大谬不然的神色，"还有弄外汇那个麻烦哩！"

出国审议会一关已获通过，此后要去外汇管理局请求审批外汇兑换款额，接着就要把钱付给银行。请其予以兑换——这些都是三泽负责的任务。

正说着，乙醇满面春风地探头进来：

"哟——我的大干事！"

听得乙醇称三泽为干事，杏子问：

"哦，三泽君是干事？"

"愿意也罢不愿意也罢，反正就这么回事了。"三泽一边苦笑，一边自我承认了所谓干事头衔。

乙醇接下去说：

"远征队的干事，其实就是队长老婆一样的角色。说起来，三泽这个家伙天生就是当老婆的好手。从学生时代就一直干这个买卖，不论大事小事。而且在日常琐事上，还非三泽上阵不可。只要交给他办，保准万无一失。"

三泽随即道：

"我也不是就愿意干这玩意儿，不过是看不下去。"

"天生的倒霉鬼！"

"也真是。"三泽说。

"那么您呢？"杏子问乙醇。

"我？我可是要拣能出点风头的干。拿这次来说，呃，对了，就算是外交官吧！"

三泽从旁补充：

"这小子，学问是一窍不通，可就是莫名其妙地语言学得快，当学生时就这样。英语法语他都叽里呱啦，汉语也有两下子。还是有可取之处的。说倒是能说会道，只是交际方式简单粗暴，主观武断，终归还是得我挺身相助。"

"打杂吧?"乙醇加上一句。

"那么,只三泽君一个人忙了?还是要让别人分担一点嘛!"

"分担不得。"

"你是信不过我们啰!"乙醇笑道,继而,"要说没有可取之处,克平最无可取之处。"

"怕是这样。那家伙什么也不干嘛!"提起克平来,三泽也随声附和。

"他负责什么?"杏子问。乙醇回答:

"算是一队之长吧。也真叫人纳闷,那家伙一开口,全是一条条的命令。自己什么活儿不干,光是吆五喝六,不可思议啊!"

"的确,那是个天生当头目的。"

话题转到克平身上,杏子自然心里怦怦直跳。

"提起这命令,据说克平刚一生下,就叫一声'来水'催母亲给他备水洗澡。"乙醇说。

"未必吧!"杏子忍俊不禁。

"拿筹款来说,他不怎么低声下气就把钱弄来了,趾高气扬地弄来了。只这个能耐非一般人可比。"三泽不胜感慨。

"自己不痴情女人,专等女人找上门来!"乙醇冲口而出。

"喂喂!"三泽赶紧制止。

三泽和乙醇天南海北地说笑一番,这在往日是很少见的,然后回去了。黄昏前,杏子接待了两伙顾客,之后便一个人待在店里。若是想干，要干的活儿多得干不完，但她总是心不在焉。如此过了一阵，她意识到自己是在期待克平的到来。假如克平在眼前出现，想必就可安下心。最近虽然每天都同克平见面，但从上次分手到现在，已有三天未见了。

那家伙自己不痴情女人，专等女人找上门来！

确如乙醇所说，她想。她知道这不过是并无任何用心的信口之言，但仍然令人怏怏不快。过去，莫非克平真有其事不成？即使那是捕风捉影之谈，但克平的性格中或许也还是有这样的地方，而这确实是令人不快的。

不知不觉地，杏子发现自己在憎恨克平。憎恨也是理所当然的。瞧克平那神气，不是将看烟花之夜的事忘得一干二净了吗？简直就像说那无非是做梦似的！

蓦地，杏子心中落下一片不安的阴影：莫非是自己真在做梦?!

可是不多久，杏子开始感到自己已变得十分坦率。自己还是喜欢克平的，喜欢不是无可奈何的吗？

不一会儿，她又转而恼恨克平了：人家对他如此朝思暮想，而他居然连电话也不肯打来！

克平打来电话是傍晚时分：

"是我，大贯。"

杏子把听筒贴在耳朵上，眼望外边的街面。当这一声音传入耳中时，她觉得整个街面陡然为之一变，一切都变得那么五彩缤纷，音响也那么富有生气，清脆悦耳。

"我一个人，不能来一趟么？"杏子温柔地说。较之电话，还是想同他见面谈谈。

"公司这边忙得不可开交。今天晚了，就算了吧。三泽刚才来，说明天想聚餐。就在你那二楼搞，可以么？"

"可以的。"

"明天吃完饭后，想单独和你谈一会儿。"

放下电话，杏子浑身瘫软。到和克平两人面谈的明天夜晚，还有不止一昼夜的时间。

翌日黄昏，乙醇、克平来到时，二楼工作间里已做好聚餐准备。裁衣台当餐桌，上面满满摆着附近中华饭店送来的菜肴和啤酒。

来的人有三泽、乙醇、克平，还有帮忙运东西的三个学生。再加上杏子她们三人，一共九人。

"好大的排场！预算怕是突破了吧？"乙醇一上楼就说。

"放心，早都计算得分文不差！不过，只是啤酒是我这里赞助的。"

杏子正说着，三泽领三个学生进来。九人全部入席后，三泽问杏子：

"店里活计可以么？"

"已经关了。"

"这可反为不美了！"三泽深感歉然。

"一切让人家操办，还让人家提早闭店，再加上赞助啤酒，真搞不清是慰劳还是什么。不关我事，是三泽的议案！"乙醇嘲弄三泽说。

"所以我说在别的地方搞，可克平他……"

"算啦，现在再客气不也是马后炮了么！"克平说。

随即，啤酒瓶被一个个启开。

"不管怎样，诸位，谢谢啦！"三泽举起杯来。

"那就恕不客气了！"店里的人和学生们一齐举杯。

"看胡德①的书时，里边经常提到一种叫红柳的树，那是什么树啊？"一个学生问。乙醇当即接过去：

"红柳吗？那树可是不错！眼下刚开始落叶，金黄金黄的树叶！"

"是的。到达拉瓦尔品第，白杨刚刚掉叶。再往上登到吉尔吉特，白杨叶就掉光了，而红柳刚开始飘落。"三泽说。克平紧接着开口：

"去喜马拉雅的人看见红柳，没有一个不顿生感慨，感到自己确实是来到了喜马拉雅。何止胡德，任何人都会变成诗人。"

对学生们说罢，克平转向乙醇和三泽：

"这次到那里，牧民们恐怕刚开始准备过冬。"

"对对，大概正给羊打秋毛。"乙醇补充道。

"真想看看啊，看看那红柳树！"杏子说。

"如果能行的话，很想把你们三人都带去。只怕三泽啰啰

①胡德：(Thomas Hood，1799—1845)英国诗人。

唆唆地讨人厌!"乙醇开起玩笑来。

"我哪里啰唆来着,我!"

三泽一本正经。作为他,是很少这样说话的。脸色微微泛红。杏子心想,为什么一谈起山来,这些男子的脸色就如此生气勃勃、光彩照人呢?即使平素循规蹈矩、看上去只是一名平庸职员的三泽,一旦提起远征,也马上现出一种凛然的神情,委实不可思议。虽说他只是对乙醇和克平的话或轻声附和,或点头称是,但仍显得分外老成持重。

乙醇则开怀畅饮,开怀畅谈。尽管他一如往日地一味谈笑风生,但也还是不时想起有关已经运走的货物的一些小事,提醒说"那个装进去了么?",而这种时候,他那脸上总是掠过判若两人的肃然表情,看起来是那样值得信赖。

同这两人相比,克平则与平时并无不同。如果说有不同,只是稍微多了一层威严。"不要紧""没什么大不了的""交给我好了"——从他嘴里说出来的大多是这类只言片语。

"桥已烧毁,往下只有背水一战了,有进无退!"

不知提起了什么话头,克平这样说道。杏子久久凝视着克平的脸,确有男子汉气概!

"不会万一迷路回不来吗?"店员美代子问。

"你还真够惦念的。哪怕天塌地陷,我也照回不误!"乙醇说。

"哪个惦念你乙醇来着,我说的是三泽君!"

"咦!"乙醇做出一副吓人的鬼脸。

"说起回不来这点，还真有人进喜马拉雅十五年都没回来。冰河那东西可不是好玩的，动不动就洪水泛滥，把峡谷上的桥梁冲走。那样一来，就只能等到下一季节才能走出。"克平说。乙醇接着道：

"我们要登的喜士帕尔峰，可是座七千六百多米的高山！所谓喜士帕尔峰，就是天之山的意思。因为登的是天之山，难保会有回不来……"

"算了吧，别说这些了。"杏子不禁说道。说这种话的男子，在她眼里真是居心叵测。

"那就说点别的吧！"三泽说，"一九一五年，有一位叫埃里克·希普顿的登山家进入了喀喇昆仑。一天，他正在冰河上支帐篷。忽然听得远方传来'打仗啦打仗啦'的喊声。是山民们在呐喊。就是说世界大战爆发了。'但即使再大的战争，对冰河也没有任何影响。生命是安全的'，希普顿这样写道。"

三泽的意思似乎是说也有这种幸运的情况。而这时，无论克平还是乙醇都现出沉思的神情。

"这次问题不大吧？当然啰，我们是不配为小姐们的安危担忧的。"乙醇说。

会餐九点钟结束。乙醇似乎还未尽兴，但三泽说：

"今天不是我们的喝酒会，而是犒劳小姐们的慰劳会！"说罢，像要把众人驱走似的自行站起身来。

乙醇心中不悦，走下楼说：

"那就另找地方喝去!"说着,领着三个学生扬长而去。

"不可救药的家伙,那就陪他喝一家吧!……你怎么办?"三泽问克平。

"我就免了。"克平回答。

"那好,我自己去。"说罢三泽也跨出店门。看样子他是担心乙醇喝醉。

杏子本以为难得只剩自己和克平两人,不料众人却如此迅速地一哄而散,反倒有些意犹未尽。

"马上就去,请在店前等着。"对克平悄声说罢,杏子把余下的事交代给两名店员,开始做离店准备。

出门一看,克平正在一边吸烟一边窥看邻家的橱窗。杏子和他肩并肩朝新桥那边走去。

"去哪里了,他们?"

"这——"

"很可能走碰头的啊。"

"呃。"

"坐车好不?"

"看来还是这样保险。"克平笑着说罢,朝跑来的一辆空车扬手叫停。

"大森!"说完目的地,克平自己先钻了进去。

坐进车后,由于只有自己和克平两人,杏子奇怪地感到有些呼吸不畅。从看烟花那次短暂的接触以来,两人还是第一次单独在一起。杏子默默地把视线投往窗外的街灯。克平也缄口不语。

小车穿过品川站，驶过高架桥，沿着京滨国营公路行驶一段后，克平说：

"走几步吧？"

"嗯。"

杏子当然没有意见。倘若就这样一直用车把克平送到家门口，她心里是有些不够满足。

弃车步行，昏暗的柏油路伸展开去。从横滨方向疾驰而来的汽车首尾相连，而两侧人行道上则行人寥寥。手提着灯的警察把里面坐有好几个人的汽车拦住，一辆辆地查看着什么。杏子见状，突然一阵不安。想起来，并无任何值得不安的理由，不过是同克平结伴而行罢了。然而正是因为同克平结伴而行，她心里才隐约泛起类似负罪的愧疚感。

"大贯君！"杏子贴近克平。

"就这样走一会儿好么？"克平说。

"嗯。"

杏子一边低头行走，一边倾听自己的皮鞋声。她想，哪怕走到天涯海角也无所谓。这是一个溽暑蒸人的夜晚，走出五十多米就浑身渗出汗来。但也许因为临近大森海岸的关系，带有海潮味儿的阵阵海风却令人心旷神怡。

"刚才您说有位登山家进山十五年还没回来？"

"我不过是说那种事也是有的。"克平笑道，"当然，能回来还是回来的。因为总不至于十五年都不回来。就那个人来说，他是不愿意回来。"

"怎么能不愿意回来呢?"

"要是放在乙醇那号人身上,也是说不定的。"

克平笑道,杏子也一同笑了。但在心里,她感到克平全然没有体会到自己的一番苦心。万一克平也同样几年不归的话,哪怕只这么一想,她都感到无比凄凉。

"从哪里拐?"

去大森,必须下京滨国营公路,而拐往山手方向却有好几条岔路。

"哪里都行。"杏子说。

"那就再往前一点吧。"

"嗯。"

"不累?"

"一点也不。"

"全都走路的话,可有相当距离。"

"没关系的。"

虽然不是说越远越好,但杏子的确没把什么远近放在心上。而克平为什么担心这点呢?永远如此走下去,两人累得寸步难移也没关系。假如真能走到那步境地,该是何等令人惬意啊!

然而,克平现在却是想回自己的家。蓦地,八千代的身影浮现在杏子眼帘。不管怎么说,克平是想回到八千代身边去。自己充其量不过是把他送到那里罢了。

杏子止住脚步，并抬头看着与她同时止步的克平。天已黑了，互相看不清脸面。假如看得清，克平必定心里一惊：杏子两眼泪水盈盈。杏子第一次产生了一股不可遏制的冲动，她是那么不愿意让克平这个男子从自己身边离开，不想放他到任何地方去。

杏子屏息敛气，呆立不动。同她相对而立的似乎并非克平，而是八千代。

"走吧！"杏子用干巴巴的声音说。

走不到五十米，克平提议道：

"坐车好了。"说着离开杏子。

"坐车一晃儿就到您家了。"杏子说。

"不去我家可以吧？"话里似乎含有愠怒。

"可是……"

"不行？"

杏子猛然一震，屏息不语。俄尔，低声道：

"如果不使任何人不幸的话……"

这回克平沉默了。

"您能发誓？"杏子忘情地说，"请您发誓，只要您发誓，我就……"

她本来想说我就哪里都去，但到底未能出口，转而说道："我就敢当恶魔！"

自己说出的恶魔这句话，使得杏子浑身微微颤抖起来。

一辆出租车被叫住了。杏子跟着克平坐进去。关上门、车开动时，杏子感到一阵轻度眩晕。

克平点燃香烟，对司机说：

"别太快，危险！"

果然，前边现出的几个车头灯逐渐加大逼近。一辆辆从杏子所乘汽车的右侧以发疯般的速度呼啸而过。

"刚才你指的是八千代吧？现在她回娘家去了。我想到头来是要分手的。"

杏子扬脸转向克平：

"分手？"

"离婚。"

这真是如雷贯耳。杏子直觉得一桶冷水劈头淋下。当并不知道两人间出现如此裂痕时，她总算下定了充当恶魔的决心，但此时她感到自己的决心正倏然冰释。而对这一心理变化，她自己也无从解释。

不知过了多长时间。

"送您回家。"杏子用干涩的声音说。

又过了些时候，杏子神思恍惚地听到克平对司机说：

"开到大森去吧！"

汽车停在克平家门前。

"请稍等一下。"

杏子吩咐完司机，随克平钻出车门。她担心克平可能生气。

走进大门，克平说：

"好个捉摸不透的人啊！"随即克平温柔地搂住杏子的肩膀。

　　杏子以充满悲戚的心接受了克平的唇印。然后默默地朝汽车走去。

十九　晚霞

酷暑虽然丝毫没有收敛，但八月份过了二十日以后，海水和天空的颜色却已发生了明显的变化。飞毛腿杜父鱼已经采集完毕，曾根本来随时都可离开户田，但他仍在店里住了几天。抛开工作歇息几日——好些年都未曾得到这种享受了。

　　每天一到傍晚，孩子们便来玩耍。有时候拐到旅店院子里叫一声"伯伯"，也有时候趁店里的人不在之机径直跑上二楼曾根的房间。小的五六岁，大的十五六。有男孩，也有女孩。

　　孩子们一到，曾根多半是领他们出去钓鱼。有时在岸边垂钓，有时乘船出海。岸上垂钓，都是在只有幼小孩子的时候，因有危险，不便领他们上船。

　　的确，这四五天来海天的颜色骤然有所变化。海水的蓝色日益淡然，天空的蓝却渐趋浓郁。使人感到海天之色正随着秋气的来临转变不已。

在这样的一天里，曾根接到两封信。

一封是返回大阪娘家的八千代来的。内容很简单，只是说这次短暂的户田之行很愉快；告以自己夫妇间的无聊纠纷而扰您清静深以为歉——几句不知是感谢还是道歉的话。最后写道：东京酒井信辅先生给家父来信(他不知您地址)，请您马上同他联系。

曾根本该早同酒井信辅联系，而竟拖了下来。现在得知酒井信辅反而主动要求同其联系，不禁血往上涌，深感汗颜。

说不定对方会以为自己由于出版指日可待，便得意忘形地久不作复。而这种想法也是情有可原的。自己虽然未必如此，但不知为什么就是懒得从这个地方离开。本来前几天进京的目的之一自然也是同酒井信辅联系。然而面见克平之后，顿时万念俱灰，哪里也无心前去，而直接掉头返回了。

他不知道八千代事件对自己有怎样的影响，但无论如何显然对自己现在的心境并非全无影响。

另一封信是英文的，信封注有由东京的研究所转交。寄信人为美国斯坦幅大学的舒尔茨博士。

曾根开始阅读这封长信。读着读着，他脸上蒙上了一层阴影。曾根同来信的舒尔茨博士有一面之交。今春对方访日时，曾根曾在九州一所大学见过这位著名的生物学家。

当时，曾根向博士赠送了一份自己学术论文的复印本，并请他代自己找一份苏联生物学家塔拉涅茨关于杜父鱼的论文。这封信便是对此事的答复。

舒尔兹博士在信中写道：

　　先生关于日本所产杜父鱼科鱼类的论文复印本，业已拜读，而且饶有兴味。我认为这是篇非同凡响的力作。当时您所托找的塔拉涅茨有关苏联所产杜父鱼的论文，实在无法在英美两国获取，请勿为怪。这次在哥本哈根召开的国际学术会议上，席间幸而有人提及塔拉涅茨的论文。据我听来，似乎同先生的研究内容有关。因此，谨建议您通过捷克等国的学者之手，获取参考之。

　　很久以前，曾根就想参阅苏联塔拉涅茨关于杜父鱼进化的论文。杜父鱼类本来就属北方系，据称苏联境内大约有二百种，远远超过日本的七十四种。其中当然有不少同日本的种类相似，两者之间当在很多方面具有关联。

　　曾根此次撰写的论文当中，参照了五百二十二份国内外论文。但是，无论在任何领域，都几乎没有弄到苏联一九三八年以后的自然科学论文。而塔拉涅茨的论文，又是曾根最想一睹为快的，结果至今仍未入手。不过，在此之前曾根也并未对塔拉涅茨的论文过于介意。想看固然想看，但并不认为它同自己的研究息息相关。

　　然而，舒尔兹博士信中那一行字（似乎同先生的研究内容有关），陡然使得曾根不安起来。本来，搞科研至为重要的就是参阅文献。新发现也好，新学说的确立也好，倘若过去已有同类研究成果发表，就不能称之为新发现、新学说。

曾根觉得，自己现在将要出版的学术见解面临着尚未见到的塔拉涅茨论文的沉重压力。他想，在得以参照那篇论文之前，是否应该延缓自己论著的出版。

曾根立即伏案给舒尔茨博士写信，请其介绍一位捷克学者。天空一大清早就阴沉沉的，从曾根动笔时开始，大颗雨点滴落下来，在海湾水面上溅起密集的浪花。

待曾根注意到时，檐廊的木板套窗已经关闭，屋内一片幽暗。关木板套窗的估计是店主夫人或女佣，只是曾根未曾发觉。

接到八千代和舒尔兹来信的第二天下午，曾根从户田动身。准备从沼津乘夜班火车回去。

在曾根等候开往沼津轮船的时候，小码头上聚集了十五六个孩子为他送行。除孩子们外，还有店主夫妇，两名女佣，以及帮他捕捞飞毛腿杜父鱼的两名渔夫。

曾根站在突向海水的码头上，任凭大雨过后的湿润海风吹拂着自己。行李只有一个旅行包和两个满满装着杜父鱼的铁筒。

"可要再来呀，先生！"一位渔夫说道。

曾根想，自己恐怕很难旧地重游了。大学毕业直至今天，在日本各地每一座渔村里，他无不受到当地人们如此充满温情的送行。假如自己单纯是一名旅行者，断不会受此礼遇，恐怕还是由于同杜父鱼的因缘。

“今天船有点摇晃。”店主人说。

“再摇晃也不要紧的。”

曾根不在乎船的摇晃。在北海道，他在船上不知经受过多少次真正狂风骇浪的考验。

船靠岸后，曾根最后一个上去。孩子们每天都肆无忌惮地嬉闹不已，今天却不约而同地闭紧嘴巴。曾根戏谑地称为“飞毛腿”的那个孩子王——一家杂货铺的少年，也面带难以形容的羞赧神情呆呆站着。这种不和悦的样子大概就是这地方的孩子在这种场合下对人的礼仪。

船开动后，曾根向孩子们那边告别：

“我还来的！”

“请再来啊！”一个少年这样喊。于是其他少年齐声哄然：

“哇——”

然而，当大人们转身离去后，这些少年依然久久地不停挥着手。

驶出海湾，海浪顿时狂暴起来，飞沫一直溅到船上甲板边的曾根脸上。待户田消失后，曾根点燃香烟。昨天一晚，他被舒尔兹博士的信弄得心灰意懒，但现在曾根已完全振作起来。他想，问题不过是多少推迟几天出版而已。

空中阴云低垂，船身开始剧烈颠簸。曾根坐在杜父鱼铁筒上面，以防它滚动。

上午九点一到大阪，曾根就给梶大助的制药公司打电话。

梶还没有上班，说是马上就来。

曾根向接电话的女秘书问清去公司的路线，尔后乘上出租小汽车。他自己很少乘出租车，今天是个例外。由于带有两个铁筒，只好放弃电车或公共汽车。小车准确地开到梶大助公司门前停下。

在传达室说明来意，得知梶已上班。他当即被领到经理室。两个铁筒暂存在传达室里。

进得房间，梶正背朝门口，面对一张宽大的办公台。他转眼见到曾根，"噢"一声站起身来：

"欢迎啊！"梶那宽厚的男低音很是悦耳。

"这么早来打扰……"

"什么时候到的？"

"刚刚。"

"嗬！"

"承您多方费心。但我想暂时推迟些时日出版。"曾根开门见山。

"唔。"梶不解地盯视一眼曾根，但并未显得怎么吃惊。

"可惜呀，酒井君劲头正足着哩！眼下，他比你本人还要入迷。前几天托我同你联系，今早还催问来着，好像不是一般的关心。"

"是吗？这下可麻烦啦！"曾根有些困惑，停一下说，"马上写信谢绝好了！"

梶大助沉吟片刻，说：

"恐怕还是当面谢绝好吧?"

梶一副慎重的语气:

"见面好好解释一下,说明因为什么原因不得不推迟出版,以求得对方的谅解,我觉得还是这样好些。拒绝这种事,即使在买卖上也是相当不容易的。"

梶大助不愧是"慎重居士",曾根也认为他所言极是。

梶大助拿起明信片,扫视开头的一两行,少顷读道:

"恭候您对曾根君一事的答复。一俟得知他的住处,小生便准备前往。"

梶读信时,曾根抖动几下肩膀,旋即"呜"地发出奇怪的叫声——曾根开始呜咽起来。酒井信辅异乎寻常的好意化作一股激情震撼着曾根的身心。

梶大助见曾根呜咽得浑身颤抖,到底为之讶然。他夹烟卷的手停在唇前许久不动,目不转睛地看着曾根。

"热吧?"说着,梶起身一把推开曾根背后的窗扇,然后返回座位,接铃叫女职员进来,吩咐拿咖啡。

片刻,曾根抬起脸:

"谢谢!"

曾根神情有点难为情,再次表示歉意:

"对不起。"

"对我来说,酒井先生绝非可有可无的人物,杜父鱼研究之所以能够坚持到今天,全是由于有他的缘故。只消酒井先生存在于日本国内的某个地方,对我都是莫大的鼓舞。一想到这样的先生要亲自到我那里去……"曾根用手帕擦把脸，"我这个人，实在是不争气。"然后把擦去眼泪的脸转向梶大助。

"话说回来，你为什么要推迟出版呢?"梶问。

"苏联有一位研究杜父鱼的学者，而我还没有看到他的论文，在此之前……"

"哦! 有吗? 此外还有?"梶大为惊诧，提高些嗓门说，"没想到，此外还有? 原以为搞杜父鱼的只你一个人哩!"

"苏联那边才是正宗。"

"真不得了，苏联也有那样的鱼! 不过，那又有什么关系呢? 你就只管出你的好了! 就不能同他来个分庭抗礼?"

"学术东西问世的时候，是不能够那样的，而一定要基本看到已发表的才行。"

"是这么回事! 这要在我们身上，即使对方早已捷足先登，我们也死活要想法把他追过去不可。世事真是复杂啊!"梶不胜感慨。

女职员端咖啡进来。

"请。"梶对曾根劝道，接下去又说，"看来，在你出书上面我是没有缘分啊! 介绍了几个人，哪个都不了了之。好歹要成之时，又同时出现三门夫人和酒井君两人。而当酒井君拍板定案主动催促的时候，这回你又谢绝……"

"对不起。"曾根低下头。

"也谈不上对不起。不过想起来，这还真有意思。实在复杂得很呐！把杜父鱼兜售出去远不是件易事。连杜父鱼都是这种状态，更何况人呢，恐怕就更难了！"梶大助凛然绷起精力充沛的面孔，以不无严厉的认真语气说道。

梶大助继续说：

"我认为你付诸出版也并无不可，可是你出于学者的良心……"梶略一停顿。

"是这样吧？"在得到曾根的确认之后，梶又接着说，"出于学者的良心而取消出版，这无可非议。很能体现你的性格特点，的确是你这样的人所做的事。假如你置这种学者良心于不顾，而执意出版的话，我也会同样觉得奇怪。但若是我，恐怕就要我行我素。我如果顾虑到外国学者而取消出版，这也显得滑稽而不自然。人各有其不同的天性。作为人，任何人都应该按其本来面目生存下去。你纵使这次取消出版，我想迟早都会极为自然而然地使杜父鱼研究成果公之于世，那一阶段必然会到来的。"

"啊。"

一开始听梶大助说话，曾根就不由觉得自己十分有负于人。他还从来没有听过梶大助以如此诚挚的语气讲话。以前听过他一次席间致词，即使那次演讲，其热忱程度也不及此时的几分之一。

"想来，想分手的人就分手好了。"

梶大助冲口而出。曾根始料未及，惊异地抬起头来。他马上意识到梶大助说的是女儿八千代的情况。

"啊。"曾根含糊地表示肯定,"您指的是令爱?"

"知道?"

"听说了。"

"那是件棘手事。不过想起来,那两人的想法同你有相似之处。若放在我身上,就算多少有点牢骚,也会将就维持下去,反正一生也不很长嘛!成天争争吵吵的,绝不会叫人舒心。可是,他俩自有他俩的想法。两人都同意分手,既然如此,分手也许是顺乎自然的。虽说我认为大可不必,但作为第三者,再操心也于事无补。嗯,不是这样吗?"

"啊。"

曾根依然含糊其词。继而觉得梶大助十分可怜。居然叫这位老绅士说出这许多话来,就凭这一点,大贯克平和八千代也够岂有此理的。

"那么……"曾根暗示准备就此告辞。

"准备去见酒井君吧?"

"想去。从这里重返东京一次。"

"那么我有件事相求——请把八千代带去好么?我也要进京。但我的话那人是不会听的。"梶大助说。

曾根到香榭园梶家找八千代。进得大门,刚要往房门那边移步,旁边客厅窗口开了,八千代探出脸来:

"哎哟,您来了,欢迎!"

"今早到的。"曾根走近窗口。

"请，请进门。"八千代说。

于是曾根拐进房门，步入客厅。

"织东西来着。在东京根本没摸过这种活儿，回到这里才心血来潮。自己都觉得好笑。"八千代静静地说。虽不是神采奕奕，但也绝非郁郁寡欢。

俄而，八千代用略带郑重的语气低头致谢："户田多承关照。"

"刚才我到公司拜访您父亲去了。令尊托我……"

八千代打断：

"莫不是托您把我带去东京？"

"是的。"

"猜想就是。"八千代笑道。

"大概是想让您和大贯君再谈一次。"

"已经没什么好谈的了。不过既然父亲非要我那么办他才称心，也未尝不可。"八千代意外坦率。

"既然去，今晚动身如何？我想还是尽可能快些好。"

"哎哟，没关系的，我一个人可以去。"八千代笑着说。

"啊，我也有事要办。"

"这……"八千代似乎不大理解——曾根今早刚到，却要再次返京。

"说实话，我要去拜见酒井先生，准备谢绝他赞助出书的好意。这话还没跟您讲……"曾根满脸歉意，"想推迟些时日再出版。"

"哦！"八千代深为惊讶。当听完曾根解释暂缓出版的原因后，"的确像您这样的人做的事啊！"八千代的说法同梶大助的如出一辙。

　　接着："今年真是个奇怪的年头，什么都付诸东流！"八千代此时的笑容里隐约透出一丝凄然。

　　"不是付诸东流，不过是延期几天出版而已。关键是太太，如果再见一次大贯君……"

　　八千代接过去：

　　"哪里！"语气里已不抱任何希望。

　　"我可是不能延期了！事情已经定了。父亲怎么想我不知道，但我再见一次克平不过是想同他好说好散。"

　　"啊。"在这里曾根同样只能避免正面回答。这方面没有自己置喙的任何余地。

　　晚饭略微提早一点摆了上来。梶大助也回到家中。梶、夫人、八千代，再加上曾根，像往常那样在饭厅里围着大长方形餐桌坐定。这天晚上，梶一反往日地喝起啤酒以外的酒来。

　　"爸爸，不要紧吗？那么喝酒！"八千代担心地说。

　　"觉得酒香的时候，还是要允许我多喝一点嘛！"梶说，并且不时地瞥一眼挂钟，留心火车时间。

　　"来得及，只管放心。"

　　"唔。"梶答应着，但仍不时地看钟。

"父亲搭火车，总要提前一个小时赶去才放心。"八千代对曾根解释。

"那也不是。在大阪市区，不过才提前二十分钟。不过从这香栌园动身，就得考虑到电车万一没电的情况，比起我来，你妈更是草木皆兵。"梶笑道。

"妈妈是另一回事。夜里上火车，从中午就开始心神不定。"八千代说。

"瞧你，我也不是就愿意那样。要是不那样，你爸爸他不满意嘛!"夫人应道。

"这下可麻烦啰!"

梶一边自己斟酒一边笑着说。看上去，这一家确实其乐融融。席间有说有笑，没有任何不快之感。但曾根仍微妙地觉察出梶大助显得有些寂寞。

白天在梶的公司里，曾根曾感到过内心有愧，同时认为八千代和克平也有所不是。而在与梶大助一家对坐吃饭的现在，那种心情仍未改变。

"好，我来跳个杜父鱼舞，让诸位欣赏一下，好么?"曾根脸色微微发红地说。

"有那样的舞?"梶抬起脸。

"自己编的。"

"自己编的? 嗬，那就请表演一番好了!"

"那么，"曾根把餐巾放在桌上，缓缓起身，拉开饭厅同邻屋之间的隔扇，"就在这里来吧!"

说罢，左右两腿和两臂以奇妙的姿势扭动起来。确实只能说是罕见的舞姿。跳着跳着，曾根以身为轴开始旋转。于是，桌旁的人发现他竟生出好多条胳膊和腿来，果真不可思议。

　　"哎呀，这名堂可不一般！"听得父亲口中赞叹，八千代说：

　　"在安慰您呢，曾根君他。"

　　梶不知听见没有，继续说：

　　"这可不是一般名堂。杜父鱼舞？嗬！"

　　夫人只管笑逐颜开，呱唧呱唧拍起手来。梶也急忙鼓掌。

二十　来访者

筑地第三饭店的一个房间里，梶大助放下从早上接到的第六个电话，看了看表：马上就是十一点。

梶是昨天乘飞燕号特快来京的，一下车就直接赶到赤坂一家餐馆，会见今天自己约请的某大学名教授和S银行总经理。其实，并非他自己有事。大概大学教授有求于银行家，而银行家也要借助教授之力。梶大助的任务是居中斡旋。

朝梶大助身上压来的不可胜数的事务当中，大约有两成属于此类——严格说来与他本来无甚关联的事情。昨晚直到十二点过后，他才得以到饭店休息。

今天一早，他仍像平日那样六时起床，同大阪的公司通完电话，换上西服，进餐厅用罢不多的早餐，尔后便被接踵而来的电话弄得昏天黑地。

来京的第二天往往如此，四面八方打来电话。奇怪的是今天全都是别人之托——化妆品公司调停争议之托，造纸公司设法使其经理退居二线而只挂会长虚衔之托，结婚典礼证婚之托，电视台上荧屏之托，电气化铁路公司投资之托以及照相器材公司新址落成赴宴之托。除上电视荧屏以外，其余无一不是似乎同自己有关而又无关的。谢绝亦无不可，但毕竟也还有不便一口谢绝的某种因缘。

电话铃又响了。梶起身拿过听筒。

"啊，我是梶。"梶低声道，"喂喂！"

大概又有事相求（梶这样以为），对方没有马上出声。

"是我。"

"嗯？"随即，"啊，是克平君！"

"有点事想求您……"

"唔，什么？"

"可以去拜访么？"

"没关系。你在哪里呀？"

"楼下传达室。"

"怎么搞的，原来就在饭店！那，马上来好了。"

"这就上去。"

电话挂上了。对梶来说，毫无疑问，只有克平的来访才是真正的要事。虽然同样是有事相求，但这件显然是与他本身有关的关键所在。

八千代是两天前同曾根一同来京的。梶对事态的好转固然不怀多大希望，然而还是微微翘起下颏，抿住上嘴唇——这是他精神紧张时的习惯动作。

克平慢慢转动圆形把手，开门走进房间。

"噢，这不是蛮精神的嘛！"梶热情寒暄，迎接这个即将不再是自己女婿的男子。

"还那么忙吧？"

两人相对落座。

"忙啊。今天一早到现在，全是别人之托，招架不住啊！"

"不过，有人相托也是好事。您有被托的价值才有人托嘛！"

"不那么想就更吃不消了。"

"说实话，我也是有求才来的。"克平说。

"唔。"梶点点头，"但愿你求的是正经事。"

"是正经事。"

"那我就听听。"

"务必请您听一下。"

"那就说吧！"梶大助现出父亲的表情，以父亲的口吻说道。

"需要一百五十万日元。"

"哦？"梶猛地一惊，克平说出的话过于出乎意料，"吓我一跳！"

"登山还差这个数目。倒也有两三处可以出，但都有附加条件。或是要求写登山记，或是要求享有照片版权，或是要求上几次那家公司提供的电视……"

"唔。"

"可能的话，很想不受这些束缚，自由自在地前去。"

"那还是自由自在地去好吧！"

"是吧，您也那样想吧？"

"恐怕谁都要那样想。"

"所以我才打出最后一张王牌。请您当这张王牌，麻烦您了！"

"口气不小啊！哎，既然求到头上也就不好推诿。也罢也罢，这钱我来想法就是。"梶大助说。

"谢谢，对象在哪里？"

"对象？"

"就是出钱的地方啊。"

"我。"

"哦？那怎么行！"克平大为意外。

"为什么不行？"

"不能让您出钱。说到底，您有那么多吗？"

"说话别那么不礼貌。那几个钱我怎么都掏得出。"

"掏得出是掏得出……"

"你这不是突然间客气起来了？"梶笑了，笑得很坦然，既非有意挖苦又非自我炫耀。

"不附加条件。"

"啊。"

"午后可以交付。"

"啊。"

克平久久地凝视梶肩部上方空间的一点。

克平觉得被梶将了一军。由于同八千代之间不寻常的关系，他不想在金钱上求助梶大助。但出发日期迫在眉睫，只好以孤注一掷的心情请梶大助助一臂之力。尽管如此，他也没在梶本人身上打算盘，根本就没想让梶自掏腰包。

"那怎么行啊！"克平说完，继续闷头沉思。他从上衣袋里掏出手帕，擦了擦额头。额上已渗出一层汗珠。

同八千代的问题还一句也没向梶正式提过。八千代已回大阪，梶不可能不知道两人间的事。迟早要就此向梶做出解释。而这话实难启齿。或者不如说其真心乃在于指望梶作为岳父主动开口。克平思忖，这种时候提出金钱问题到底是一大失策。一旦接受对方的钱，那只能使自己陷入窘境。

克平抬起脸，感到梶的视线正迎面对着自己。这使他手心冒汗了。继而，脖颈、腋下全部汗津津地难受。

克平嗫嚅一下，欲言又止。这时梶欠身离座，克平稍感释然。

梶缓缓通过克平座椅的一侧，走到窗口前，又折了回来。

"刚才我已说过，不附加条件。我给你的钱是自由的钱。我理解你提出后又突然收回的心情。你不必介意……。在不远的将来，我也许不再是你的岳父。坦率地说，我清楚地认识到这一点只是在见到你的现在。而在此之前，我还怀有一缕希望，现在则完全抛弃了……在我身为你岳父的时候，我没做任何事。在为你们年轻夫妇正确步入人生之途方面，我既未出过任何主意，又没提过半点忠告。我这个人太忙了。但也不仅仅是因为太忙。从根本上说，是出于我的性格——我讨厌那样做。作为一个父亲，我想我是不称职的。在这点上，我觉得我对不起八千代，也对不起你。"梶以宽厚的男低音，一边盯视地板来回踱步，一边继续侃侃而谈。

克平只顾低头，一动不动。

"好么，克平君，你不要误解。由于我身为岳父时什么也没做，所以现在我想做一件来弥补。也正因如此，这笔钱不附加任何条件。如果说有，顶多也就是希望不要告诉你母亲。"

梶笑了。其笑声止住时，克平扬起脸，不卑不亢地盯视梶的面孔，并且以微微发青的脸色说：

"那我就不客气了。"

"钱今天下午备妥。是我派人送去，还是你来取？"梶问。

"来取。"克平回答。

"那好，我把公司一个人留在这里，你只管来取钱就是。不巧我午后要外出，别人托我调解纠纷。"

"那种事您也出马？"

"这比你……你同八千代的纠纷好办得多。因为双方已提出条件，至少相互有解决问题的意愿。"梶依然慢慢地来回踱着步。

"啊。"克平又感到额头渗出汗来。

"而你们两个，双方都没有这种意愿。这不是纠纷，不过是一分为二，类似自然现象。"

"啊。"

"昨天或前天没见到八千代?"

"没有。"

"她说要见你，该已来京了。"

"是吗，我还不知道。"

"呃，也罢。"梶把这点抛开，"不妥协无疑是件好事。你也好八千代也好，双方通过一分为二，想必会生活得更好。果真如此，那么分手就比不分手强似百倍。"

克平起身:

"我去见八千代好了。不管怎样，见面把话说清楚。估计是不可能恢复往日状态了。"

"也好。该说清楚的事还是说清楚为好。"

"那我就告辞了。下午什么时候来合适?"

"呃，三点来吧。"

"好的。"克平刚要出门，又说，"西服背心的纽扣……"

"掉了?"

"不，没扣。上数第二个。"

梶手摸胸口，把没扣的纽扣扣上。

克平走出房间，深深地舒了口长气。他觉得自己全线崩溃。作为岳父，世上哪有如此伟大的岳父呢! 至此，最后一笔钱也到手! 到底是向梶大助好说。梶大助自己掏腰包也还是好事。用岳父(纵使同八千代分手，克平也还是要将梶大助作为岳父)的钱登山——这样的登山家想必世所罕见。

一定要为岳父在前人未曾登临的喜士帕尔顶峰置一方石——克平一边这样想着，一边缓步走下饭店楼梯。

送走克平，剩下一人，梶大助毕竟感到有些疲劳。他按铃吩咐男职员送来一杯放有威士忌的红茶，慢慢啜起来。往下他想尽量从电话和来访者中解脱出来。但来访者应当还有一位，那就是山名杏子。已同她讲好在这里共进午餐。

梶已将近两个月没见杏子面了。上次在东京站曾就恋爱问题为她出过主意，那以来一直未见。其间虽也打过两次电话，约她一起吃饭，但每次都在快到时间的时候梶这方面节外生枝，只好取消约会。今天恐怕问题不大，梶想。

杏子到来时是十二点半。

"今天每有电话打来，都提心吊胆的。"杏子一进房间就这样说。

"怎么?"

"以往每次刚要出门，您就打来电话——'抱歉，抱歉!'"最后两句，是模仿梶大助的语气。

"实际也总是事出突然。"

"谢绝不就得了!"

"不能那样啊，我说。"随后，梶大助让杏子坐下，"没有变化?"

"啊，没什么。"

"那就好。好——唡，那就吃饭去!"

梶站起身。杏子嗤嗤作笑。

"笑什么？"

"刚叫人家坐下，您自己却站起来了！"

"是吗？那我再坐下？"

"好了好了，那又何必。"

杏子也欠身离座，两人走出房间。楼下餐厅里只有三四伙客人。梶和杏子拣靠窗位置相对坐下。

"对了，您还记得？"

"什么？"

"上次找您商量的时候，您当时可说要见见那个人。"

"啊，原来是你的那个人！"梶神情严肃地看着杏子的脸，"见是可以见的。什么时候都可以。只是先给你说清楚：我不喜欢一副寒酸相的男子，不喜欢畏畏缩缩卑躬屈膝的男子，不喜欢小里小气的男子。哪怕少只眼睛都行，但一定要有一种男子气！"

梶俨然面对自己所相看对象似的说道："往下就是你是否真心喜欢。至于对方的心情，我认为是无所谓的。而关键是你自己的心情，必须做到将来在任何情况下都不至于后悔才是。"梶大助将自己在为八千代相亲时都未出口的话讲给了杏子。

梶一边说一边一个个地把菜盘一扫而光。就梶的年龄来说其饭量是令人吃惊的。

杏子一面看着如此吃饭的梶大助，一面思忖克平肯定可他心意。既无寒酸相，又不畏畏缩缩、小里小气，男子气绝对绰绰有余。可话说回来，梶大助为什么竟如此年轻呢？满头银发，西服是早已过时的样式，然而却毫无老态龙钟之感，说不定比克平还显年轻。

"一般地说，"梶灵巧地剔下鱼刺，"男人也罢女人也罢，全都是棘手的动物。结婚过不上几年，对方就在自己眼里变得丑陋不堪，心想自己为什么会同这等人结婚呢？"

"嘘，给人听见！请您还是小声点说……"杏子提醒。

"每个人都会遇到这种时期。届时，有的夫妇干脆分道扬镳，有的夫妇因嫌麻烦而凑合下去。分手总是女方吃亏。因此就需要有即使在那种情况下也不后悔的精神准备。这点非常关键。你也必须选择到那步田地也不至于后悔的对象才是。"梶说。这是一种很独特的告诫方式。

"绝对不能和睦相处？"

"这……按一般说法，好像是能够和睦相处。要不然，首先自己本身就受不了。可悲呀！所以，每个人都摆出唯独自己特殊的架势，当然老年人除外。人一上了年岁，夫妇就成了相互安慰的伴侣。再没有其他人安慰自己，只好两个人安慰来安慰去。"

蓦地，杏子从梶大助魁伟的肩部奇异地感受到一种凄寂的氛围。无论社会地位、名声，还是财产、教养，梶应有尽有。但为什么身上还有这种凄寂的阴翳呢？难道任何人都概莫能外不成？

"算了，这种话谈得再多也不管用。总而言之，只要你真正喜欢那个人，只要你能愿意为那个人甘受任何不幸就行……"

"我想我会愿意的。"

"那好，我来见见。这次要在东京逗留半个月，这期间什么时候都可以，找个地方吃顿饭。"

梶觉得，在今天这个日子里，一对男女的共同生活即将土崩瓦解，而另一对男女的结合则正要大功告成。梶自己都为今天的食欲感到吃惊。水果端了上来。实际上梶甚至还想再吃个菜。一对即将解体，一对就要诞生！对自己来说，似乎哪一对都不值得欢欣鼓舞。他无端地觉得肩头微微发冷，或许食欲因而才如此之好。

"不管怎样，婚礼要隆重一些，一生才一次嘛！在级别上要同政府大臣来个不相上下！"梶一边说，一边接过盘子，上面放有杏子削好皮的白梨。

梶和杏子走出饭厅，步入旁边的休息室，在沙发上坐下身来。

"上野现在有画展，不看看？"杏子说。

"想看啊！"

"去么？"杏子两眼放出光亮。

"想去是想去，可没有时间啊！"

"瞧您！"杏子大失所望，"真想让您看看，有三幅作品相当好。"

"看了，你？"

"嗯。"

"那岂不是没必要看了？"

"所以我才想请您看嘛。我倒是看了……"

杏子的说法使得梶很是快意。他想，这个世界上能够如此想着自己的恐怕还是只有这个即将从自己身边离去的少女。

"遗憾，今天不成。到底什么画呀？"

"那次您不是说过叫作什么米兰教堂的石阶很好看么？"

"唔。"梶并不记得，但估计自己很有可能说过。

"有幅作品好像画的就是那里。我一边看，一边想让您也看看来着。"

"噢。"

梶吐着香烟，想到自己在杏子离去后的人生。一幅全无任何色彩的阴暗风景画在眼前浮现出来。

"也好，看看去！"

梶突然住口。他心里一惊，莫不是八千代——尽管从这里望不见饭店大门的全部，但从那里横穿过去的一身和服的女子显然同八千代一模一样。

"稍等一下。"梶熄掉烟，告诉杏子一声，走出休息室。透过大门两根圆柱之间的空隙，一位站在小汽车前面的女性身影闪入梶大助的视野。梶大踏步走上前去。

"八千代！"梶招呼一声。

"哎呀，您什么时候来的？"八千代趋步近前。

"住在这里？"

"没别的地方住嘛！"八千代一副理直气壮的神气。

"这要去哪儿？"

"看剧。"

"一个人？"

"不，今天约了女校同学夫妇。"

"你约的？"

"嗯。"八千代接着说，"今晚去您房间。现在正急着，早都开演了。"

梶听得，心想这人真好兴致。但八千代这种做法并未引起他的不快。

八千代坐的汽车开动后，梶大助走到事务所，求其查一下八千代的房间号码。刚返回休息室，事务员随后追来：

"是不是梶八千代女士啊？"

"梶八千代？或许。呃，对对。"梶回答，似乎很欣赏女儿雷厉风行地抛弃大贯姓氏。

"若是那位，住在三楼三十二号房。"

"唔。"梶想，这八千代可真有两手。

"刚才那位是谁？"

梶闻声回头一看，见杏子脸上血色褪尽，当即觉得不对头：

"脸色不好啊，怎么了？"

"没什么，刚才那位……"

"我女儿。"

"是令爱!"接着,"有点头痛,让我就这么待一会儿。"说着,杏子弯下身去。

"头痛?"梶站起身来。

"不要紧。让我这么待一会儿就走。"杏子身体前屈,双手捂在脸上。

在梶注意之前,杏子就已发现八千代了。正当她要本能地隐身之时,不料梶大助却起身追去。关于梶的家庭,杏子从来没问过一句。不知为什么,她不愿意主动触及这一点;而梶大助也像根本没有家室似的绝口不提。杏子喜欢梶的这种态度。

尽管如此,梶大助唯一的女儿嫁来东京这点,她当然还是晓得的。但万万没有想到梶的女儿竟是八千代!

这真是迎头一棒,杏子顿时茫然。头脑里乱成一团。一个个黑色旋涡像要把她卷走似的从四面八方涌来。

"起来到房间去吧,那样也许好些。"

听得梶如此说,杏子乖乖起身。其实头并不痛,只是觉得浑身瘫软。

乘上电梯,杏子身心开始振作起来。走进房间,同梶面对面地坐在椅子上。

"我收回刚才的话,不必请您见了。"

梶未能马上反应过来杏子话的含义,少顷说道:

"啊,就是你的……"

"可以了，您不用见了。"

"为什么?"

"您早都见过了。"

"早都见过了? 哪个?"

"令爱的夫君。"

沉默片刻。

"克平?! 原来是克平!"梶大助一个劲儿地搬着打火机，但还是用冷静的口气说道。

二十一　灯海

克平的出发时间定在九月十日，仅仅还有五天时间。因此，克平、三泽和乙醇每天忙得不亦乐乎。定计划之初，本来准备三个人悄悄动身。但出发日期一旦临近，便由不得自己了。大小壮行会每晚应接不暇，而三人由于都有工作在身，公司那边又必须大致应付过去才行。况且至关重要的登山准备——刻不容缓的事也接踵而来。尽管如此，克平那满满排列着出发前日程安排的手册中，还是留出一晚空闲时间——那是为杏子和他自己挤出的一个晚上。

　　这天，克平按照同杏子讲定六点钟见面这一时间，来到八重洲口出租小汽车停车场。杏子的身影尚未出现。克平本来打算和杏子商量一下去向后才买票，而在等待杏子的时间里，自作主张地买了两张去小田原的二等火车票。

　　又等了十多分钟，杏子还是没影。克平心里一阵不安：五六天以前约定的，杏子会不会记错日期呢？他几次想给银座杏子店里打电话，但都勉强忍住了。

约会时间过了二十分钟后，杏子才出现在出站口吐出的人流当中。

"让您久等了，来晚了。"杏子近前，以不无做作的平静语气说道。

"这么晚，我还以为你记错日期了。"

"那哪能记错呢！"杏子说。那神情在克平眼里与平日有些不同。

"票已买好了。"

"去哪里？"

"小田原。"

杏子盯盯看着克平的眼睛，轻轻摇了摇头。

"不行？你不是说过由我说了算么？"

"可我……"

杏子忽然现出痛苦的表情。她知道，自己确实在相约时这样向克平说过。当时她想，跟克平去哪里都行，一切任凭克平安排。然而现在情形有所不同。本来已破釜沉舟，无论自己的身体以至一生遇到何种情况，都绝无反悔。而现在却有一种东西强有力地阻止自己这样做。她觉得很难使克平理解自己的心情。这种内心的悲哀，使得杏子今天的脸上比平日多了一层阴翳，少了往常的柔情。

"怎么办好呢？"克平感到杏子上次那种别扭劲儿又上来了，苦笑道，"我也不是硬要把你拐跑。"

其实杏子前几天相约的时候，怀的就是被拐跑的心情。而现在的杏子则与当时不可同日而语了。

"走走吧。"杏子说。

"走走？"克平略一沉吟，"就算不到远处去，可也总得找个地方吃点东西才……"

"嗯。"

"反正先上车吧！"克平朝一辆出租车扬起手，"赤坂！"对司机说罢，克平弓身进去。

"去哪里呀？"车开动后，杏子问。

"赤坂有家我晓得的饭店。"

"去饭店？"杏子的口气显然有些迟疑。

"不行么？"

"我是想尽量走着跟您谈。"

"怎么回事，到底，"克平这时才意识到自己同杏子之间发生了某种非同儿戏的事情，"出什么事了？"

"不，不。"

"坦率告诉我！"

"我只是觉得好像不应该那样。"

"什么不应该？"

"就是两个人在一起。"

"开玩笑，你怎么又突然冒出这种怪念头？"尔后，克平好久没有作声。

司机告知已到赤坂。

"开去新宿。"克平简单吩咐。

"对不起。"杏子突然道歉。

"对不起什么?"

"惹您不高兴了吧?"

克平没有回答。

"我这个人,就是任性。"

"说任性也算是任性吧! 将来可得改改。"

"改不了啊!"

"这说明你还够固执的。"

"是固执,真的。"

"自己都认识到了?"

"不愿意让您训我!"

"不是训你,只是意外。算了,反正先让我陪你吃顿饭吧! 找个可以坐下的地方好么?"

"我不喜欢坐下。"杏子害怕单独同克平一起。怕的不是克平,是自己本身。

"不能坐下? 就是说两人没什么好谈的啰? 我可懒得走路,这往后去喜马拉雅,不知要走得多么厌烦咧!"

克平话里带刺,扎在杏子心头。两人都不再开口。

汽车开到新宿,又掉头拐回,一直穿过繁华街道,在幽静的牛込地段行驶了好长一段。

"还往哪里去呀?"司机问。

"哪里都行。"克平悻悻回答。但马上觉察这话让人莫名其妙，便又说，"哪里都行——怕让你为难吧？"

"也没什么为难。当然啰，比较起来，还是给我个明确目标再好不过。"司机笑道。

"那就开去神田好了。"然后问杏子，"到底怎么办？"

"怎么办？您不是不愿意走路吗？"

"是不愿意。"

"生气了吧？"

"没有啊。生气的不正是你么？"

"没有，我哪里生气来着。"

"好，那就跟着我去！"克平加重语气。

"不行，那不行。"

"那就下车好了！"

"下车怎么着？"

"那谁知道！"

"我不愿意下了。"

"那就坐下去。"克平接着说，"到浅草去，在那里兜一圈。"

"是浅草吧？好咧！沿隅田川去好么？那一带的夜景可漂亮着哩！"司机说。

"好吧！"克平有些气急败坏地说。

不久，克平突然欠身：

"哭啦？"

"哪里。"

“那你怎么捂着脸?”

“心里难受。”

“难受什么?”

“您理解不了。您怎么也不能理解我现在的心情。”

“不理解。你什么也没说嘛!”

“没说就不理解?”

“算啦!”杏子把头仰在椅背上,任凭泪水沿两颊流淌。

即使让自己说,自己又能说什么呢?就在几天之前,自己下定了今晚真正充当恶魔的决心,决意不顾忌周围任何人地培育自己的爱情。对八千代那类似愧疚的心情也准备断然抛弃。八千代是八千代,自己归自己。应该按自己的方式生活下去——此外别无培育爱情之路。然而,当知道八千代是梶大助女儿的时候,便一切都土崩瓦解了。

出得雷门,汽车沿隅田川左岸前行。过白须桥后,车又拐回隅田川畔。只见黑漆漆的水面上摇曳地印出浅草五颜六色的灯火。

“同您见面,今晚是最后一次了。”杏子今晚头一次以平静的口气说。

“为什么?”

“我这个人是不中用的。就是现在这么和你谈话,也觉得有什么在妨碍我。”

“什么什么?”

“您不知道的人。”

杏子没有道出梶大助的名字。这并不是因为对克平有所顾虑，是为了梶。但又不是担心说出后会给梶带来什么麻烦。只是隐约觉得这是一个不应说出的名字。

"有那样的人？"克平满脸扫兴，异常缓慢而又生涩地说。

"请别误解。他当然和我没任何关系。"

"没任何关系怎么谈得上妨碍呢?！世上难道竟有这样没任何关系的关系？"话里明显含有奚落和愠怒。

"有的。"

"嗬！到底是男的，还是女的?"问罢，克平又道，"问得真是愚蠢！当然该是男的……"

"是男的。一位老人……"

"老人？多大年纪?"

"大概刚交六十。"

"是你什么人?"

"什么人也不是。"

勉强说来，梶也许该说是杏子的资助人。但杏子没有出口。因为容易招致误解。有谁能正确理解自己同梶的关系呢！

"勉强说，或许我是那个人的梦吧！"

"梦?！"克平扬起脸。

"是梦，肯定。……是的，是梦。我是那个人的梦。"

杏子对自己冲口而出的梦这一说法，不禁大为感动。尽管在此以前从未这样想过，但自己毫无疑问是梶大助的梦。

"即使在父母身上，我也没有感受到像那个人所给我的那种深厚感情。那是同父母之爱不同的东西。除了梦以外，他对我没有任何需求。"

"不明白啊。不过，你对那个人所怀有的东西，恐怕还是所谓爱情吧？就是女人对异性那种……"

"不，不！"杏子扬起脸，断然摇头，"不是的，绝对！"

"那么是什么？"

"怎么说呢，说是信赖感也许最为接近。什么事我都可以同他商量，什么事都可以求他。就连同你的事也和他商量来着。"

"商量了？他怎么说？"

"可以吧，他说。可眼睛却是否定的。"杏子想起梶大助当时的眼神，心里悲伤得一阵收缩。

司机知道仍未决定去处，便默默向右拐，不久又折向左边。汽车几次驶入灯海，而后从中穿出，过桥。开进霓虹灯交相闪烁的繁华地段后，克平和杏子都缄口不语。到了不断向前伸展的昏暗路面，两人才只言片语地谈了几句。

"这是哪里？"克平朝前座问道。

"眼看就是筑地。是一直往前，还是拐弯？"司机问。他现在似乎已经完全懂得了自己的微妙作用。

"这——"

"往右拐吧。往左就到海里去了。"

汽车随即通过歌舞伎院，驶上昭和大街。

"反正就是说，从今往后你再不想和我交往了？"

"……"

"可以这样理解么？"

杏子点了点头。点得很轻，几乎不能叫人察觉。

"也罢。理由倒不清楚，但我退避三舍好了。在爱情问题上，也是没有什么理由好讲的。……刚才你提起梦，作为我，也同样有梦来着。在八千代面前，我常说喜欢山胜过喜欢她。如果要我说真实心情，实际上也只能这样说。不过对你就不同。如果你不让我登山，我说不定就会放弃。我觉得我可以因此成为一个普通人。我最喜欢山，但若此外没有更喜欢的，这样的人也还是不幸的。乙醇和三泽大体上也是这一类人。这点上，两人都不能说怎么幸福，总有地方跟常人不同，因为没有碰上比山更让人喜欢的东西。而我则好歹先于他们一步成了一个普通人。我得到了比山更为可贵的。"

"您别说了！"杏子拦住克平的话。克平置之不理地继续下去：

"自从我开始登山，人们就劝我不必勉强。即使在同你的交往上，如果你说声讨厌我，我就会乖乖退下阵来。只是听完你刚才的解释，有一点我捉摸不透。对我不用客气，请你明确告诉我，你从那人身上感受到的究竟是什么东西？假定按你所说的不是爱情的话，那么是不是情义或恩义……"

"哪里是什么情义！"杏子一口否定，"如果是那种东西，我可以抛弃。本来我都已经决心扮演任何一种恶魔角色。问题是这不同于情义。仍然是梦，我纯粹是他梦的对象，我没有受任何束缚，我是自由的。但我却动身不得。"

杏子双肩剧烈地抖动，口中透出呜咽声来。一次看新闻纪录片，杏子看过一只熊跨在冰块上，在黑沉沉的冰海中漂浮。当时那种无望得救的冰冷之感此刻在她心里完全复苏过来。

她觉得自己现在正是那只熊。而漫无目的行驶的汽车四周，便是冰块相连的大海。闪闪烁烁的霓虹灯——红灯也罢绿灯也罢，杏子一概视而未见，眼中唯有排山倒海的冰块。

"开到青山去吧！"

克平这句话使杏子如梦初醒。欠身往窗外望去，看不出到了什么地方。路面异常之宽，异常之暗。

杏子重新把身子深深陷入座中。

"你那青山公寓，在哪里？"克平问。

"公寓？"

"送你回去。"

"可以了。"

"一回事。反正已经来回转两个小时了。这里是天现寺桥。"

说得也是。

"那么，就请从日赤医院旁边过去，在六丁目电车站我下来。"杏子对司机说，分别时刻即将到来。

此后两人默然无语。汽车来到杏子所说的地点时，克平开口道：

"送到公寓门口。"

"往前一点有家香烟铺，拐过就是。"杏子说。到那里就要分别，而那里终于迫近。杏子感到一阵绝望。

俄顷，汽车停下。杏子又不想下了。她觉得一下车就什么都结束了。

"这公寓蛮不错嘛。二楼吗？"

克平居然还有闲心说这个，杏子很是气恼。

"这回我来送您回家。"杏子哀求似的说。

"说什么呀！"

"可我……"

"我不马上回大森，总得找个地方吃饭才行。"

克平的话听起来冷冰冰的。

当克平打开车门时，杏子终于死心：

"出发是九月十号吧？"

"是的。"

"也许不能送您，祝您平安回来。"说完钻下汽车。

"走好！"克平只扔下这一句。汽车旋即开走了。

杏子忽地转身，走不到五六步，又返回原路。只见克平的汽车正亮起红色尾灯往大街拐去。再也无法叫回了！一切到此终止了！杏子想。

车中只剩下一人后，克平顿时垂头丧气。

"我说先生。这回您可去哪里呀？"司机见女客已不在，语气中多了一层亲切意味。

"哪里都无所谓。"

"别开玩笑啦！整个东京城都跑遍了，莫非去郊外不成？"

"真的哪里都无所谓。"

"这可麻烦了。我去哪里倒都是一回事，可是肚皮吃不消啊，我还没吃晚饭哟！"

"什么，你也没吃晚饭？那就赦免你好了。"

于是他考虑开去哪里。没有地方可去。

手往袋里一插，触到去小田原的车票。克平一边把它在衣袋里折成两折，一边说：

"开去银座，在那里下。"

他想去山小屋看看。乙醇和三泽今晚该去参加大学登山部的前辈K保险公司经理的送行宴会(自己谢绝没去)。说不定，归途中两人会顺便到山小屋。有个人讲讲话总比自己形影相吊好。

克平让跑了好久的汽车在山小屋门前停下。脚一落地，他便跨进正是人多拥挤时刻的山小屋。每张桌子都有两三个客人。克平从中穿过，往里边房间走去。这里也是座无虚席。

"怎么办，您就等一会？"一个相识的男职员近前招呼。

"是啊。"

"今天只您一位？"

"一个。"说着，克平把视线往门口旁边一张桌子上的客人身上扫去。他看出那是曾根二郎。

"到那张桌去，那人我认得。"

克平往曾根桌子那边移步。曾根也注意到克平，起身相迎。

"噢，到底把您逮住了！"曾根浮起和蔼的笑容，"我就估计您会来这里，正列阵以待呢！到您公司去了，说您几乎没怎么上班。"

"公司那里一般每天去一次，只是没一定时间。这可真是抱歉。要是一早往家里挂电话就好了，那时我在来着。"克平说。

"府上不好办啊！"

"怎么？"

"怎么倒也不怎么。可后来进展我又不晓得，在这种情况下往府上打电话……"曾根以近乎羞涩的表情说。克平盯视曾根的脸，心想世上居然有这等为莫名其妙之事而羞涩的人。

不管怎么说，克平为在这里遇见曾根而感到欣喜。同乙醇和三泽相比，恐怕还是曾根二郎是使自己打发这痛苦时间的最佳人选。

"您还在这里？"克平问。

"那以后回九州一次，这次是从大阪来的。"曾根似已喝了不少啤酒，比平时健谈些。

"这是因为需要推迟一下出版日期。本来是为解释这点来京的，结果就这么待了下来。我打算把杜父鱼的户籍整理一下。大部分标本都放在东京的研究所里，离开这儿没办法工作。出版要用的已全部就绪，户籍同出版无关。"

"出版要延期？这么说吧，该出版的能有多少册？"

"总论上下二卷，分论上中下三卷，另加图版一卷。而且是日文英文两种。"

"户籍簿呢？"

"这可是将近三万杜父鱼地地道道的户籍簿。在哪个海域、在什么情况下生存的，同那里的水温、潮流的关系，同其在一起的其他鱼……"

"嗬！"克平品味着自己空落落的心情，一边凝目注视着这个对莫名其妙的事业一往情深的汉子。

"对了，同太太见面的结果如何？"

"没见呢，那以后一直没见。八千代来京的消息，我是两三天前才从岳父那里得知的。"

"没见？"曾根愕然，"这怎么成！怎么回事？您太太……其实我就是同太太一起从大阪出来的，在品川分的手。我以为她当然是回府上去了。"

"没回来。"克平接着说，"大概住在哪家大饭店里悠哉悠哉哩！她最怕寂寞，想必成天东游西逛。"

"或许吧。"

"我想是那样。八千代身上有那样的地方……"

"寂寞啊！"曾根突然道。

"您说八千代？"

"不，不光是太太。我指的是您和太太现在的处境。总好像寂寞得不行。"

"真有这种感觉?"

"是寂寞，真的。一对好人分手，该是十分让人寂寞的。"

"噢。"在克平看来，曾根这男子终究不同寻常。他一口一个寂寞，使克平自己那暂且丢在一旁的寂寞感也再次涌上心头。

"分别这种事是叫人吃不消啊!"克平也这样说道，山名杏子给他的打击重新以不可遏制之势汹涌袭来。

二十二　喜马拉雅鱼

同克平在山小屋见面后的第二天早晨，曾根在研究室临时床上翻阅报纸时，看到克平他们即将于九月十日从羽田机场起飞，踏上远征喀喇昆仑之途的报道。之所以说是临时床，是因为曾根在研究室里临时架了张床歇息。马上就要启程了！曾根二郎深有感慨地注视着这条报道。他感到，八千代的不幸将因此而更加无可挽回。

　　这天，曾根给第三饭店打了电话。他猜想，八千代很可能如克平说的那样，住在与自己同去找过梶大助的这家饭店里。

　　果然八千代在那里留宿，很快接起电话。

　　"哎呀，您还没走？"八千代开朗地说。

　　"太太可是怎么回事？"

　　"再有四五天克平就出发，我想一直待到那时候。"

　　"噢，是送行吧？不管怎么说，还是这样好啊！"

"不是为了送行。有些东西要回大森家里取，而这要等他走了以后再去。我想尽可能避开克平，对方想必也不愿见我。"八千代说。

"是这样！"

"不过，到羽田机场送克平，我想去去也好。毕竟夫妻一场，最后这点情分还是应该尽的。您不去么？"

八千代语气里没有任何不快。尽管曾根为此而感到悲伤寂寞，但八千代本人却似乎根本没放在心上。

"是啊，我也送送去。承他帮过忙。"

"哦，他不是没帮过您什么忙吗？"

如此说来，倒也没帮过什么大忙。可是，曾根总觉得没少承其关照，怪事。

"话说回来，您怎么知道我在这里住呢？"

"昨晚在山小屋碰见克平君，听他说的。"

"咦，克平怎么会知道？"

"好像完全出于推测。说是大概住在哪家大饭店里。"

"真是！……不过，那个人的直觉确实敏锐得很。此外别无长处。"

曾根没有应答。此时他想起一件重大事情：能否请克平在喜马拉雅山中的印度河上游钓几条鱼呢？

曾根同八千代讲定于克平出发那天在羽田机场相见，随即放下听筒。

克平从羽田动身那天，天空澄碧，寒意微微，似乎东京第一次迎来秋日。无论大气还是阳光，都与几天前迥然有别。夏季已然远逝。

下午三时，曾根乘国营电气列车从蒲田站下来，在停车场叫了辆出租小汽车赶往羽田机场。到国际线候机大楼门口下了车，沿着昏暗的走廊往候机厅走去。送行的人意外之多，相当宽敞的大厅里黑压压的全是人头。

克平他们周围也拥挤着很多人。身着漂亮服装的八千代身体稍微后倾似的站在人堆之外。

八千代是先于曾根十多分钟出现在候机大厅的。由于很多人簇拥着克平，还没得以同他话别。

待克平同别人的寒暄暂停时，八千代大步走近克平。

"噢——"克平也察觉了，往八千代那边迎上两三步。

"没东西忘下？都好了？"这是八千代第一句话。

"差不多。不过往后，忘掉的东西也许就会一个个找上头来的。"克平也尽量开朗地说。

"来送行了？"说着，八千代以别有意味的眼神淡然一笑。

"谁？"

"那位嘛！叫什么名字来着，就是那漂亮的缝纫女郎！"说罢，八千代做出一副矜持的神态。

"没来。"

"薄情啊，连我都来了。"尔后，仿佛此事告一段落，"飞机开去哪里？"

"明天午间到加尔各答,晚上到卡拉奇。"

"再往下呢?"

"在卡拉奇大约停留五天,然后到吉尔吉特,在那里还要停四五天。接下去就进入喜士帕尔冰河。从那里到大本营还需要一周时间。因此到大本营要这个月底。"

"够辛苦了。多保重!"

"谢谢。"

最后这两句简短的寒暄话说明他们已同路人。

八千代从克平身旁离开,瞧见乙醇,招呼道:

"饭仓君!"

"嗬,是太太!谢谢您特来送行。"乙醇趋步上前,伸出大手握住八千代的手,上下摇晃着。

"三泽君呢?"

"刚才还在那里来着。"乙醇说。

八千代在人群中消失后,三泽不知从哪里钻出,凑近乙醇身边说:

"啊,痛心!"

"痛心什么?"

"克平夫人嘛!我连句话都没说上!"

"小气鬼!"

"随你怎么说。多好的妻子啊!克平这家伙就是成问题。"说完又不知发现谁了,赶紧过去告别。

曾根站在候机厅靠近门口的地方,四下观望了一会这混乱光景，然后顺着人群空隙朝克平走去。

"这不是曾根君么，还劳您跑来！"克平一眼看见曾根，抢先打招呼。

"可要注意身体呀！"接着，"这么大的欢送场面！"曾根环顾四周，由衷赞叹似的说。

"本来没想这么兴师动众……"克平道。

少顷，曾根语气略微一变：

"实在不好意思开口，如果可能的话，有件事想求您在那边办一下……"说着，露出一副不胜惶恐的样子。

"什么事呢？"

"您要是能有时间，想请您在印度河上游钓钓鱼，不知……"

"钓鱼？噢，钓是可以钓，可那样的地方能有杜父鱼么？"克平问。

"没有杜父鱼。这与杜父鱼问题无关。事情是这样：现在一般认为流入印度洋的河流中没有鳟鱼科鱼。按此说法，印度河上游当不至于有这类鱼生存。然而，水源只有一山之隔的、注入咸海的奥克苏斯河里却发现有鳟鱼科鱼。假如被认为没有这类鱼生存的印度河也有的话，那么便可以彻底推翻以往已成定论的地盘构造学说，而往昔发生过的河川掠夺之说就会得以证明。"

"嗬！"克平显得似懂非懂。

"就是说，由于地壳的变动，印度河曾掠夺过奥克苏斯河里的鱼。"

"呃，是这样。"

"所以，如果能有时间，我想请您在印度河上游钓钓鱼。好容易到那里去一次……"

"那一来，恐怕就要在吉尔吉特一带钓……"克平稍事沉吟，说，"好，试试看！"

"虽说与我的研究无关，但毕竟是学术界感兴趣的问题！"

"明白了。设法抽时间试试就是，托您的福，这次除攀登喜士帕尔峰以外，又多了一项乐趣。"看克平的神情，似乎并非全是客套。

不知何时凑上来的乙醇道：

"有趣有趣。河川掠夺？要是能弄到鳟鱼可不能吃进肚里，得带回来才行。贵重物证嘛！"较之克平，乙醇倒更为津津乐道。

克平一个接一个同近前的人简单话别。说实话，他心里一点也不平静。他挂念杏子，她会不会万一在这里出现呢？无论如何，那样别别扭扭地分手后就这样启程远去，是叫人心里不是滋味。按杏子的性格，怕是绝对不会赶来的。但克平还是期望出现奇迹。他真希望看到山名杏子的身影，哪怕一眼也好。

正想着，梶公司属下的东京分公司一名青年赶来。

"大阪经理打来电报，给您送来了。"说着，青年把电报递给克平。

"劳您特意赶来，真对不起。"克平一边道歉，一边打开电报。上面写道：

衷心预祝旅程顺利愿神明保佑远征成功

梶大助

收报人栏里工整地写着克平、三泽、乙醇三人的名字。克平把电报递给乙醇，旋即离开众人，不由自主地往停机坪入口那边踱去。

多么好的岳父！自己同他的女儿吵架而别，又拿走了他一百五十万日元，而他仍然打来这样的电报。

从梶的为人来说，电文想必不知推敲了多少次。而且恐怕再三嘱咐职员，以使电报既不过早又不过迟地落到自己手里。

"佩服，佩服！实在佩服！"克平一边缓缓走向栅栏，一边口中自语。

"佩服什么？"

抬头一看，见是三泽叉腿站在面前。

"八千代父亲打来了贺电。你去看看，交给乙醇了。"

"是吗，一会儿看看。叫我也佩服啊！"三泽用手帕大把大把地擦着汗说。

"行李超重得厉害，我这就交涉去，一件也扔不下啊！乙醇在哪儿呢？"

"对面。"

"交涉时得拉上他才行。"

三泽分开众人，挤进客厅。他恐怕要为此类事务一直忙到上飞机。这个矮小的登山家似乎生来就背负这样的命运。

杏子仍未到！克平不知往候机厅里巡视了多少回。他是那样渴望杏子露面，哪怕稍纵即逝。他深深知道同杏子不辞而别将给以后带来何等的痛苦。

播音员报告说，飞机将正点于十六时二十分起飞。于是前来为克平他们送行的人们自动朝三人汇聚拢来。

应新闻记者的请求，三人站成一排，闪光灯闪了几次。

克平略微低头，乙醇却有点仰着，夹在两人中间的三泽则歪头沉思。只是在闪光灯闪亮时三张面孔才不约而同地目视前方，旋即又恢复各自的姿态。

克平在环绕自己人群的背后瞥见杏子店里的两名女店员，马上离开队列走过去。两名年轻店员只是莞尔作笑，默默以笑脸相迎，并无任何祝愿的表示。然而却使克平心底涌起一般暖流。

"杏子小姐感冒来不了，打电话让我们向您问候。"一个店员开口道。

"呃。"

杏子终于没来，他想。在得知杏子没来的一瞬间，克平泛起痛楚的神情，之后反而静下心来。

"替我问好！"克平只此一句。

山！山！山！克平一边在心里反复叫着，一边移步走开。我是为登山而降生的，是为攀登人所不至的高山险峰而降临人世的，如此而已，岂有他哉！

在上飞机前的短暂时间里，克平往来踱步，自言自语。正像刚才撞在三泽身上一样，这次又同一个人撞上。他停止脚步，见是八千代。

"祝您凯旋。"八千代静静地说，

"嗯，凯旋！"

"还在这儿威风什么，快点动弹啊。三泽君他们不是都往外走了！"

果不其然，一堆堆人从候机厅往停机坪入口那边去。挤在里边的乙醇朝克平扬起手来。

克平向八千代使个眼色，示意告别。这告别眼神有着复杂的含义。尔后，克平接在三泽、乙醇身后朝横卧在候机厅前面的庞大机体走去。同八千代分别了，同杏子分别了？而向登山方向跨出了一步——种种感慨，沸然心间。

"我说，一大早就手忙脚乱的，钢笔都丢了！"三泽在悬梯上说。

"没关系，那算什么。到卡拉齐买新的就是。我丢失的可是更大的东西！"克平说着，推了三泽脊梁一把，随其后登上悬梯。

飞机的四个螺旋桨中，有两个旋转起来，机体朝远处的跑道滑去。一部分送行人随即转身，接二连三穿出候机厅离去。

大约十分钟后，克平他们乘坐的飞机在机场一隅留下一声巨响，跃上长空，转眼间凝为一个黑点。

"终于走啦！"

曾根说着，脸转向八千代。剩下来的送行的人也三三五五地迅速走出候机厅，唯有八千代呆立不动。

"终于走啦！"

曾根再次说。但马上觉得自己可能有些失口。因为八千代的脸色同刚才判若两人。她右手扶在栅栏上，一副茫然若失的样子。曾根一时摸不着头脑，不知眼下该怎么办。

"太太，反正先回去吧！"曾根说。

"好的。"八千代意外干脆，"到底是累啦！"言毕，八千代笑了。笑容里透出一层阴影。

曾根离开八千代，准备出去叫车。

"有车。"八千代说。她说是坐父亲公司的车来的，还在外边等着。

"人真是个怪东西！虽说我对克平没有一点留恋，但用这种方式分别，心里还有点难受。分别到底不比别的啊。"

"那怕是的。"

"悲伤倒不悲伤，但一看见飞机起飞，就不由得一阵心软。"

"那是的。"

不管对方说什么，曾根都只能是这么一句"是的"，他本想找一句于这种场合恰如其分的话，但就是迟钝得想不起来。

汽车沿着京滨国营公路疾驰。窗外扑来的风凉浸浸的。这是个秋天的傍晚。

汽车来到品川站前时，曾根想要自己一个人下车。

"那么，我在这……"

刚开口，但往八千代那扭向对面窗口的脸上一看，马上把话咽回。总有点不忍心把八千代一个人扔在车上。

车到新桥站前，曾根心想这回可得下了，明确说道：

"那么，我就到这里了。"接着欠起身。

"您要下车?"

八千代瞥一眼曾根，又闭上眼睛，靠着椅背没动。曾根犹豫之间，车已拐进筑地。

汽车在筑地第三饭店正门前戛然而止。曾根随八千代钻下车。

"我这就告辞了!"曾根对八千代说。

司机从旁接过去：

"您回哪里，送您一程。"

"可以了，我。慢慢逛回有乐街，在那里上电车。"

"那就送您到有乐街电车站。"司机再次相劝。八千代旋即像阻拦司机似的说：

"曾根君是想走一走吧?"

于是汽车扔下两人开走了。

"那么，我这就真的失陪了。"

曾根刚要迈步，八千代说："我送您到那里。我是想送您才把车打发走的。"

"不用了，不劳您了。"曾根客气道。

"您可是一直送我的呀！品川也没下新桥也没下。我也该把您送到那里嘛！"

两人从饭店门口走上街道，默默地行至银座前大街附近。

"那么……"八千代止住脚步。

"不行啊！"曾根这回声音有点尖刺起来。

"太太总像是很寂寞，这哪行啊！刚才我就担心来着，您这不是一点也没改变！鼓起精神来！您要是不鼓起精神，我可又不好走了。"

"还是要请您送我回饭店……对不起，瞧我这么任性。"八千代说得很干脆，"我的这种地方，克平不很中意。也不光是克平，任何人想必都会生厌的。这是我糟糕的地方。不过今晚，正像您说的那样，我心里是不大好受。倒不是对克平怎么样。我没有真心爱过克平，同时也没被克平真心爱过，但就这样两个人在机场干巴巴地彼此话别，觉得还是挺难过的。两人都很可怜……上车以后，我一直对您怀有一种类似撒娇的心情。哪怕您不乐意我也不在乎，我想，既然自己感到如此寂寞，让您送一程也没什么不可。这也是我糟糕的地方。但我对克平却一次也没如此撒娇过。想到这里，不知怎么，总觉得那人怪可怜的……"八千代一口气说了许多话，这是很少有的。

两人第二次站在第三饭店门前。

"不管怎样，您得好好休息休息才是。"曾根以十分诚挚的口气说。

"嗯，好的。"八千代顺从地点点头，然后问，"您这要回哪里？"

"研究所啊。就是那个塞满杜父鱼标本瓶子的房间。"曾根笑着回答。

"不害怕？"

"有什么好怕的。我还没听说杜父鱼变鬼的故事哩！"

八千代也听得笑了，这回笑得很朗然。曾根见凄寂的阴翳已从八千代脸上消失，心想这回可以放心走了。

"要在东京住段时间？"

"再住十来天。太太呢？"

"家父最近还要来京，到时候我想跟他回去。但不管怎样，四五天内还要在这里的。"

告别曾根，八千代朝三楼自己的房间走去。

打开窗，秋天那凉冰冰的夜气涌进室内，八千代仰望夜空，天幕阴沉得宛似一潭深水。但凝眸细觅，发现仍到处嵌满颗颗银星。克平他们的飞机正在这天宇的某处变成一个黑点，以迅猛的速度飞离日本国土。飞离，飞离，飞离！克平正义无反顾地飞离自己而去。如同刚才向曾根所说，对克平自己既无眷恋之情，又无不舍之心，有的只是寂寞。一对男女朝夕相伴数载，并且在相互没给对方心灵留下多大创伤的情况下和平分离——对此，毕竟有些不胜凄然。

八千代久久地注视着自己失去凭依的心。她移步到房间角落，手放在电话听筒上。刚要拿起，手又移开了。

八千代发觉自己现在正下意识地需求一样东西——一样可以像图钉那样把自己空虚的心固定住的东西。而且知道那东西是什么。曾根二郎刚刚同自己分手，还不至于走到研究所。纵使走到，夜间恐怕也很难用电话在研究所里找到他。八千代是那样想听到曾根的声音。在这个世界上，自己最为需要的仿佛就是曾根二郎的声音，而并非他的心，他的身体。只是他那充满亲切情意的温馨语声。

八千代觉得自己还从来没有如此渴望听到一个人的声音。想听到它，并想置身其旁，这是一种什么心情呢？八千代捉摸不透自己对曾根所怀有的心理。明白的只是曾根二郎是自己日后生存所必不可少的人物；而自己之于他，恐怕也是必不可少的存在。

八千代在那里伫立良久，她拿不定主意，不知该不该给曾根打电话。

曾根跨进研究所的大门，沿着杂草间的小路向科研楼走去。只有一名勤杂工的科研楼，没有一个窗口有灯光泻出，活像一块黑魆魆的庞大石体。四下万籁无声，甚至使人怀疑东京城居然有这等场所。

移步之间，曾根停下脚步。于是，栖息在草丛中的秋虫顿时鸣声四起。曾根很少有过感伤情绪，为杜父鱼忙得不可

403

开交，也的确没有感伤的时间。但今晚是个例外。在驻步草丛的一瞬间，一种"触物生悲"之情蓦然扑入他的心怀。从内侧把他的心步步咬紧。

曾根怅惘地置身于虫鸣之中。他想，同是生物学者，但研究昆虫的想必远为复杂。听说秋虫之鸣是雄性向雌性求爱的呼声。实际如何自是不得而知，但不管怎样，这是何等哀婉至极的宏伟交响乐啊！他想起来，作为自己研究课题的杜父鱼是绝对不叫的。它们固然也有恋爱以至情欲的苦恼，但那一切都被潮水一冲而尽。只有秩序仿佛是造物主的唯一意志。

曾根没有马上走入黑暗的楼内，而是围绕楼的四周散起步来。草丛的露水打湿了裤腿，他丝毫不以为意，只管走动不已。当走到楼北侧时，一扇窗开了，从中一声大喝：

"谁？"

是当勤杂工的中年汉子。

"我，曾根。"

"是曾根君！"勤杂工泄了气似的说，"干什么呢？"

"怪高兴的，走一走。完全是秋天啦！"

"冷吧？当心感冒。"

如此简单几句，窗户便关上了。

曾根来回走了半个多小时，然后步入正门，爬上楼梯，走进自己的房间。他拉动开关，打开电灯。桌上放着那位勤杂工做的晚饭，上面用报纸盖着。

曾根没有食欲，把饭菜移到旁边的小桌上，从抽屉里取出笔记本大小的卡片，放在桌面上。

他对着桌子，慢悠悠地吸完一支烟，拿起钢笔。他要把在北海道大黑岛北端潮水汹涌的海滩上捕获的枪式杜父鱼的幼鱼户籍抄在卡片上。

渐渐地，曾根恢复了他的本来面目。秋虫的鸣声也罢，八千代也罢，全部从他的心中杳然而逝。海流、海潮、海深、海岸状况、距海岸的距离、采集方法、采集时间，同时采集的生物——在每一个栏目里，曾根都用熟练的英文字写得满满的。孤独的然而充实的时间，即将把曾根二郎深深地融入其中。

二十三　红色领带

当银座的灯火在苍茫的暮色中开始交相辉映，并且渐趋炫目耀眼的时候，代杏子去羽田机场送罢克平的律子和美代子回到银座店里。

两名女店员去羽田机场之前，委托律子一位常来帮忙的亲戚在店里照看一下。而回来一看，本以为因感冒而在公寓休息的杏子，正侧身坐在店里边正面安放的一张桌旁。

先走进店门的律子目睹此时转脸向自己看来的年轻女主人的面庞，不禁停住脚步——杏子此时的脸显得那般楚楚动人。

"辛苦了！"杏子说。

"您好些了么？"美代子问。

"嗯，像不碍事了。本来也没什么大不了的。"转而，不放心似的叮问，"可是精神饱满地启程了？"

"嗯。送的人可真多，三泽君他们……"美代子刚要描述出发情形，杏子不无阻拦意味地说道。

"可以了，只要他们精神饱满地……"接着，"今天有人看家，我们三人这就上街去。招待你们吃点什么。再给买点东西，什么都行，只要你们喜欢。"

"嘿！"美代子夸张地做出欣喜不置的样子。随即对律子说，"快走吧，趁店主还没改变主意。"

律子进门后一直没有吭声，只是眼盯盯地看着年轻女主人的面孔。她觉得纳闷，杏子为什么今天显得如此妩媚呢？脸色微微泛青，脸上的线条给人以硬质之感，仿佛一碰就会发出一声脆响。也许因为穿着的关系。说起穿着，杏子今天穿的是一身新做的西装。

"咦，新西装？"律子这才开口。

"合身么？"杏子立起。

这时，两名女店员发现杏子两眼湿漉漉的。

"快，快去准备吧！"

律子和美代子于是走进里间。

杏子依旧站着没动，直到两人从里边出来。刚才听到的隆隆声仍然萦绕在她的耳际。她并不知道那声音是否来自克平乘坐的飞机。反正她估计飞机是准时起飞的，从而将那一刻听到的隆隆声视为克平他们飞机的声响，并且一直回响在耳畔。那声音是那样低弱，微微摇颤着空气，似有若无。

杏子领两名店员出门上街。她想去东洋会馆吃饭。梶大助曾带她去那里吃过一次简易西餐。那种使得自己这等人望而却步的豪华气派，牵引着杏子的心。她是那样地想置身于令人眼花缭乱般的奢华气氛中，而无论是去哪里。

到得东洋会馆跟前时，两名店员不由有些缩头缩脑。

"没关系的，我们是客人嘛！"杏子说。对今晚的杏子来说，这世上没有任何东西能使她迟疑不前。

顾客中有一半是外国人。打扮入时的客人三三两两地坐在餐桌旁，几个身穿白色制服的男职员滑行一般在桌子之间往来穿梭。餐厅十分宽敞，俨然一间大接待室。杏子她们打斜走进里边。

在桌旁坐定，杏子要了一份套菜。菜盘一个个端上之后，律子和美代子看样子也完全同这里的气氛融为一体，不断发出爽朗的笑声。杏子不时微微一笑，回答两人的问话。她极少主动开口，只顾默默使着刀叉。

一小时后，她们走出东洋会馆的大门。夜气打在面颊上，冰凉如水。三人来到银座，在前大街上走着。尽管平时住在银座的一角，但如此夹在漫步者的人流中走起来，看上去银座竟显得与往日截然不同。灯火也变得五彩缤纷，美轮美奂。

"这腰带不错，买一条吧！"

杏子为两名年轻店员各买了一条在洋货店橱窗里见到的皮腰带。接着又往前看了两三家同是洋货店的橱窗，为两人买了式样别致的钱夹。继续行走之间，又陆续买了小偶人、手帕之类的东西。

"你俩还都没有自来水笔吧？买一支好了！"

听得杏子如此说，律子道：

"已经可以了。"

"我也可以了"。美代子也推辞说。

相对而言，杏子平时是较为节俭的，而今天却接二连三地打开钱包。对此两人觉得有点反常，甚至有一种不祥之感。

"今天就让我买好了，是我愿意买的。"杏子说。

今晚的杏子，任凭买什么都心甘情愿，只是想让别人多少高兴一些，只是想沉浸在别人为之高兴的心情中。即使来到银座熙攘的人群中后，杏子也还是觉得耳边不断响起克平所乘飞机的隆隆声。

她为两人买了自来水笔。

"我们不愿让您光为我们买，您自己也买点嘛！"律子说。

"我什么都不想要。"接着，"对了，找条领带吧！"杏子想为梶大助物色一条领带。

十天过去了。大贯克平从羽田机场起飞后已经过去十天了。

这十天时间里，关于台风的报道两次占据了报纸的版面。两次台风都是从西日本海登陆，而向日本海推去，所以东京只是风雨多少加大，并无什么大事。

西服店的订货显著多了起来。秋天突然降临，因此顾客大概都急于准备秋令服装，无不要求尽快交货。那种希望哪怕提早一天也好的迫切心情在神情和言语上清楚地流露出来。杏子几乎全部一口应承。她想，哪怕有点勉强，哪怕熬夜，也要满足顾客的要求。她不再回公寓，晚间就住在店里，自己也踏起缝纫机来。无论多忙都好。只有在被活计催得团团转的时候才能免去思虑。

如此一来二去，秋色一天浓似一天。杏子对克平的思念也以同初秋过渡到中秋几乎相等的速度日益加深。它非但没有消失，反而愈演愈烈。经过十天朝思暮想的痛苦之后，杏子终于决心通过给克平写信的方式，来使自己从痛苦中挣脱出来。

午前一段安静的时间里，杏子在二楼工作间的裁衣台上摊开信笺，提笔写信。

十天过去了。实在是痛苦不堪，简直叫人发疯。

刚写个开头，她马上撕了，这是一种预料要撕掉的开头。

每天晚间都梦见您，总是在一身虚汗中醒来。这种痛苦将持续到何时为止呢？

这个当然也撕了。接着又写道：

这种痛苦，或许是对我掩饰自己真实心情的惩罚吧！难道我非要痛苦到如此地步、同您分手不可吗？难道世界上果真存在一种有价值的东西要求我遭受这段痛苦吗？

第三次写的也撕了。这也是预料要撕掉的开头。第四次，这回以真的给大贯克平写信的心情挥笔写道：

大贯克平君：

沉吟片刻，往下写道：

您身体好吗？托您的福，我身体也好，正忙着赶做店里的活儿。

她决定接着写下去。她猜想，克平于两三天前抵达吉尔吉特，现在恐怕正住在那里。像他以前一次说过的那样，想必那里的白杨已经树叶落尽，而红柳那橙黄的叶片刚刚开始飘零。杏子当然无法想象吉尔吉特那座城镇，无法想象红柳那种植物。她耳中听到的只是克平脚踏落叶的足音，历历在目的只是克平的背影。

大贯克平君：
分别以来您身体好吗？托您的福，我身体也好，整天忙忙碌碌的。
今天是二十日。桌子上放着装东西时的捆包编号的副页。据此，估计今天该开八号箱子，而把我们塞进去的各种东西打开。

分手那天晚上，有件事未能出口。事后我想，恐怕还是说出来无论对您还是对我都有好处。因此我现在拿起笔来，准备把这件事告诉您。

那天晚上，我说自己是那个人梦的对象。您看上去似懂非懂。这是理所当然的。任何人也不会相信世上居然有这等荒唐的梦话。

那个人的名字，当时我未能出口，只说是一位老绅士。现在我把他的名字写在这里——梶大助。

想必您会感到惊讶。不过我以为您这就可以一切都明白了。

我想只有梶大助这一名字，才能使这梦不再是梦话。而此外任何人的名字都无以使这一梦话成为现实。我想梶先生恰恰是这样一位人物。

那天晚上，我认为不该把他的名字说出口来，实际上或许也是不该出口的。

不过我想，较之其他任何做法，唯有将这点告知于您，方能使您同我的关系明确地打上句号。

我觉得，通过给您写这封信，我可以使自己向新的生活迈出一步。

请您多多保重身体。同时祈求神明保佑您平安登上"天之山"的顶峰，并且是在一个风和日丽的天气里。

杏子放下笔，反复读了两次，然后从抽屉中取出信封。信封上的收信人地址是三泽的字体。这是三泽特意留下来的，给杏子发信时使用。当时三泽说，邮件送达的最后地点是吉尔吉特，再往前就要由舍帕族登山向导转递了。

杏子把信笺装入信封，好半天什么也没干，只是呆愣愣地坐着。克平将以怎样的心情读这封信呢？自己之所以进退两难，并不是出于八千代是梶大助女儿的关系，而是由于梶大助这一人物本身的存在所使然——她想克平可能会理解这一点。

下午两点左右，梶大助打来电话。

"那以后怎么样啊？"听筒里响起梶那沉稳的男低音。

"眼下活计多得不得了。开店以来还是头一次这么忙。"杏子说。

"那是好事嘛。"

"您也忙吧？"

"我？我可闲着哩！"果然，梶的声音与平日不同，给人以从容不迫之感。

"哎呀，那可是稀罕事。"

"给你打这个电话，是想一起散散步。你那么忙，怕不行吧？"梶说。

"不碍事儿。散步那点时间，怎么都拿得出来。我去找您好么？"

"是啊……"梶略一停顿，"那，就来饭店好了。"

电话挂上了。

诚然，杏子活计很忙。但梶大助空闲的日子一年才有这么一次，理应陪一陪他。况且，杏子一听到梶的声音，也很想同他一道去哪里走走。梶大助说是散步，但他要去什么地方呢？杏子觉得，必须由自己先把要去的地方想好才是。日比谷、明治神宫外苑，或者滨离宫一带想必都不错。

杏子火烧火燎地做好外出准备，跨出店门，但又马上折回。她想起克平出发那天晚间在银座给梶买的红色领带。

来到筑地第三饭店，上三楼刚一敲梶房间的门，里边便传出梶大助的声音：

"请。"

打开门，见梶正和一位客人对坐。

杏子在房间角落的一把椅上坐下，等待谈话的结束。不一会儿，客人起身。梶把客人送出房间，在门口对杏子说：

"稍等一下。还有个客人在大厅里等着。十分钟就完。"

"一点也不闲啊！"杏子边笑边说。

"本该得闲来着。"随即像突然想起似的走回房间，对镜子整理一下领带，"事物这东西反正都是这么回事。"

"给您买了条领带来。"

"领带？在哪？"

杏子打开包，取出红色领带。

"可够时髦的！"梶讶然。

"随着上年纪，我想还是时髦一些好。再说，这个挺高级的。"

"唔。高级？是高级。"继而，"谢谢。我收下了。但现在不能打，过后打。谢谢。"

说罢，梶将领带仍放回桌面，出门会客去了。口说"谢谢、谢谢"，但说不定梶多少有些为难。对这样的梶大助，杏子既感到好笑，又觉得喜欢。

梶同客人谈完后返回房间。杏子想把他马上拉走。再磨蹭一会儿，很可能又有事找到头上。

"快走吧！要不然，电话又要响了。"杏子道。

"是啊。好，就走。"梶说，"反正是散步，换条领带也好。"他拿起杏子带来的领带走到镜前。

"有点太红了！"

看来，要打这条领带，梶还是多少需要一点勇气的。

"请转过来看看！"杏子说。

梶于是把红领带贴在胸前，转过身来。

"呀，正合适！"杏子如此说道。

"合适？"

"没说的！"

"好！"梶解下原来的领带，换上红色领带。

两人走出房间。乘上电梯，梶问：

"去哪里呀？"

"哪里都行。"杏子说，"地点您还没定吧？"

"嗯。"

杏子边往饭店大门口走边琢磨去哪里合适，一出大门，杏子提议：

"那么，去植物园好么？"她突然想起，应该把打红领带的梶拉到植物园去。

"植物园？也好。通汽车么？"

"要是坐车，"杏子笑了笑，"植物园里车是不能进的。那地方很静，走几步也好吧？您不是说散步嘛！"

"说得也是。不过，反正坐车到那里吧！"

两人钻进男职员叫来的大型出租小汽车。这是个令人惬意的晴朗秋日，街上的人也似乎突然间多了起来。

汽车驶上水道桥。

"送走克平君了？"梶问。

"没有。"

"怎么？"

"又不喜欢了。"杏子笑着简单回答。

梶吃惊似的转脸看着杏子，不再作声。这简短的对话似乎已使梶对一切都了然于心。

"好天气啊！"

梶这么说了一句，尔后便一直把目光投向窗外。大概是有什么文艺节目演出，后乐园门口点缀着红蓝小旗，人们被络绎不绝地吸入里边。

到植物园门口，两人弃车步行。原先卖大众糕点的小铺现在成了出售门票的地方。

“请稍等一下，去买票来。”

杏子刚要从梶身边离开，梶问：

“钱呢？”

“身上有。”

“不，我来出吧。”

“无所谓，用不了几个钱，一张才二十四日元。”杏子笑道。

“是吗？这可抱歉啦！”梶果真一副歉然的神情。哪怕让别人花十日元钱，梶也仿佛做了什么坏事似的感到愧疚。尤其在杏子身上。他大把大把地出钱，本来大可不必为二十日元不好意思，但梶却总是这样。

两人走上正面的坡路。

“什么，这是？”

梶在左边草地上发现了一种类似大株狗尾草一样的植物，走向前去细看。

“上面写的是 Pampas grass，日本名叫白银草。”杏子给梶大助念说明牌。硕大的白穗在秋阳下银光闪闪，甚是赏心悦目。

上到坡顶，见是一片宽阔的平地，几条小径从花坛和草间伸展开去。两人从大学理学院研究室样式的建筑物前走过，打斜穿行这片广场。四周游人寥寥，只是一角有几十个儿童像洒落的彩色纸片似的三三两两聚在一处，看样子是幼儿园在开运动会。录音机中《多瑙河之波》那悠扬的乐曲从孩子们中间荡漾开来。

温室旁边的小路上，杏子和梶大助悠然漫走。小路两旁枫树成荫，齐整整地列成两队。路的一边是草坪，另一边是花圃，大波斯菊、大丽花、鼠尾草在里边争芳斗艳。

"植物园第一次来？"

"第一次。在这种地方走一走，心情真不错呀！"

梶慢慢地走着。杏子还是头一次看到梶走得如此之慢。走出枫树小路，迎面是一株高大的银杏树。

"好一颗银杏！"

梶在银杏树那森森欲滴的巨大帷盖下停住脚步，抬头仰视。

"近来我很喜欢看大树。年轻时喜欢风景，中年时喜欢建筑物，现在最喜欢的就是树。每当看到大树，都觉得它实在壮观得很。"

"我也喜欢树啊！"杏子说。这并非随声附和，每次看到足有一搂之粗的气势雄伟的大树，她都油然产生一种可远观而不可亵玩之感。就人而言，她也喜欢给人以恢宏之感的。如果把梶姑且比作树，可谓是一株参天大树，她想。

"你喜欢树还为时略早，别学我的样子。"梶说。

"不，我真的喜欢！"

"这可失礼了！"梶笑了，笑得很开心，似乎打心眼里觉得好笑，"你早晚也要成为一棵大树。当然，也不一定非成为大树不可。小树也没有关系，而只要像大树那样向四面八方舒展枝叶就行。小树里边也有这样的树。这样也就很好了。"

接着，梶猛然记起似的说：

"要是去外国能多少对你的工作有帮助，我想去也可以。这点事我还是能够为你办到的。"

"不过，"杏子把脸转向梶，"眼下还要再加劲学点东西，然后再请您让我到国外去。如果去的话，想去荷兰、丹麦那样的国家。"

"为什么？"

"想去那里看看劳动妇女穿的服装。"

"呃，那倒也不错。丹麦我有个熟人，大概是相当的名门之后；荷兰还认识一位日本人，已经在那边定居多年。如果需要，随时可以介绍。"梶说。

不觉之间，两人已穿出广场，脚步踏入茂密的杂木林中。路两旁，交错长着枫树和菩提树。路面铺了一层落叶。阳光从树枝间泻落下来，在两人脚前斑驳弄影。

"差不多该回去了吧？"梶说，接着，"东西到那边学不是也可以吗？马上就去，也许可以换换心情。"

听到这里，杏子止住步，抬头看着梶的脸。她感到梶劝自己去外国的话里含有一种执拗的东西。她像要揣度梶的心情似的盯住梶的脸，说：

"刚才我说了，我现在不想去外国。您突然这么劝我，有点怪寂寞的。"

"倒也不是硬劝。我只不过是想，如果那样能使你改变一

下心情，去去也好。再说，青年人一定要自由才行。"梶认真
地说。

"是自由的。"

"那就好。"

两人返回原路。

"您是担心我和大贯君的事吧?"

"也不尽然。不过说起来，他曾是个很好的人啊!"梶说
道。这是真心而公正的说法。

从梶大助嘴里听说克平是个好人，杏子很是高兴。不过，
梶说这话时用的是过去时——他曾是个好人，对此她还是有
一种凄寂之感。杏子想，对自己来说，大贯克平的确已属过
去的人物了。

杏子加快走起来。在离开梶十多米远的地方，背对着梶
止住脚步。她任凭自己沉浸在激动的情绪里，眼泪顺着两颊
涟涟而下。

杏子不想让梶觉察出自己的呜咽。当梶大助的脚步声传
来时，又继续往前走去。

梶觉得自己好久好久没有如此痛快地散过步了。在这种
场所漫步该是多少年以前的事呢? 恐怕已相隔几十度春秋了。
梶是那样怡然自得，一边望着杏子的背影一边暗自思忖，无
论如何也要将这只年轻的羚羊放回自由的天地。

克平也好，曾根也好，八千代也好，尽管各有缺点，但
又都具有某种自己这代人年轻时所没有的纯粹的东西。为了

那纯粹的东西，他们或者受到创伤，或者行走弯路，而这未必不是好事。

但时过不久，想必他们就会作为一个完全的人而迎接明天的到来。杏子也一定如此。在这少女身上，自己没有任何可做之事。如果有，也只是使她获得自由。说不定自己有意无意之间束缚了杏子。

梶停下来抚摸着红色领带，随即重新起步。在一搂粗的筱悬树下，杏子等着他。

"这里也有这么好的树！"杏子对走近的梶说。声音里已不再有避开梶而悄然呜咽的阴影。

幼儿园运动会播放的乐曲声再度悠然腾起，伴随着孩子们的嬉闹声阵阵传来。